講談社文庫

蓬《ほう》莱《らい》

新装版

今野 敏

JN211410

講談社

目次

蓬萊《ほうらい》

1

乃木坂《のぎざか》にある『サムタイム』は、渡瀬《わたせ》邦男《くにお》の気に入っているバーのひとつだった。厚さ十センチもある一枚板の重厚なバーカウンターが入口から見て左手にどっしりと横たわっている。

厚い一枚板のカウンターとなると、グラスを直接置いてもほとんど音がしない。

そのカウンターの向こう側の壁はすべて棚になっており、おびただしい種類の酒が並んでいる。

照明は心地《ここち》よい暗さで、かすかに古きよき時代のモダンジャズが流れている。カウンターと棚の間の空間は、ただひとりのバーテンダーの縄張りだった。

バーテンダーの名は坂本健造《さかもとけんぞう》といった。年齢は五十代半ば。短く刈った髪に白いものが混じっている。彼の下に、若い従業員がいるが、カウンター内すべてが坂本の縄張りであることに疑いはない。

店内の造りはきわめて贅沢《ぜいたく》だし、坂本の酒に関する知識やカクテル作りの腕前は確かだ。

にもかかわらず、『サムタイム』はいつも空《す》いていた。

渡瀬はその点も気に入っていた。

今も店内には渡瀬の他に一組しか客がいない。

坂本健造は、一流のバーテンダーらしくさりげなく気をつかっている。

激務のあとの一杯だった。

渡瀬は、いつものようにアイリッシュウイスキーのブッシュミルズをオンザロックで飲んでいた。

一杯目をやや性急に飲み干し、今、二杯目をじっくりと味わおうとしているところだった。

ドアが開き、客がふたり入ってきた。

渡瀬はいやな気分になった。

『サムタイム』にそぐわない客だと彼は思った。

ふたり組の男は、一目見て堅気《かたぎ》ではないことがわかった。彼らは背広を着ていたが、ネクタイの派手な柄、まるで理髪店に行ってきたばかりのような髪型、そして高価そうな腕時計などが地味な背広のイメージを打ち消していた。

ひとりは猫背で、絶えず体重を、左足にかけたり右足にかけたりしている。

典型的な与太者《よたもの》の風情《ふぜい》だ。

もうひとりは、すこぶる体格がよかった。身長は一八〇センチをはるかに超えている。胸は厚く胴まわりは太い。バナナのような指をしており、二の腕や大腿部もよく発達していた。

柔道の選手のような体格だ。

実際に柔道の選手だったのかもしれない。学生時代に格闘技の選手として活躍した者がヤクザ者になる例は少なくない。

彼らは試合に勝つために、ひたすら練習をする。気がつくと他に何の取り得もなくなっている。

体育会の名選手は、講義になど出なくてもいいのだ。試合に勝つことが彼らの使命だ。そして、社会に出るとき、自分は何も学んでいないことに気づく。

ただ格闘技が強いだけだ。その時点で自分がすでに社会の脱落者なのではないかと疑ってしまうのだ。

彼らが自分の唯一の取り得を手っ取り早く生かそうと思ったらふたつの道があるといわれている。暴力団と関わりを持つか警察官になるかのどちらかだ。

渡瀬は入ってきたふたりを無視していた。

決して関わり合いになりたくない連中だ。赤坂、乃木坂あたりは暴力団の事務所が多い。

赤坂にある高級マンションにはたいてい暴力団がらみの人間の自宅や事務所があると思っ

ていい。

『サムタイム』はその一角にある。暴力団員が飲みに来てもおかしくはない。だが、不思議とそういった類の客はいなかった。

店の雰囲気が彼らを拒絶するのかもしれなかった。

渡瀬は、うつむき加減でカウンターのうえのグラスを見つめていた。彼はこの店で飲むときは少々気取っていた。

気取ることを楽しむような店なのだ。嫌味のない上品な気取りを学ぶにはもってこいの店であり、大人の男性には、そういう気取りを学ぶことは必要だと、渡瀬は考えていた。

だが、ふたりのヤクザ者がその雰囲気をぶち壊した。

「いらっしゃいませ」

バーテンダーの坂本が言った。「おふたりですか?」

彼の口調は落ち着いていた。

渡瀬は顔を上げなかったため、坂本がどんな表情をしているかはわからなかった。しかし、坂本はきっといつもと変わらぬ柔和な顔つきをしているに違いないと思った。

坂本というのはそういう男だ。

入ってきたふたり組はこたえなかった。戸口に立ち、店内を見渡しているようだ。

(人を探しているのかもしれない)

渡瀬は思った。(ならば、すぐに出て行くかもしれない)

彼はそう期待した。

しかし、ふたり組は出て行こうとはしなかった。

足音が近づいてきた。

渡瀬はふたりが、背後を通り過ぎて行くのをじっと待った。

渡瀬はあまり気が強いほうではない。特に暴力のにおいには弱く、それ故に敏感だった。

暴力団員など、彼にとっては非日常的な存在で、いったい何を考えているのかわからない。彼は、すぐに店を出ようと思ったが、ふたりの反感を買いそうなので考え直した。

そんなことは気にする必要などなさそうだが、渡瀬は気にするタイプだった。

頃合いを見てさっさと切り上げよう——彼は思った。

(ヤクザだって酒は飲む。ただ同席しただけの客にやたら因縁《いんねん》を吹っかけるわけはない)

ふたりの足音が渡瀬の背後で止まった。

ひとりは渡瀬の右側に立ち、もうひとりは左側に立っている。

渡瀬はじっと動かなかった。ふたりが、なぜ自分の背後で立ち止まったのかわからない。

彼はそっと顔を上げて坂本の表情を見た。坂本は渡瀬の背後にいるふたりの顔を交互に見ていた。彼は落ち着いていた。

「カウンターになさいますか? テーブルになさいますか?」

坂本は尋ねた。その声音《こわね》は穏やかだった。ふたりはやはりこたえなかった。

「あんた、ちょっと来てくんない？」

猫背の男が言った。

渡瀬はじっとしていた。まさか自分が話しかけられたとは思わなかったのだ。

猫背の男は、渡瀬の肩に手を置いた。

渡瀬はどきりとした。次の瞬間、冷たいものが体のなかをゆっくり降りていくような気がした。

渡瀬は驚きの表情のまま相手の男の顔を見た。男の顔つきはむしろ貧相だった。色の淡いサングラスをかけている。

左の眉と、上唇に傷があり、凄味《すごみ》があった。貧相さがかえって凄味を強調しているような感じがした。

猫背の貧相な男は妙にソフトな口調で語りかけた。

「あんたのことですよ」

渡瀬はスツールを回し、首をひねってもうひとりの男を見た。目蓋《まぶた》が厚く、のっぺりとした顔をした大男だ。

仏像を悪相にするとこうした顔になりそうだった。ひどく不気味な感じだった。

「お客さん……」

坂本は、相変わらず穏やかな声音で言った。「うちの店で面倒事は困ります」

猫背の貧相なヤクザ者は、ゆっくりと坂本を見た。坂本の顔をじっと見すえ、それから言った。

「私ら、この人に用があるだけだ」

坂本は渡瀬に尋ねた。

「このかたたちをご存じなのですか？」

渡瀬はかぶりを振った。

「知らない」

坂本は猫背の男に視線を戻した。

「このお客さんは、こうおっしゃってます」

「何か勘違いしてない？」

猫背の男はかすかに笑いを浮かべて坂本に言った。「ちょっと仕事上の話があるだけなんですよ」

「仕事上の……？」

坂本は渡瀬の顔を見た。無言で、どういうことだ、と問いかけている。

渡瀬には心当たりなどなかった。渡瀬は猫背の男に尋ねた。

「どんなことですか？」

「ここではちょっと……。すぐに済みます。ごいっしょ願えませんか……？」

「どうしてここで言えないんです？」

猫背の男の表情が凄味を増した。

「そういう言いかたはやめたほうがいい。私ら、気の長いほうじゃない」

「しかし……」

渡瀬は、努めて平静を装って言った。口のなかがからからに乾いていくような気がする。

「用件もわからないのに、ついて来いというのは……」

猫背の男は値踏みするように渡瀬を見た。

頭の先から靴の先までを意味ありげに見つめ、再びかすかに笑った。

「『蓬莱《ほうらい》』のことで、ちょっと……。おたくに、大木守《おおきまもる》という社員がおいでかと思うのですが……」

渡瀬は無言で眉をひそめるしかなかった。

『蓬莱』は渡瀬の会社で制作したゲームソフトで、大木守というのはその制作にたずさわったプログラマーのひとりだった。

渡瀬は『ワタセ・ワークス』というコンピュータゲームソフトの制作会社の代表取締役社長だった。

渡瀬は話を聞かざるを得なかった。

『蓬莱』と大木の名がいっしょに相手の口から出たことが問題だった。

『蓬莱』の企画を出したのは大木であり、そのことは『ワタセ・ワークス』の人間しかまだ知らないはずだった。

渡瀬は椅子から降りた。

「すぐに済みますよ」

猫背の男は穏やかに言い、戸口へ向かった。巨漢のほうは動かなかった。

渡瀬は猫背の男のあとに続いた。すると、巨漢は渡瀬の後ろについて歩き始めた。

渡瀬はふたりの物騒《ぶっそう》な男にはさまれて『サムタイム』を出た。


大きなマンションの裏手にある駐車場に、黒いメルセデスが駐まっていた。

渡瀬はそのメルセデスの脇に連れていかれた。車の窓には黒っぽいフィルムが貼ってあり、なかは見えなかった。

駐車場は暗く、人気がない。渡瀬は不安と恐怖で脳髄がしびれたようになっていた。

メルセデスの後部座席の窓が細くあいた。なかに人が乗っているのだ。

「連れてきました」

猫背の男が言った。「こちらが渡瀬邦男さんです」

車のなかからは何も聞こえない。だが、渡瀬はなかの人物が自分をじっと見ていることに気づいていた。視線を感じるのだ。

猫背の男の口調から、なかにいる人物はかなり格が上であることがわかった。

「いったいこれはどういうことなんだ?」

渡瀬は尋ねた。「私に何の用があるんだ?」

「お静かに……」

猫背の男が言った。

車のなかから声が聞こえた。

「『蓬莱』というコンピュータゲームのソフトを作ったのは君の会社だね?」

張りのある魅力的な声だった。低く抑えているがよく徹る声だ。

「そうだが……」

「あれは作るべきではなかった」

「どういう意味だ?」

「言ったとおりの意味だ。『蓬莱』はパソコン用ソフトだが、一般のファミコンユーザー用にして売り出すそうだね?」

渡瀬はこたえなかった。

近ごろは、ヤクザでもソフトに関する知識があるようだ——渡瀬はそんなことを考えていた。

実は、暴力団というのは情報収集能力を生かした総合商社のようなものだ。金になりそうなことにはすぐさま介入してくる。そして、介入しようとする業界に関してはよく調べている。

車のなかの男は言った。

「それはやめるべきだね……」

ひどく残念なことを語るような口調だった。

「そんなことができるはずはない。すでに生産ラインに乗っているし、販路も決定してるんだ」

「やめたほうがいい。これは忠告だ」

「冗談じゃない。『蓬萊』はスーパーファミコン用ソフトにするんだが、こいつはＯＥＭ契約なんだ。すでに委託金を支払っているんだ。莫大な金額だぞ」

「ＯＥＭ契約……？」

「スーパーファミコンなんかのソフトはライセンス生産だ。ライセンスを持っているハード会社なんかに委託して製造・販売をするんだ。それがＯＥＭ契約だ」

渡瀬は早口で言った。

説明する必要のない事柄だが、恐怖と不安のためうろがきて、口が勝手に動いてしまうのだ。

車のなかから、落ち着き払った声が聞こえる。

「それはこちらの知ったことではないな……。あくまでも私は忠告をする立場だ。忠告は聞いたほうがいい」

車の窓が閉まった。

「話は終わった」

猫背の男が言った。

「じゃあ、帰らせてもらう」

「まだ用が済んだわけじゃない」

「話は終わったんだろう？」

「私らの挨拶が済んでいない」

「挨拶……？」

猫背の男がすっと近寄ってきた。

渡瀬はあとずさりをしようとしたその瞬間、背広の両側の襟《えり》をつかまれた。

激しい衝撃が腹から背中へ突き抜けた。

一瞬、全身の神経がパニックを起こし、次に呼吸ができなくなった。

渡瀬はその場にずるずると崩れ落ちた。体を丸めて、餌を求める鯉のように口をぱくぱくさせて空気を求める。

渡瀬は突然のことで何をされたかわからなかったが、猫背の男は、膝蹴りを腹に見舞ったのだった。

彼の膝は、正確に渡瀬の鳩尾《みぞおち》を突いていた。鳩尾には太陽神経叢《たいようしんけいそう》と呼ばれる神経のターミナルがある。

ヤクザは暴力の専門家だ。どうすれば相手を効果的に痛めつけることができるかを熟知している。

派手に外傷を与え、血を見せることで相手を萎縮《いしゅく》させる方法。逆に、目立つ外傷をまったく残さずに、大きなダメージを与える方法——そうしたものを知り尽くしており、場面によって使い分けることができるのだ。

猫背の男は、アスファルトの地面で苦悶《くもん》する渡瀬を無表情に見下ろしていた。

やがて、彼は巨漢にうなずきかけた。巨漢は渡瀬の肩のあたりをつかみ引き立てた。

彼はずるずると渡瀬を引きずって金網のフェンスのところへ連れて行った。

渡瀬の体を金網にあずけておいて、アッパー気味のボディーブローを見舞う。

一度苦しみがおさまりかけたところに、またしても衝撃が走った。

渡瀬は目と口を一度極限まで開いた。そしてあえいだ。

巨漢は、崩れ落ちそうになる渡瀬の体を、両襟を絞り上げるようにして持ち上げた。

もう一度、腹にパンチを打ち込む。

渡瀬は体中から力が抜けていくのを感じた。ぐい、と体を引っ張られた。あっという間に天地がひっくりかえった。

背と腰に信じがたいほどの衝撃を受け、ほとんど気を失いそうになった。

巨漢は渡瀬を、体落として投げたのだった。見事な技の切れだった。

やはり、彼は柔道の選手だったようだ。もちろん、彼は手加減をしていた。投げたあと手を離さず、渡瀬の衣服をわずかに引き上げるようにした。

そうでなければ、渡瀬は生死にかかわる大けがをしていたかもしれない。地面はアスファルトで舗装されているのだ。

巨漢は手を離すと、渡瀬が身をよじる様をじっと見下ろしている。冷静にダメージの具合を計っているのだ。

渡瀬の動きが少しおさまったころを見はからって、巨漢は渡瀬の腹を蹴った。靴の爪先で柔らかい脇腹を蹴込んでいた。章門《しょうもん》と呼ばれるツボだ。

渡瀬はまた苦悶した。喉の奥から声が洩れる。

泣き出したいような絶望感がひたひたと胸のなかに湧き上がってくる。幼ないころ、いじめにあい、誰も助けに来ないとわかっているときの、あの感覚だ。

体が恐怖と絶望にしびれ、失禁しそうになる。痛みよりも寂寥感《せきりょうかん》が耐えがたかった。

猫背の男と巨漢のふたりは、仕事の仕上がり具合を点検する職人の冷静さで渡瀬を眺めている。

猫背の男が言った。

「あなたが今夜話をなさったのは、こういうことをする人間たちだということを、ご理解ください」

渡瀬は、精神的なパニックのためがたがたと震えていた。特に背筋がびくびくと震えるような気がした。

ふたりの足音が遠ざかっていった。

やがて、車の走り去る音が聞こえる。

ヤクザたちが去っても、渡瀬は動けずにいた。

彼は解放されたことで虚脱状態になっていた。まとまったことがまるで考えられない。

心の片すみで彼はぼんやりと思っていた。

(ああ、『サムタイム』に戻らないと、坂本が心配するな……)

2

渡瀬は出社すると、すぐに弁護士の滝川謙治《たきがわけんじ》に電話をした。

ファミコンなどのソフトには、著作権や肖像権、依頼販売の条件など、さまざまな法律的問題がからんでくる。弁護士の存在は不可欠なのだ。

滝川は小さいながらも個人の法律事務所を構えていた。

若い弁護士は、まず大所帯の事務所に居候をする。こうした弁護士を「イソ弁」などと呼ぶ。

滝川は数年前にイソ弁を卒業していた。すでに四十五歳だが、弁護士の世界ではこれからが勝負という時期だ。

「どうした、社長。またトラブルか？」

滝川はいつも渡瀬のことを社長と呼ぶ。

「なぜそう思うんだ？」

「日常的な仕事の件なら、マイちゃんが電話をくれるはずだ。あんたが直接電話をしてくるときはろくなことはない」

彼がマイちゃんと呼んだのは『ワタセ・ワークス』のデスクの女の子だ。名は戸上舞《とがみまい》、年齢は二十一歳だった。簿記の資格を持っているというので庶務をまかせるために雇ったのだが、仕事を始めると意外な才能を発揮した。

実に突飛な発想の持ち主なのだ。庶務もそつなくこなす。今や、彼女は『ワタセ・ワークス』になくてはならない存在となっていた。

渡瀬は滝川の言い分にうなずいた。

「昨夜、ヤクザに威《おど》された」

「なんでまた……」

「よくわからんのだが、『蓬莱』に関係しているらしい」

「パソコン用ソフトの？」

「いや、今度発売するスーパーファミコンソフトのことだと思う」

「相手は何と言ったんだ？」

「発売するな、と……」

「……それだけか？」

「『蓬莱』は作るべきではなかったと言ったな……。話が終わったあと、暴力を振るわれた」

「何をされた？」

「腹を蹴られたり、殴られたり……。地面に投げられたり……」

「痕跡は残っているのか？」

「腰に打ち身のあざが少し……。あとは残っていない」

「なるほどね……」

「なあ、どうしたらいい？　警察に言うべきかな？」

「言うだけ言ってみればいい。だが、無駄だろうね」

「無駄って……。俺は暴力を振るわれ、脅迫されたんだぜ」

「脅迫の事実を証明するものはあるか？」

「証拠のことか？」

「そうだ」

「ない」

「病院で暴力の結果だとはっきり断言してもらえるような傷はあるか？　例えば刃物による切り傷、刺し傷、銃弾による傷などだ」

「ない」

「相手が誰だかわかっているのか？」

「ヤクザだ」

「どこの組だ？　何という男だ？」

「わからない」

「それじゃ警察は何もできないよ。警察だって暇じゃないんだ」

「だが、威されたのは事実なんだ」

「その事実を証明できなきゃしょうがないんだ。いいか？　医者のかかりかたにもコツがあるのは、あんたも知っているだろう？　なるたけ細かいデータをそろえておいたほうがより正確な診断を期待できる。家族の大病、今までにした病気の年月日。最近受けた健康診断のデータなどなど……。警察の反応だって同じようなものなんだ。何かはっきりとした犯罪性がなければ警察のほうも対応はいいかげんになる。交番からおまわりさんが来て話を聞いて、それで終わりだ」

「暴力は犯罪じゃないのか？」

「犯罪じゃない」

「何だって……」

「議論が分かれるところだがね、犯罪性のある暴力とそうでもない暴力は区別される。そして、警察にとっては暴力は日常だ。あんたは殴られたの蹴られたのと大騒ぎするが、警察の連中にしてみればどうってことないのさ」

「なら、俺はどうすればいいんだ？」

「相手の言うとおり『蓬莱』のスーパーファミコンソフトの発売を中止するつもりはないん

だな？」

「すでにラインに乗ってるんだ。そんなことはできないし、するつもりもない」

「ならば、相手の出方を見るしかない」

「頼りにならないやつだな」

「そうじゃない。これが最も適切なアドバイスだ。ただし、ぼうっと待っていちゃだめだ。今度何かあったら、脅迫の証拠をつかめるように準備をしておくんだ。電話を録音するんでもいい。決してひとりで出歩かず、証人を作るように気をつけるのもいい。そういったことに気を配るんだ」

「泣き寝入りする者が多いのがうなずけるな……」

「あんたは今、びびってるだろう。だから一大事のように感じるだろうが、実際に起こったことはたいしたことじゃない。大切なのはこれから何が起こるか、だ。なぜ相手が『蓬萊』ソフトの発売を妨害したいのか――その目的を知ることも重要だ」

「そう言われても気分は晴れないな……」

「じゃあ、ちょっとばかりいい話を聞かせよう。昔は、たしかに暴力団の民事介入暴力に警察は手を出せなかった。だから、多くの人間が泣き寝入りせざるを得なかった。しかしだ。暴力団対策法という法律ができた。警察はこれまで手を出せなかった民暴にも対処できるようになった」

「何かあったらまた電話する」

渡瀬は強く疲れを意識して言った。「この件については別途料金を支払うから請求書を送ってくれ」

「そいつはありがたいな。だが、まだいい。実際に俺が動くはめになったらたっぷり請求してやるよ」

渡瀬は電話を切った。

「びびっている」と滝川弁護士は言った。確かに渡瀬はおびえて神経質になっていた。

（誰だってヤクザに威されればそうなる……）

彼は自分で自分を弁護した。

昨夜はあれから『サムタイム』に戻った。勘定がまだだった。行きつけの店だから、後日でもかまわないはずだったが、渡瀬はその点、律儀《りちぎ》な男だった。

律儀というより、多少杓子定木《しやくしじようぎ》なのかもしれない。自分が何をしたいか、ということより、まず世の中のシステムがどうなっているのかを考えるようなところがある。

例えば旅行を計画するとき、どこへ行ってどんなことを楽しもうかと考えるよりまず、どういう手続きで交通機関のチケットを手に入れ、どういう手段で宿を手配したらいいのかということが気にかかってしまうタイプだ。どちらかというと損な性格だ。

店に戻ると、坂本がいつにない鋭い眼差しを渡瀬に向けた。

彼は尋ねた。

「どういう話でした？」

渡瀬はまだショックが去っておらず、萎縮しきっていたし、苛立《いらだ》ってもいた。そのせいか、親しいはずの坂本の眼差しがおそろしく感じられた。

渡瀬はこたえた。

「どうってことない」

その口調は自分でもぶっきらぼうだと思ったが、どうしようもなかった。

坂本はそれ以上、何も尋ねようとしなかった。彼はそういう男だった。いつでも自分の立場をわきまえていた。

「何かお作りしますか？」

「いや、引き上げることにするよ」

渡瀬は勘定を済ませて『サムタイム』を出ようとした。

坂本は何か言いたげだった。珍しいことだった。

渡瀬はそれが気になってカウンターのまえで立ち止まった。

坂本は迷っているようだったが、やがて言った。

「社長ともなると、いろいろおありでしょうから、これは余計なことかもしれませんが……」

彼はまた鋭い眼をしていた。「ああいう連中とのいざこざは長びけばそれだけ面倒事が増えますよ」

「わかってる」

渡瀬はそう言って店を出たのだった。

世田谷区三軒茶屋《さんげんぢゃや》のマンションに引き上げ、眠れそうにないので、またウイスキーを一杯飲んだ。

彼は独身でひとり暮らしだった。

ほとんど眠れず、一晩考えてみたが、ヤクザが『蓬萊』の発売を妨害する理由はまったくわからなかった。

誰かが暴力団を雇ったとも考えられるが、誰が何のためにそんなことをしなければならないのか思いつかなかった。

結局、弁護士の滝川に相談するしかないと思った。その結果が今の電話だった。

仕事は山積しているが、手をつける気になれない。ふと彼は社長室の戸口にチーフプログラマーの沖田《おきた》陽一《よういち》が立っているのに気づいた。

社長室といっても、『ワタセ・ワークス』は、一室を社長が使えるほど大きな会社ではない。

資本金は二千万円で従業員は五人しかいない。渋谷区神宮前にあるマンションの一室に居を構えており、社長室というのは事務所のなかに衝立てで仕切って作ったブースに過ぎない。

「何だ?」

渡瀬は沖田に尋ねた。

「顔色が悪いんでどうかしたかと思ってな……」

「たまげたな……。おまえが他人の体調を気にするなんてな」

「普通なら気にしない。ヤクザがどうのと言ってるのが聞こえた」

「何でもない。顔色が悪いのは、おまえたちが俺に代表取締役なんぞ押しつけたからストレスにやられちまったせいだ」

「他のやつが社長をやっていたら、会社はとっくにつぶれていたよ」

渡瀬はかつて、中堅どころの玩具メーカーでプログラマーをしていた。沖田はその当時の同僚だった。

渡瀬と沖田はすでにゲームプログラマーとしてはかなり年配となっていた。渡瀬は三十五歳、沖田は三十歳だった。

ゲームプログラマーは、アイドル歌手並の寿命だといわれている。社内では使い捨てにされるのが目に見えていると感じたふたりは、村井《むらい》友彦《ともひこ》という有能なプログラマーを誘って独立した。

村井友彦は、打ち込みの速さを誇る若手プログラマーだ。彼は二十四歳だった。独立してから、戸上舞とプログラマーの大木守を雇った。

バブルが崩壊した今も『ワタセ・ワークス』がそこそこの業績を上げているのは、渡瀬の手腕よりも、沖田の頭脳のおかげといってよかった。

沖田は天才だと渡瀬は思っていた。洞察力と知略に長《た》けている。彼の開発するソフトは必ずヒット作となった。

だが一方で、彼は天才的な人物にありがちな奔放さを持っていた。端的に言えば、彼はやりたいことしかやらないのだ。

「俺はおまえと違ってプログラムだけに専念しているわけにはいかない」

渡瀬は言った。「その点がおそらく問題なのだと思う」

沖田は肩をすぼめただけで何も言わなかった。彼はやせ型で端整な顔をしている。そういう仕草に異和感がなかった。

渡瀬には、沖田が人間関係についての議論などにまったく関心を持っていないことがよくわかっていた。

ふと、彼は、昨夜のことは沖田に話すべきではないかと思った。しかし、思いとどまった。

ただの嫌がらせだったとしたら、騒ぎは大きくしないほうがいい。

「あんたの国は発展したかい？」

沖田は話題を変えた。

「だめだ。五十年の壁を越えられない。戦争が起こって国が衰退しちまう」

「今のところ、僕のほうが優位だな。五十年はとっくに越え、今のところ先住民族を追い散らしている」

「おまえには勝てそうにないな……」

沖田は涼しげに笑って姿を消した。

沖田が国と言ったのは『蓬萊』のなかの架空の国のことだ。

『蓬萊』は、ある土地に上陸してそこに国を造っていくゲームソフトなのだ。自分が市長となって町を作っていく『シムシティ』というヒット作があった。

『蓬萊』はそうしたソフトの一種だった。ゴールや勝利のないゲームソフトなのだ。

コンピュータゲームはどんどん複雑になっていく。その複雑さが、初期のころのスピードやスリルに取って代わりつつある。

『シムシティ』に、シューティングゲームの派手さはない。スピードやテクニックを競う楽しみは味わえないのだ。

何もない土地に、工業地、住宅地、商業地などを配置し、道路や鉄道を敷く。すると、それぞれの土地が発達し始め、人口が増えていくのだ。

人口が増えると、住宅地が不足する。住宅地が増えると、雇用確保をしなければならない。工業地や商業地を増やさなければならないのだ。

うまく配置してやらないと、公害や交通渋滞が起こる。また、市の財源は限られており、使い過ぎると何か問題が起きたときに、対処することもできなくなる。

公害、交通渋滞、犯罪の多発などが続くと、人口はみるみる減っていき、町はすたれていく。

突然、飛行機事故が起こったり、津波や地震、火事といった災害が発生する。頭を使ってそうした危機に対処していくゲームなのだ。

ゴールや勝利がないゲームであるにもかかわらず、『シムシティ』は大ヒット作となった。同じパターンのゲームに『シムアース』『ポピュラス』などがある。

一方、戦略シミュレーションゲームと呼ばれる一連のゲームがある。

多くは歴史上の出来事をゲームで再現するのだが、このとき、ゲーマーが歴史上の主人公になったり、主人公を動かしたりする。

関ケ原の合戦あり、戦国時代ものあり、中国の三国志のシリーズありとバリエーションも豊富だ。ゲームの進めかた次第で実際の歴史とはまったく異った結果になっていく。新しい歴史を作っていくというわけだ。

『蓬萊』は、『シムシティ』のような計画実行型のゲームと戦略シミュレーションを合わせたようなゲームソフトだった。

『シムシティ』には、千枚の地図が用意されている。そのなかの一枚を選び、その上に町を作っていくのだ。

『蓬莱』にも百の地図が用意されている。海岸線と山や川の組み合わせで百通りのパターンを用意してあるのだ。

一見適当に作った地図のように見える。その地図が何を意味しているかは説明書にも一切触れられていない。

だが、それは、実は紀元前三世紀から紀元前二世紀ころの日本の海岸線を含んだ地図なのだった。

九州から北海道にまたがる海ぞいの地域を百の地図に分けて配置してあるのだ。

そして、それぞれの地図には先住民がいることになっている。先住民が蛮族とは限らないが、対処のしかたを間違えると、あっという間に戦争が起こり、国が滅亡してゲームオーバーとなってしまう。

四季があり、うまく四季に合わせて作物を作ると収穫が期待できる。その代わり、季節を間違えると、労力がすべて無駄になり、マイナスポイントとなる。

日本の気候をベースにしているので、梅雨や秋雨、台風といった災害も起こる。時には旱《かん》魃《ばつ》も起こるようにプログラムされている。

もちろん、土地によって気候のパターンは変えてある。つまり、選択した地図によって気候も変化してくるのだ。

『シムシティ』や『シムアース』は、西洋的な町造り、世界造りだが、『蓬莱』は日本という風土に限定された国造りゲームなのだ。

まず、地図の一枚を選びそこに上陸するわけだが、その際に自分自身のキャラクターを設定しなければならない。

海を隔てた大国から来た人物。遊牧民の末裔《まつえい》、遠い西洋から何世代にもわたって旅を続ける民族のひとり、海を渡る商人などなど……。

目的も決めなければならない。侵略が目的かそれとも宗教的な布教が目的か。たまたま流れ着いたのか、国を追われての逃避行か。

逃避行だからといってマイナス面ばかりではない。栄えた国の技術や、ともに逃亡してきた武将などといったアイテムが与えられることになる。

上陸に当たっては、限定されてはいるが、かなりさまざまなものを持ち込むことができる。馬、家畜、武器、人員、技術などだ。

それが、馬一頭当たり人員三人といったような割合で容量が決まっている。純粋に人間だけに換算すると二千人を持って上陸することができる。

しかし、土木、農業、医学、武術といった技術を付加するごとに、持ち込める人数の割合は減っていくのだ。

この設定に失敗すると、上陸してすぐに災害や食料不足、異民族の攻撃といった出来事のせいで全滅してしまい、ゲームオーバーとなってしまう。

渡瀬と沖田は、現在、『蓬萊』のパソコン用ソフトで国の繁栄を競っていた。『蓬萊』は、ゲームプログラマーが本気で取り組むにあたいするソフトだと渡瀬は思っていた。

3

『蓬萊』の企画書を出したのはプログラマーの大木守だった。

『ワタセ・ワークス』を設立した後に雇ったプログラマーだ。

二十二歳の若者だが、有能でアイディアマンだった。見かけは当世の軽い若者と変わらない。

彼は山っ気の強いタイプだった。自信家で常に他人を見下しているようなところがあり、渡瀬はその点が多少気になっていた。

だが、沖田は大木と気が合うようだった。才能のある者同士は互いに理解し合えるのかもしれない——渡瀬はそう思っていた。

大木は絶対に自分を安売りしない男だった。プロフェッショナルとしては必要なことだと渡瀬はそれを評価していたが、いつかは手綱を引き締めなければならないときがくるのではないかと考えていた。

大木は、自分が才能にあふれた大物であると信じており、そのせいで物おじしない男だった。

おかげで顔が広かった。どうやら、六本木あたりのクラブなどで芸能人やスポーツ選手と知り合うこともあるようだった。

ゲーム作りには、そうした社交性も役に立つ。企画のヒントはどこに転がっているかわからないのだ。

大木の遊びかたはけっこう派手だったが、そういうわけで渡瀬はそれを認めていた。

聖人君子がヒットするゲームを作るわけではない。プロフェッショナルは、私生活などは問題ではなく、作り出す結果だけが問題だというのが渡瀬の持論だった。

最初、大木が『蓬萊』の企画を出したとき、渡瀬はまったく乗り気ではなかった。

『シムシティ』や『ポピュラス』の亜流にしか思えなかったのだ。

舞台が日本に限定されている点にも魅力を感じなかった。ステージが限られ過ぎているような気がしたのだ。

日本を舞台にしたのなら、日本の歴史どおりにゲームを進行させればいいだけだ。そんな成功パターンのはっきりしたゲームに、消費者が魅力を感じるはずはないとも感じた。

大木に年齢が近いプログラマーの村井も、渡瀬と似たような反応を示した。

彼は、今やキャラクターのはっきりしたアドベンチャーゲームやロールプレイングゲームのほうが主流だと主張した。

さらに村井は、コンピュータゲームは、プログラムのときに、物語を用意してやらなければ、消費者は飛びつかないのだと言った。

彼は『ドラゴンクエスト』などに代表されるロールプレイングゲームが好みだった。

渡瀬は、村井の言い分を受け容れた。

『蓬萊』は企画の段階で葬り去られようとしていた。

しかし、沖田が興味を示した。

沖田は真剣な眼差しで、大木に質問を始めた。

沖田の質問は、プログラム上の技術的なことから、ゲームの全体像まで、ありとあらゆる面に及んだ。

渡瀬は、半ばあきれて大木と沖田のやりとりを聞いていた。

大木は、どんな質問にも自信たっぷりにこたえた。ときには、してやったりといった笑いを浮かべて質問にこたえた。

企画段階で、これほど細部まで決まっているのは珍しいと渡瀬は感心してしまった。

そして、彼は気づいた。

『蓬萊』は風土が限定されているからこそ面白いのだ。限定されているというのは、つまりは、条件が多いということだ。条件が多いというのは、ゲームの場合、それだけ遊べるチャンスが多いということを意味している。

大木は言った。

「『ポピュラス』なんかはよくできたゲームだ。僕らプログラマーでも結構楽しめる。だけど、僕はどうも異和感を感じていた。あくまでも絵空事《えそらごと》というイメージがぬぐい去れないんだ」

生真面目《きまじめ》な村井が言った。

「プログラムをもっと複雑にすればいくらでもリアリティーは増やせるさ。だけど、アーケード対象じゃないんだ。十六メガのメモリー容量じゃ限界がある」

アーケードというのは家庭用ではなく、ゲームセンターなど業務用のゲームソフトやゲーム機器のことだ。

大木はそのとき、笑いを浮かべてこたえた。

「プログラムを煩雑にすればいいってもんじゃない。なに、十六メガも必要ないさ。十メガもあれば充分だ。要はデザインなんだよ。発想次第で、ゲームはリアリティーを持つし、おもしろくなる」

渡瀬はそのときの大木の表情に不快なものをふと感じた。

先輩の村井を完全に見下した態度だった。職人気質の村井はむきになって反論した。

「多くの戦略ゲームもそうだが、歴史上の出来事を知っていないと面白く遊べない。シミュレーションゲームにヒット作が少ないのはそういう限界があるからだ」

「まだよく企画の意図がわかってないようだね。歴史なんて関係ない。『蓬莱』には歴史上の人物なんて一切出て来ない。遊びかたは『シムシティ』や『ポピュラス』と同じだ。あくまでも白紙の地図に国を作っていくだけだ」

「だが、プログラム上は日本の歴史を組み込んでおくんだろう」

「歴史じゃない。風土だ」

「異民族というのはどういうことだ？　蝦夷《えぞ》や隼人《はやと》のことなんじゃないのか？」

「そういうことになるが、それは風土のひとつと考える。ゲームの上でいえば、条件のひとつだよ」

村井が言うことを探している隙に、沖田が言った。

「これ、おもしろいよ！」

彼は企画書をじっと見つめている。「ゲームにリアリティーがどの程度必要かというのは論議の分かれるところだ。だけど、大木の言うとおり、こういうゲームはリアリティーが必要だ。それに、僕はずっと思っていたんだけど、『シムシティ』や『シムアース』には、やっぱりどこか異和感があった。それがなぜなのか、この企画書でわかった。『シムアース』も『シムシティ』も、西洋的な視点のゲームだったんだ。どんどん土地を開発してビルや住宅地を作っていく。公害が起こったら、人工の公園で緑を増やす……。『ポピュラス』も、神がいて人類を繁栄へと導いていくわけだけれど、その神というのは実に西洋的なんだ。一神教的神だ。『蓬萊』はまったく違った日本的な国造りだ。これは……」

沖田は重大発見をしたように、仰々《ぎょうぎょう》しく言った。「日本人の魂を刺激するかもしれない」

村井は言った。

「ゲームの購買層は子供だ。日本人の魂なんぞ関係あるもんか」

「いや」

大木はまたしても自信たっぷりに言った。

「子供も日本人としての意識からは逃がれられない。街がどんなにアメリカナイズされようがヨーロッパ風になろうが、風土が培《つちか》った心象というのは変わらない。普段は意識しないけど、俺たちの心の奥底には日本人としての共通のフィールドがあるに違いないんだ」

「僕もそう思う」

沖田が言う。

渡瀬は話を聞きながら、すでに『蓬萊』を作ることに決めていた。

『ワタセ・ワークス』は、媒体として、ファミコン及びスーパーファミコン対応ソフトを主に手がけていた。

だが、渡瀬は『蓬莱』をいきなりスーパーファミコン用ソフトとして売り出すことに抵抗を感じた。激戦区のスーパーファミコン市場で戦えるだけの競争力が『蓬莱』にあるかどうか、自信が持てなかったのだ。

渡瀬はとりあえず、『蓬莱』を、パソコンのソフトとして商品化することにした。

パソコン用のゲームソフトは販路が限られているためマーケット自体は大きくないが、リスクが少ないというメリットがある。

仕様書は大木が作った。仕様書というのはゲームのすべての流れと要素を書き記した書類で、『蓬莱』の仕様書は、厚さ五センチにも及んだ。

あとは、通常の作業と変わりなかった。

デザイン画などのデータをそろえ、プログラム作業に入る。メインプログラムは、大木が中心となって作った。

プログラムの段階からは総力戦だ。渡瀬も細かいプログラムを手伝った。とにかく、膨大な量のプログラムなのだ。

試作品ができると、デバッグ作業をしてマスターの完成だ。

渡瀬は自宅にソフトを持ち帰り、コンピュータで実際にゲームをやってみた。どういう仕上がりかを確かめるつもりだった。

実際に自分で遊んでみると、制作作業中には気づかなかった長所短所を発見することがある。そうした発見は、セールスプロモーションに役立つことがあるのだ。

たちまち渡瀬は夢中になってしまった。

仕事柄、数えきれないコンピュータゲームに接してきた渡瀬だ。『蓬莱』がどんなゲームかは完成するまえから想像できていた。

しかし、実際にやってみると、『蓬莱』は予想をはるかに超えた面白さだった。

その面白さは一種独特だった。

コンピュータゲームというのは、絵空事だ。絵空事だからこそ、安心して遊べるという一面もある。

だがやはり、その限界があることも確かだ。コンピュータゲームを始めると、たいていの人は画面に没入し、時間が過ぎるのを忘れてしまう。

くたくたに疲れ果てたとき、画面上のキャラクターを見て、ふと醒めた気分になってしまうようなこともある。

渡瀬はもちろんコンピュータゲームが好きでこの業界に入ったのだ。この仕事が気に入っていたし、ゲームに飽きたと感じたこともない。

その渡瀬でさえそういうことがある。

あるいは、渡瀬は数多くのゲームに接しているから醒めた気分になったりするのかもしれない。

ということは、コンピュータゲームの愛好者にも同じことが起こる可能性があるのだ。

事実、ロールプレイングゲームの類は、飽きられる傾向がある。

ロールプレイングゲームというのは、あるキャラクターが、用意されたストーリーに従って冒険を続け、ある目的を達成するというタイプのものだ。

ゲームを進めるたびに選択肢が出てきて、それによって、先のストーリーも変化する。一時期、ロールプレイングゲームは人生そのものだと本気で言い出すゲーム愛好者やゲームデザイナーがいたが、もちろんそんなたいしたものではないと渡瀬は思っていた。

どんな手段や道筋を選択しても、所詮、ストーリーはゲームデザイナーが用意したものに過ぎないのだ。

ロールプレイングゲームは、発売した瞬間が勝負なのだ。ゲーム愛好者は先を争ってソフトを買い求め、徹夜でゲームをしてさっさと攻略してしまう。

商品としては派手な動きをする。メーカーにとっても制作会社にとってもありがたい商品なのだった。

だが、ゲームの性格上、長く愛されるタイプの商品ではない。

ゲームデザイナーの多くはそれでいいと考えている。つまり、コンピュータゲームソフトというのは、かつてのトランプやチェスのような遊びの道具ではなく、書籍やビデオムービーのようなメディアだと考えているのだ。

ゲームソフトは、ゲームデザイナーの表現手段のひとつになりつつある。

渡瀬は年のせいか、別の考えかたを持っていた。おそらくそれはコンピュータゲーム業界にあっては古いタイプの考えなのだろうという自覚はあった。

彼は、コンピュータゲームもゲームには違いがないのだから、遊び手の意志なり熟練度なり、思考なりがもっと反映されていいと考えているのだ。

もちろん、すべてのコンピュータゲームにそういう要素はある。しかし、渡瀬のイメージするものは別にあった。

彼は、チェスを、あるいは将棋をイメージしているのだ。

いつどこで観たのかは忘れたが、渡瀬はある映画か何かの一場面を記憶していた。ひとりは立派なチェス盤を持ち、おそらくは象牙でできている駒を盤上に並べている。もうひとりは、玩具屋で安く売られているような粗末《そまつ》なセットを持っている。

ふたりは遠く離れた土地に住んでおり、電話でチェスのやりとりをしている。そうして何年にもわたって勝負を続けているのだ。

将棋の世界にもすさまじいものがある。大の大人が命を懸けるほどの世界なのだ。

現在のコンピュータゲーム業界にあって、それは的外れなビジョンといわれるかもしれない。

しかし、渡瀬はその考えを捨てる気になれなかった。ゲーム業界がゲームを作るわけではない。人間が作るのだ。その人間がビジョンを持つことは、そのビジョンがどんなものであっても正しいと彼は考えていたのだ。

そして、彼は『蓬萊』と出会った。

彼の会社で制作したソフトであり、彼自身がその一部をプログラムしたのだが、まさに出会ったという言い方がぴったりだった。

渡瀬は『蓬萊』に奇妙なリアリティーを感じた。

理由はわからないが、きわどいほどの現実味があるように感じられるのだ。『蓬萊』を実際にやっていくうちに、かつて感じたことのない静かな興奮を覚えるようになっていった。『蓬萊』の、ゲームのパターンそのものは決して目新しいものではない。『蓬萊』の新しさは、ゲームの形式以外のところにあるような気がした。

渡瀬は、沖田が言っていた「異和感」に、初めて気づいた。

沖田は、これまでの西洋型の町づくりなどに異和感を感じるといっていた。それは、沖田が人並外れて鋭敏な感覚を持っているせいだと渡瀬は思った。

実際に、『シムシティ』は大ヒット作となったのだし、現代的な町作りゲームとしては理想的なソフトだった。通常の人は異和感などなくゲームを楽しめる。

だが、渡瀬は『蓬萊』をやってみて、沖田の言うことがようやく理解できるような気がしてきたのだ。

『蓬萊』は確かに、ゲームの形式以外の部分で渡瀬の心に迫るものを持っていた。ゲームの持つオーラのようなものだと渡瀬は感じていた。

ヴァルター・ベンヤミンは、『複製技術時代の芸術』のなかで、「アウラ」のことを述べている。

彼のいう「アウラ」というのはオーラのことだ。彼は写真や映画についての芸術性を述べた。

今では写真・映画に芸術性を認めるのは当たりまえのことになっているが、絵画や彫刻といったものが芸術の主流を占めていた時代には、議論が分かれていたのだ。

ベンヤミンは、「アウラ」つまりオーラを持っているが故に、写真や映画も芸術たりうると語っている。

渡瀬はゲームソフトにもオーラがあると感じていた。オーラの強いゲームとそうでないゲームがある。

オーラの強いゲームはたいていヒット作となる。それはベンヤミンが言った複製技術時代の芸術性と同様のものかもしれないと渡瀬は考えたことがあった。

『蓬萊』は強いオーラを持っているようだった。渡瀬は『蓬萊』のヒットを確信した。

沖田にオーラの話をすると、沖田は苦笑に近い笑いを浮かべて言った。

「日本人の心の奥底には共通の心象があるはずだ。『蓬萊』はその部分にアピールするんだ。大木の話を聞いて当然予想できたことだよ」

「じゃあ、おまえは、『蓬萊』をやったときに感じる、何ともいえないなつかしさというか郷愁というか……、そういったものまで予想していたというのか？」

そのとき、思わず渡瀬はそう尋ねていた。

「ありうると思ったね」

沖田はあっさりと言ってのけた。

この男はどうしていつもこう自信たっぷりでいられるのだろうと渡瀬はその時思った。

渡瀬は、『蓬萊』には自分のビジョンに近い魅力があると感じていた。彼はそのことを沖田に説明した。

「俺は、遠く離れたところに住むふたりのチェスのライバルが、何年も戦い続けるという一種の理想像を持っている。ゲームの理想像だ。『蓬萊』には、そうした楽しみかたができる可能性があるように思う」

「やってみるかい。あんたと僕が国の繁栄を競うんだ」

渡瀬は挑戦することにした。

ふたりは、ランダムにひとつの地図を選んだ。同一の地図の上で、それぞれが国を作り始めるのだ。

その地図は、紀元前二世紀か紀元前三世紀の、日本のどこかを表しているはずだが、『蓬莱』にはそのことは説明されていない。

国造りゲームの純粋な楽しみをそこなわないために、故意に秘匿《ひとく》するべきだと大木が主張し、『ワタセ・ワークス』の全員がそれを受け容れたためだ。

渡瀬と沖田の国造り競争はそうして始まった。

今のところ、やはり渡瀬のほうが分が悪いようだった。

4

午前十一時を過ぎていた。

大木がまだ出社していなかった。

大木は派手な遊びをする男で、二日酔いで出社することが多かった。しかし、遅刻はしない。

『ワタセ・ワークス』の始業時刻は九時だ。これは、渡瀬が玩具メーカーにいたころと同じだった。

メーカーで働いていたころは、もう一時間始業時刻が遅ければどんなに楽だろうと考えていた。そして、自分で会社を作ったなら、出社の時刻は十時か、あるいはフレックスタイム制にしようと思っていた。

しかし、やがて彼は気づいた。仕事というのは午前中が勝負なのだ。午前中に準備が充分にできていれば午後一番で動き出せる。

また、取引先のメーカーなどは、やはり九時に始業するところが多いので、この一時間の差は致命的な失敗につながる恐れもあった。コンピュータゲーム業界の競争は熾烈《しれつ》なのだ。

大木が夜中まで遊んでいるにもかかわらず遅刻をしないのは、単に真面目だからではなかった。彼は、他人に弱味を握られることを嫌うのだ。

遅刻などしたら、そのために余計なことまで批判されるはめになる――そういう考えかたをする男だった。

九時を過ぎると、若手プログラマーの村井が文句を言い始めた。職人気質のこの男は、物事が予定どおり進まないとたちまち不機嫌になってしまう。

村井は、大木が大切な資料を持ち帰ったままだとこぼしていた。

十時になると、戸上舞が渡瀬に苦情を言いに来た。

大木あての電話が何本もかかってきており、本人でなければ対応できないのだという。

十時半になると、沖田が社長室のブースにやってきて言った。

「こりゃあ、ちょっと変だぞ。連絡も入らないなんて……」

「そうだな……。今、マイちゃんに電話をしてもらっている」

沖田がブースから出て行った。

外から沖田と舞の会話が聞こえてきた。

「連絡、取れないの？」

「留守電なんですよ。何度もメッセージ入れてるんですけど……。もう、家は出ているみたいですね」

「あいつは独り暮らしだっけ？」

「……だったと思います」

「携帯電話とかポケベルは持ってないのか？」

「携帯電話を持ってます。その番号にかけているんですけど、つながらないんです。電源が入っていないか、電波のとどかない場所にいるっていう例のメッセージが流れるだけで……」

「しょうがないな……」

そして、十一時になり、さすがに渡瀬も気になり始めた。

（まったく、面白くないことばかり起こる）

渡瀬は、昨夜ヤクザ者に暴行を受けたことを思い出した。

突然、彼は嫌な予感がした。

ヤクザ者たちは、大木の名を知っていたのだ。大木が出社しない理由は、ヤクザと何か関係があるのではないだろうか？

ふと渡瀬の頭のなかをそんな考えがよぎったのだ。

彼はそれを打ち消そうとした。

(そんなことがあってたまるか。俺はひどく神経質になっている。だから、こんなことを考えてしまうんだ)

十一時二十分ころ、舞が社長室のブースのドアをノックした。蒼ざめた顔をしているように見える。

「どうした？」

思わず渡瀬は尋ねていた。

「あの……。警察のかたがおみえです。社長にお会いしたいと……」

「警察……？」

「刑事さんです」

「入っていただきなさい」

舞はいったん戸口から去り、ふたりの男を案内してきた。

ひとりの男は、渡瀬よりはるかに年上だった。頭に白いものが混じっている。グレーの背広を着ており、小さなドットの入ったダークレッドのネクタイをしている。

顔が浅黒い――というより、土気色に近い顔色をしている。睡眠不足を強いられる職業――例えば、マスコミや音楽業界によく見られる顔色だった。

眼は充血している。

もうひとりは若い男だった。モスグリーンのポロシャツの上に格子縞《こうしじま》のジャケットを着ている。

中年のほうはしっかりとしたウイングチップをはいていたが、若いほうはソフトレザーの靴だった。

中年男が紐のついた黒い手帳を出した。手帳の表面はビニールのような光沢があった。日章と警視庁の文字が見えた。

「神南《じんなん》署の安積《あづみ》といいます。こちらは、黒木《くろき》……」

「渡瀬です。どんなご用でしょう」

渡瀬は机のうしろに立ってふたりを迎えた。そのままで尋ねた。

中年刑事の安積はそれを気にした様子はなかった。

「大木守さんはこちらの社員でいらっしゃいますね？」

「そうですが……。大木はまだ出社しておりません」

安積刑事はきわめて事務的な口調で言った。

「大木守さんは、お亡くなりになりました」

渡瀬は言葉を失って安積の顔を見つめていた。

今の言葉をどう受け取っていいかわからなかった。思考が停止している。自分がどういう態度を取るべきかわからない。

「大木が……。まさか……」

安積の顔を見つめたままで渡瀬は言った。凍りついたように立ち尽くしている渡瀬に向かって、安積刑事は、それが自分の仕事であることを強調するような態度で言った。

「けさ、八時三十五分ころ、東横《とうよこ》線都立大学駅で、ホームから転落なさいまして、入ってきた上り列車に……」

刑事の事務的な態度は、日常性を取り戻させるような効果があるようだった。渡瀬の頭が回転し始めた。

「都立大学駅……」

「そうです。時刻から見て出勤途中と思われますが……」

「大木の部屋は目黒区の柿の木坂にあったはずです。都立大学駅から通勤していたから、おそらくそうでしょう」

安積はうなずいた。

「目黒署からも、そういう知らせを受けています」

「事故なんですか？」

「ええ……、おそらくは……。まあ、事件性がないかどうか、いちおう調べてみるのが、私たちの仕事ですから」

そのとき、渡瀬はようやく自分たちが立ち話をしているのに気づいた。彼は、机の前に置いてある二脚の椅子をてのひらで差し示した。

「どうぞ、お掛けください」

「失礼します」

安積は言って椅子に腰を降ろした。黒木という若い刑事もそれに倣った。

その椅子は、渡瀬が打ち合わせに使うもので、渡瀬とふたりの刑事は机をはさんで向かい合う形になった。

刑事たちはB5判のルーズリーフのノートを取り出した。メモを取るようだ。

刑事は手帳か何かにメモを取るものと思っていた渡瀬はそれを見て意外に感じた。刑事が作成する報告書や疎明《そめい》資料というのは、実に細々としたことまで書き込まねばならない。

その上、会議でのメモもかなりの量になる。実際、小さな手帳だけのメモでは間に合わないのだ。

「最近、大木さんに変わった様子はありませんでしたか？」

安積が尋ねた。

「変わった様子？」

「どんなことでも結構なのですが……。何か思い出すことはありませんか？」

渡瀬は、昨夜、ヤクザが大木の名を出したことを思い出した。渡瀬は警察にそのことを話すべきかどうか考えた。

滝川弁護士は、事件性のない限り警察はなかなか動いてくれないと言った。脅迫の証拠がない点も問題だと言っていた。

だが、今、目のまえに刑事がいる。

渡瀬は、問題が起きたら専門家にまかせるのが最良の方法だと、常日頃考えていた。暴力や脅迫の専門家は警察を措《お》いて他にはない。

「大木自身には別に変わったことはなかったのですが……」

渡瀬が言うと刑事たちはじっと渡瀬の顔を見つめた。その視線は、まるで渡瀬にプレッシャーをかけているようだった。

渡瀬はたじろぐ思いがした。罪など何も犯していなくても、刑事に見つめられるとひどく緊張するものだと、渡瀬は初めて実感した。

そのせいで、渡瀬はまた迷い始めた。

どこまで話していいのだろう。ヤクザたちは『蓬萊』のスーパーファミコンソフトの発売を中止しろと言った。そのことも話さねばならない。

それは、営業的な不利益にならないだろうか？　コンピュータゲーム業界の競争は激しい。ほんのささいなことも命取りになってしまう恐れがある。

渡瀬は冷静に判断しようとした。しかし、非日常のどまんなかに放り出された彼は、まともに頭を働かせることができそうになかった。

彼は、考えるのをあきらめた。そして、話すことに決めた。少しでも楽な気分になりたかったのだ。

「実は、昨夜のことなのですが……。乃木坂のバーで飲んでいると、突然ヤクザらしいふたり組が寄って来ましてね……。話をしたいというのでついて行ったんです。近くの駐車場で、私は殴る蹴るの暴行を受けたのです」

黒木という若い刑事が眼だけ動かして安積の顔をちらりと見た。安積は渡瀬の顔から眼をそらさなかった。

安積が尋ねた。

「あなたおひとりで飲んでらしたのですか？」

「そうです」

安積は話の先をうながすように黙って渡瀬を見ていた。大木と今の話のつながりがわからないのだ。

渡瀬は話し始めた。

「見も知らぬヤクザ者にのこのこついて行ったのは、ヤクザたちの口から大木の名が出たからなのです」

「ほう……」

安積の表情に変化はなかった。その無表情さが渡瀬を不安にさせた。

不安のせいで渡瀬はしゃべらずにはいられなくなった。

「駐車場には黒いベンツが駐まっていました。なかに、誰か大物らしい男が乗っていて、主に話をしたのはその男です」

「大物らしい男……」

「ああ……、組の幹部とか、親分とか……、そういう人物でしょう」

「顔は見ましたか？」

「いえ、暗かったし、ウインドウに黒っぽいフィルムが貼ってあるようで、車のなかは見えませんでした。ウインドウが、こう、細く開いているだけで……」

「それでどうして大物だとわかったのです？」

「そう感じたのです。何かこう……、雰囲気で……。声の調子とかしゃべりかたとか……。あ、それと、私を連れに店にやってきたふたりのヤクザの態度とか……」

「なるほど……。どんな話をしました？」

「仕事に関することです」

「具体的には？」

渡瀬はそこでまた迷ったが、もう話すしかないと思った。

「わが社で制作したソフトが、大手メーカーから一般ユーザー用のソフトとして売り出されることになっていまして……。相手は、その発売を中止しろと……」

「おたくで制作したものが大手メーカーのソフトとして……？　どういうことなんです？」

渡瀬はそこでまたＯＥＭ契約のことを説明しなければならなかった。

説明を聞き終わると、安積は言った。

「……つまり、一般ユーザー向けのゲームソフトは、いろいろな会社が制作をして、それを一部のハードメーカーが生産しているというわけですか？」

「そういうことです」

「問題のソフトの名は？」

「『蓬萊』といいます」

「ホウライ……？」

「蓬萊の国の蓬萊ですよ。日本の先史時代を舞台にした国造りゲームです」

安積は初めて表情を曇らせた。

渡瀬にはその理由が想像できた。安積のような年齢の人間にコンピュータゲームの話をするのは酷《こく》なのだ。彼らは、まったくゲームのことをイメージできないのだった。

　安積は、すぐに彼本来の表情に戻った。

「……それで、大木さんとはどう結びつくのです?」

「『蓬萊』の企画を出したのは大木なのです。仕様書もほとんど大木が作りました」

「仕様書?」

「ゲームの設計図みたいなものです」

「つまり、『蓬萊』を作ったのは大木さんだということですか?」

「まあ……、そういうことですね」

　安積は、考えをまとめているようだった。黒木はしきりにノートに何かを書き込んでいる。

　短い沈黙の後、安積刑事は言った。

「製品の発売を妨害されたようなことは過去にもありましたか?」

「いいえ。こうした脅迫は初めてのことです」

「そのゲーム……、『蓬萊』ですか……。何か特に問題になるような点はなかったのですか?」

「思い当たりませんね」

「書籍などの場合、差別的表現が問題になることがありますが……」

「そういうことはないと思いますが……」

渡瀬は、そう言ってから、ふと気になった。

ゲームのなかに、何種族かの先住民が出てくるのだ。もちろん、『蓬莱』の舞台が日本であるとは一言も説明されていないし、特定の先住民の名も使っていない。ゲームのなかでは、先住民の知恵を学ぶことによって得点できる場合もある。

しかし、先住民は野蛮であると取られるプログラムをしてあることも確かだ。その程度のことでも差別問題になり得るかもしれない。

渡瀬はその点も話しておいたほうがいいと思い、刑事たちに説明した。

黒木がメモを取り、安積がじっと話を聞いていた。

話を聞き終わると、安積は関心なさげにうなずいた。渡瀬は拍子抜けするとともに、何やら気恥しさを覚えた。

まったく的外れな話をしてしまったような気がしたのだ。

安積は質問を再開した。

「最近大木さんに、ふさぎ込んでいるような様子は見られませんでしたか？」

渡瀬はすぐにぴんときた。安積の質問は、大木の自殺の可能性を探るためのものだった。

渡瀬は、きっぱりと首を横に振った。

「そんな様子はまったくなかったですね。彼は自信家で、自分にできないことはないと思っているようなタイプでした。最近もそれは変わっていませんでしたよ」

「そういう人間が挫折すると、かえってダメージは大きいものですが……。仕事の上で失敗などはありませんでしたか？」

「彼の仕事は、いつでも完璧でしたよ」

「なるほど……。女性関係のほうはいかがでした？」

「派手に遊ぶタイプでしたからね。そちらのほうもそこそこじゃないですか？　彼の私生活についてはあまり詳しく知らないんです」

安積はうなずいた。

それからごく一般的な質問が続いた。

安積は遠回しに、大木が人に怨みを買うようなことがなかったか質問しているのだった。

怨みくらいは買っているだろうと渡瀬は思った。大木の性格だから、友人も多いが敵も多いに違いなかった。

事実、社内でも、沖田は大木のことを気に入っているようだったが、村井は明らかに嫌っているようだった。

だが、殺されるほどの怨みを買っているという事実は知らない。渡瀬はそのことをなるべく正確に刑事たちに伝えようとした。

安積はノートを閉じた。

「どうもいろいろとありがとうございました。何か特に思い出すようなことがありましたら、ご一報いただけますか」

彼は名刺を取り出して机の上に置いた。

名前の上に警部補とあった。

渡瀬は警察の階級については詳しく知らなかったが、それが、相当に上の位であることはわかった。

警部補は、巡査部長の上、警部の下の位だ。階級と役職は必ずしも一致しないが、警部補は、警察署の係長をつとめるくらいの階級だ。

「事故なのでしょう？」

椅子から立ち上がった刑事たちに、渡瀬は念を押すように尋ねた。

「……だと思いますが、まあ、いろいろと調べてみませんと……」

安積はこたえた。決して断定しなかった。

「脅迫の件ですが、私たちはどうすればいいのでしょう？」

「また何かあるようでしたら、電話をください」

冷淡な返事だ、と渡瀬は思った。

やはり、滝川弁護士の言うことが正しいのだろうか――渡瀬は、ふたりの刑事を見送りながらそんなことを考えていた。

5

その日の夜、大木が住んでいたマンションの近くにある寺で通夜が行なわれた。

通夜の段取りをしたのは、故郷から出てきた両親と埼玉に住む親類だということだった。

『ワタセ・ワークス』の社員は、全員通夜に出向いた。

沖田と村井は常に仕事をかかえていて、正直なところ、通夜の手伝いをするのはつらいはずだ。だが、同僚が死んだのだから、忙しいのを理由に知らんぷりはできない。

村井は会場に着くまでは不満そうだったが、会場ではてきぱきと動いた。

沖田は、何を考えているのか、ずっと無言のままだった。大木の能力を認めていたのだから、こたえるのも無理はない。

あるいは、沖田が認めていたのは、大木の能力だけではなかったのかもしれない。才能や能力に恵まれている者同士の共感を、大木に感じていたのかもしれないと渡瀬は思った。

渡瀬は、大木の死にまつわる繁雑な手続きなどに追われ、なおかつ、それが多忙な日常業務に割り込んでくるので、感傷にふける暇がなかった。

白木《しらき》の祭壇をまえに、両親と顔を合わせたとき、渡瀬は、人が死ぬというのはこういうことだったのだと実感した。

大木の両親は、五十代後半だった。

父親は、白髪混じりで、背が低くやせている。日に焼けており、どこかおどおどした感じの男だった。

母親も日に焼けている。彼女は、眼を真っ赤に泣《な》き腫《は》らしていた。

ふたりは、和歌山県で農業を営んでいるということだった。渡瀬は、大木の口から生家の職業を聞いたことがないのに、そのとき初めて気づいた。

東京にひとりで暮らす者は、あまり故郷の影を引きずっていない。若い者はなおさらだ。

そして、大木は特に故郷の匂いを感じさせないような男だった。都会の暮らしが性に合っていたのかもしれない。

大木の父親は、ひどく古い礼服を着ていた。母親も、虫よけのにおいがする喪服を着ており、それがことさらにあわれを誘った。

「このたびは何とも……」

渡瀬はそう声を掛けるのがやっとだった。ひどく落ち込んでいる両親の姿を見るのがつらかった。

両親は、何も言わずただかしこまって頭を下げるだけだった。

弔問客《ちょうもんきゃく》はそれほど多くはなかった。大木の年齢にしてみれば当然かもしれない。六本木のクラブあたりで派手に遊んでいた連中は顔を出さなかった。特に芸能人やスポーツ選手はひとりも現れない。申し訳程度に花輪が届いただけだった。

派手な付き合いというのは、実情はこんなものなのだな、と渡瀬は心のなかでひとりごとを言った。

仕事関係の弔問客が多い。あとは学生時代の友人だ。

渡瀬は受付にいた。となりには舞がすわっている。弔問にやってきた取引先の人間と挨拶を交す必要があったからだ。

深夜近くなって、寺の山門のまえに、黒のメルセデスが停まった。今どきメルセデスは珍しくはない。しかし、その車をちらりと見たとき、渡瀬は嫌な気分になった。

昨夜の出来事をまた思い出したのだ。

車のドアが開き降りてきた男を見たとき、渡瀬は嫌な気分どころではなくなった。顔面から血の気が引いていくのがわかった。

昨夜のヤクザたちだった。

ふたりは、まっすぐに受付へやってきた。渡瀬はつっ立ったまま、ふたりを見ている。黒いスーツに、黒のネクタイと、ヤクザたちは、一般の弔問客とまったく同じ恰好だが、なぜかすぐに素性がわかった。

　猫背の男が、渡瀬に一礼をして言った。

「このたびはとんだことで……」

　彼は懐《ふところ》から香典《こうでん》を出して机に置いた。

　渡瀬は昨夜の恐怖がよみがえり、口もきけずにいた。

　猫背の男は神妙な表情をしている。彼は渡瀬の顔を一瞥《いちべつ》すると言った。

「昨夜はどうも失礼しました」

「あ……」

　彼らは、奥へ向かおうとした。「じゃ、仏さんに線香を上げさせてもらいます」

　舞が言った。「すいません、ご記帳をお願いします」

　渡瀬ははっとした。

（こんなやつらを呼び止めるもんじゃない）

　心のなかで、舞を叱責《しっせき》していた。

　しかし、男たちが記帳をすれば、素性の手掛かりくらいにはなるかもしれないと思い直した。

　猫背の男は丁重に頭を下げて言った。

「いえ、私らはただの使いなもので、このままで失礼させていただきます」

ふたりのヤクザは足早に祭壇のあるほうへ進んだ。彼らは葬儀には慣れているようだった。

実際、ヤクザ者というのは冠婚葬祭には慣れている。それが仕事の一部といってもいい。

彼らが黒いスーツをよく着用しているのは、いざというとき、すぐに婚礼や葬儀に駆けつけられるという実用面での利点が大きいからだという。

「社長、今の人たち、ご存じなんですか？」

舞が尋ねた。

「ああ……。ちょっとな……」

「あれ……、その筋の人でしょう？」

「さあな。詳しくは知らん」

渡瀬は猫背の男が置いていった香典の表書きを見た。名前は書かれていなかった。

（大木とやつらはどういう関係だろう？）

渡瀬は考えた。

渡瀬にはひとつの考えしか浮かばなかった。

大木をやつらが殺したのだ。堂々と通夜にやってきたのは、それを渡瀬にアピールするためだ。

つまり、大木を殺したことは渡瀬に対する警告であり、見せしめなのだ。通夜に現れることで、渡瀬にそうと知らしめようという腹なのだ。

渡瀬にはそうとしか思えなかった。

彼は気分が悪くなった。実際に恐怖や不安のために吐き気を催すことがある。斎場《さいじょう》のなかに、ふたりのヤクザがいると思うと落ち着かなかった。警察を呼ぼうかと思ったが呼ぶ理由は何もなかった。

ヤクザたちはただ線香を上げに来ただけだ。彼らが大木を殺したというのは渡瀬の想像に過ぎない。妄想かもしれない。

寺の庫裏《くり》には酒の用意がしてあった。弔問客はそこで仕出し料理をつまみ、酒を飲む。ヤクザたちは庫裏へは行かず、すぐに出てきた。

猫背の男は、相変わらず斎場にふさわしい表情をしている。巨漢はまったくの無表情だ。

彼らは早足に出てきて、受付のまえを通りかかった。猫背の男は渡瀬を横目でちらりと見て、軽く会釈をした。

渡瀬は緊張した。

ふと、猫背の男が何かを思い出したように立ち止まった。そして、受付の渡瀬のところまで引き返してきた。彼は、日常のちょっとした用事を伝えるような口調で言った。

「昨夜の話ですがね……。くれぐれもお忘れないように……」

渡瀬は何か言わなければならないと思った。少なくとも、大木と彼らの関係を尋ねておきたかった。

猫背の男の名前だけでも知りたかった。しかし、言葉が口から出て来なかった。

猫背の男は生真面目な表情でもう一度会釈すると、さっと受付を離れて去って行った。

戸上舞が心配そうな表情で渡瀬を見つめている。渡瀬はその視線に気づいた。彼は舞のほうを見た。

舞が言った。

「何の話なんです？」

「何のことだ？」

「あの人たちが言ったことです。昨夜の話って……」

「何でもない……」

「何でもないって顔じゃないですよ」

「君の洞察力と好奇心には一目置くがね……。別にどうということはないんだ」

「大木さんのお通夜にヤクザが現れた……。そのヤクザを社長が知っていた……。何だか陰謀のにおいがするわ」

「あきれたやつだな……。不謹慎だぞ。場所をわきまえなさい」

戸上舞は、小さく肩をすぼめて見せた。それきり何も言わなかった。

渡瀬は帰り際のヤクザの一言で、彼らが渡瀬にプレッシャーをかけにきたことを確信した。

　彼は、ヤクザたちが置いて行った香典袋を持ち上げた。封筒は厚味があった。彼は、舞に気づかれぬように、彼女に背を向けて、そっと袋の中味を調べてみた。

　一万円札が十枚入っていた。香典に十万円というのは決して少なくない額だ。

　渡瀬は、その香典袋を、黒塗りの箱のなかに収めた。

　ヤクザが多額の香典を持ってくる。もし、彼らが大木を殺したのだとしたら、ひどいブラックジョークだと思った。

　深夜に渡瀬たち『ワタセ・ワークス』の社員は斎場を引き上げた。

　渡瀬は戸上舞をタクシーで帰した。村井は社に戻って仕事を続けるという。

　彼は気分によって仕事のペースを変えたりしない。また、仕事の遅れはなるべくその日のうちに取り戻したいと考えるタイプだった。

　渡瀬は、混乱していた。昨夜、彼に乱暴をはたらいたヤクザたちが、今日また目のまえに現れて、すっかり気持ちが萎縮してしまっていた。

　大木の死をどのように考えていいかもわからなくなっていた。

　彼は戸上舞と村井がいなくなると、沖田に言った。

「疲れたな。一杯やっていかないか？」

「疲れたのなら、帰って寝るに限るよ」

「……つまり、精神的な疲労ということだ。酒でほぐすのが一番だ。でなけりゃ眠れそうにない」

「弔い酒ならやるつもりはないよ」

「同感だ。ナイトキャップをやりたいだけさ」

「なら付き合うよ。どこへ行く？」

「そのあたりで開いている店を探そうか？」

「ごめんだよ。こんな時間にあてもなくさまよい歩くのは……。このあたりは住宅地で酒場がありそうにもないし……」

ふたりは、環七通りと駒沢通りの交差点のそばに立っていた。

「ならば『サムタイム』へ行こうか」

「今から赤坂か？」

「あそこなら落ち着ける」

「一杯やるだけじゃないのか？」

「実を言うと、少しばかり話もある」

「そんなこったろうと思ったよ」

「すまんな……」

「しょうがない。さっさと済ましちまおうぜ。明日も早いんだ」

ふたりはタクシーの空車を待った。

『サムタイム』には客が一組いた。サラリーマン風のふたり連れだった。

バーテンダーの坂本健造は、いつもと変わらず、にこやかに、そして物静かに渡瀬を迎えた。昨夜のことには一切触れようとしない。

渡瀬は一番出入口に近い席に陣取った。先客が一番奥の席にいたからだ。

渡瀬は、ブッシュミルズのオンザロックを頼み、沖田はジントニックを注文した。

「ゆうべも俺はここで飲んでいた」

渡瀬は切り出した。

「珍しいことではない」

「だが珍しいことが起こった。ヤクザが俺に声をかけてきた」

「ハードボイルドな夜の始まりだな」

「もちろん見知らぬ連中だ。やつらは俺に仕事の話があると言った――」

渡瀬は昨夜のできごとを、順を追って話した。

話を聞き終わると、沖田は、ジントニックを慎重に味わうように飲んだ。特に驚いたり脅えたりした様子はなかった。彼はじっと考え込んでいる。

沖田が何も言わないので、渡瀬は続いて話した。

「そのふたりが、きょう大木の通夜にやってきた。誰かの使いで来たと言った。香典を十万も置いて行ったよ……」

沖田はまた一口、ジントニックを飲んだ。知らぬ間に、渡瀬のグラスが空になっていた。彼は坂本にもう一杯頼んだ。

沖田が口を開いた。

「ヤクザたちは大木の名を知っていた……。あんたは、ヤクザの口から大木の名が出たので話を聞く気になったわけだな……。そして、そのヤクザたちが大木の通夜に現れた」

「俺にプレッシャーをかけに来たんじゃないかと思う」

「そうかもしれない」

「いったい、どうしてヤクザたちは『蓬萊』の発売を妨害しようとするんだ？」

「利害関係だろう」

「利害関係……？」

「『蓬萊』が発売中止になれば、得をすることがあるんだろう。あるいは、『蓬萊』が発売されれば大きな損をするようなことがあるんだ」

「考えられんな……。『蓬萊』がヤクザ者にどんな利害を与えるというんだ？」

「ヤクザは単に雇われただけかもしれない。暴力団員は金さえもらえば親でも殺す」

「雇われた？　いったい誰に？」

「『蓬莱』の発売中止を望む誰かに、だ」

「そいつはおかしい。『蓬莱』はもう発売されているんだ」

「パソコン用ゲームソフトとして発売されている。だがこれは、ごく限られた一部のユーザー向けだ。スーパーファミコン用ソフトとはマーケットの規模が違う」

「それが何を意味するんだ？」

「そうだな……」

沖田は考えた。彼は考えることそのものが好きなようだった。信じ難いことだ、と渡瀬はいつも思っていた。「例えば……、どこかの制作会社が社運をかけて『蓬莱』のアレンジものを作った。それをスーパーファミコン用に製品化しようとしていた矢先に、『蓬莱』が発売されることになった。その制作会社が妨害しようとしている……」

アレンジものというのは、いわば二匹目のドジョウのことだ。類似の新ソフトをそう呼ぶのだ。

「あり得んね」

渡瀬は言った。「ヤクザを使って発売を妨害するメリットなど何もない。『蓬莱』よりもそのアレンジもののほうがヒットする可能性だってあるんだ。だいたい『蓬莱』そのものが『シムシティ』のアレンジものなんだ」

「そうだな……。今のは撤回しよう。では、こういうのはどうだ？『蓬莱』のプログラムのなかに、何か秘密のメッセージのようなものが隠されているんだ」

「それで……？」

「そのメッセージか何かを一般の人に知られたくないと考えている人間がヤクザを雇った……。あるいは、そのメッセージを知られたくないのはどこかの暴力団なのかもしれない」

「大木がそのメッセージを隠したのだ、と……？」

「どこかの画面のすみっこに小さく入れてあるのかもしれない。地図の一部、兵士、馬、村人などの配列、家屋や村落のデザイン……。やろうと思えば簡単にやれる」

「もし、そんなものがあるとして、探し出せるだろうか？」

「無理だね。データの組み合わせはほぼ無限大だ」

渡瀬はうなずいた。彼もプログラマーなので沖田の言うことはよく理解できた。

百枚の地図の一枚一枚について、特定の条件を満たした上陸者を設定して、特定の行動を取らせなければならないのだ。

一から百までの番号のついたリングが百個連らなっている番号鍵を連想させた。実のところ、『蓬萊』における組み合わせの数は、その架空の番号鍵よりはるかに多い。

「キーとなる条件をすべて知っていないと、そのメッセージにはたどり着けないわけか……」

「だが、偶然というのはおそろしい。『蓬萊』をやる人数が増えれば増えるほど、そのメッセージに出会う確率は増える。パソコン用ソフトのときは、その危険はそれほどのものではない。絶対数が限られているからな。だが、スーパーファミコン用ソフトとして、一般ユーザー向けに商品化されたら、その危険は無視できなくなる」

渡瀬は沖田の話を吟味していた。

「確率論だな……」

沖田は苦笑した。

「しかし、まあ、これもありそうにない話だな……」

「なぜだ？」

「そういうメッセージを隠せたとしても、情報量は限られている。ヤクザを使って発売を妨害しなければならないほどの情報を隠せるとは思えない。もし、まとまった量の情報が隠してあるのだとしたら、僕や村井が気づくはずだ。デバッグ作業の途中とかにね……」

「何かの大切なキーワードなのかもしれない」

「そんなものなら、一般ユーザーに知られたってかまわないだろ？　キーワードなら、特定の人物にしか役に立たないんだからな……」

「そりゃそうだ……」

渡瀬はもう一杯、ブッシュミルズを頼んだ。坂本がグラスを下げにやってくる。そのとき、渡瀬と沖田の会話は中断した。

話が一段落したのを見定めて、坂本は言った。

「余計なことかと思いますが……。ちょっとお耳に入れておきたいことが……」

6

渡瀬はそのときの坂本の態度に奇妙なものを感じた。渡瀬がよく知っている坂本ではないような気がした。

遠くから見てよく見知っているような人物——例えばテレビでよく見る芸能人や、教壇に立つ大学教授を間近に見たときに感じる奇妙さに似ていたかもしれない。知らない素顔がほんの少しのぞいたという感じだった。

坂本は、額を近づけるようにして、声を落とした。彼は普段、そうしたまねは決してしない。

「昨夜のふたりですが……」

渡瀬には、もちろん何のことかすぐにわかった。彼は黙ってうなずいた。

坂本は話を続けた。

「ひょんなことから、名前がわかりましてね……。もし、まだご存じなければ、お教えしようかと……」

渡瀬は昨夜の坂本の鋭い眼光を思い出した。

「知らない。教えてくれ」

「小柄でやせたほうが、小田島勇《おだじまいさむ》。大きなほうが大谷雅男《おおたにまさお》……」

「何者なんだ？」

「『平成改国会議』の党員です」

「何だそれは……？」

「民族主義的な政治結社……」

「回りくどい言いかただが、だいたい正体はわかる」

「そう……。もともとは、坂東《ばんどう》連合系の七塚《ななつか》組という組関係です」

坂東連合は、関東系の広域暴力団だった。全国二十五都道府県に百八団体を持ち、構成員八千人を数える。

「坂本さん、どうしてそんなことを……」

「いえ……」

坂本は、気恥しそうに目を伏せた。「本当にひょんなことから……」

渡瀬は坂本の過去を知らない。『サムタイム』へ通うようになってずいぶん経ち、打ちとけた話もできる間柄になっていたが、坂本から、彼の過去に関する話は聞いたことがなかった。

こういう酒場で、あまりそうした話はしたくないと考えていたのだ。

渡瀬は、酔った拍子に、後悔していることや先々の不安などを坂本に訴えたことがある。仕事の愚痴《ぐち》だ。

坂本はおだやかにたしなめ、力づけてくれるのだが、そのたびにこう言うのだった。

「今、生きていることが最も重要なのです」

そんな物言いも、影響していた。彼の過去を尋ねる気にならないのだ。

渡瀬は、興味と同時に、わずかな恐れを感じた。坂本は、渡瀬に素顔を隠している。渡瀬にだけではなく、現在、付き合っている人に素顔を見せぬように暮らしている——そんな気がした。

なぜふたりのヤクザ者の名前を知ることができたのか、切実に知りたかった。だが、結局、渡瀬は尋ねないことにした。

それが、坂本への礼儀のような気がしたのだ。

「気を使ってもらってすまないな」

渡瀬はそう言った。

坂本は小さく会釈して離れていった。会釈するとき、渡瀬のほうを見ぬように眼を伏せていた。

坂本は、カウンターに置いてあったボトルを取り、氷の固まりの入ったロックグラスにブッシュミルズを注いだ。

再び近づいてきて、そのグラスを渡瀬の前にそっと置いた。

沖田がじっと渡瀬のほうを見ていた。

渡瀬はアイリッシュウイスキーを口にふくんだ。

沖田が言った。

「結局、僕たちふたりは何も探り当てることはできなかった。だけど、坂本さんが重要なことを探り出してくれた」

「そういうことのようだ」

「さて、それで、どうするつもりだ？」

「何もしない」

「打つ手がないということか？」

「いや。積極的に何もしないんだ。無視することで意思表示をする」

「なるほど……。しかし、危険だな……」

「危険はこれまでもクリアしてきた」

「経営上の危険とは根本的に危険の質が違う」

「どういうふうに？」

「大木の死が、事故でも自殺でもないとしたら……」

「つまり、殺されたのだとしたら、ということか？」

「それは明らかに、警告であり見せしめだ」

「実は、そいつを、一番聞きたくなかったんだ」

それは本音だった。

見せしめで人を殺すというのは、渡瀬の常識では考えられない。だが、暴力団に渡瀬の常識は通用しない。暴力の専門家は、まったく違う常識のなかで生きているのだ。

「引き上げよう」

沖田が言った。

「僕たちの身は危険にさらされているのかもしれない。夜中にこういう酒場をうろうろするのはやばい」

沖田は笑いを浮かべていた。彼は冗談のつもりで言ったのだが、渡瀬には冗談に聞こえなかった。

渡瀬が三軒茶屋の自宅に戻ったのは一時半ころだった。ひどく疲れていた。胸やけがして、酒がまずそうな気がしたが、それでももう一杯飲まずにはいられなかった。

ウイスキーの水割りを作ってパソコンのまえにすわった。電源を入れて、『蓬莱』のパソコン用ソフトを立ち上げた。ウイスキーを飲みながら、自分が作りつつある国を眺めた。

『蓬莱』のメイン画面は平面の地図ではなく、立体的に表現されている。『シムシティ』や通常のアドベンチャーゲームは、地形が平面で表現されている。

だが、『蓬莱』は、それに高さが加わった表現を採用していた。ちょうど、高いビルの屋上から眺望したような画面だ。

こういう表現は、ロールプレイングゲームの『ランドストーカー』で初めて登場した。細かい菱形でゲームフィールドすべてを構成することで、縦横高さを表現することができるように工夫したのだ。

この方式によるデータ量は膨大なもので、そのために処理速度が低下する。『ランドストーカー』を作ったプログラマーは、菱形を縦横の方向のベクトルで表わす数式を作り上げることでその問題を解決した。

細かい菱形で立体表現するシステムをＤＤＳ５２０と呼んでいるが、この数式がＤＤＳ５２０実用化の鍵だった。

『蓬莱』も同様のシステムを用いている。『シムシティ』でもサブの画面では立体表現が採用されている。地図のなかの一部を取り出し、立体表現で見ることができる。

『蓬莱』では、リアリティーを追求するためにその立体表現をメインの画面に採用したのだった。これはかなり効果的だった。それも大木のアイディアだった。

渡瀬と沖田は出入りの多い複雑な海岸線を持つ地図を選んでいた。それが、どこを表している地図なのかふたりは正確には覚えていなかった。仕様書を作った大木にも、地図を一枚見ただけではどこを切り取ったものなのか判別することはできなかったはずだ。

複雑な海岸線を選んだのは、古代・上古において入り江が良港になる可能性が大きいと考えたからだ。

渡瀬は、隣の大国の軍人を主人公としていた。将軍クラスの軍人で兵を率いて上陸してきたことになっていた。目的は侵略だ。

主人公の将軍は、まず兵を五百人連れていた。馬を二百頭持っている。『蓬莱』では、上陸の際のアイテムとして、人間を二千人まで持つことができる。二千の人員を運ぶ船団は保証されているのだ。

だが、その人間は技術も何も持っていない人間だ。単純な労働力としてしか使えない。何かの技術を持った人間は、単純な労働力の二人分と換算される。

訓練を受けた兵士などは、普通の人間の二人分となる。つまり、兵士は千人まで持ち込めるということだ。

馬は普通の人間の三人分に当たる。

渡瀬が作り上げた将軍は、兵士を五百人、馬を二百頭持っているから、普通の人間に換算するとこれだけで千六百人ということになる。あとは労働力として四百人しか持ち込めない。

男女比の設定もある。渡瀬は、上陸隊は純粋な軍事目的と考えていたから、すべてを男とした。女は侵略した先で調達すればいいという考えだ。これは、ちょっと聞くと非人道的だが、歴史上どこの国の軍隊でもやったことだ。歴史的には正当な手法といえるかもしれない。

上陸した当初は破竹の勢いだった。労働力をフルに使って野山を開拓整地し、村を作り道を作った。

山のなかに住んでいた先住民を攻め滅ぼし、その人々を村のなかに取り入れた。ゲーム上では、単にパラメータとして人口が増えただけだが、これは、先住民を蹂躙《じゅうりん》して支配下に置いたことを意味している。女たちを犯して子孫を作るようなことまで含まれているはずだった。

入り江はやはり良港となっていった。条件がそろえば勝手に発展するようにプログラムされているのだ。この点は『シムシティ』などとまったく同じだ。

港が栄えると、海から異民族がやってきた。渡瀬軍はこれをも討ち滅ぼした。

時間はどんどん経過していく。時が経つペースは『シムシティ』などよりは速い。もちろん、『シムシティ』のように、時が経つペースを変えることはできる。しかし、『シムシテイ』と違うのは、時を止めることができない点だ。

『シムシティ』では、何かを判断する間、時を止めておくことができる。ゲーム内での時の速さは現実よりはるかに速いので、これはゲーム者に与えられる当然の権利と考えられている。

だが、その点、『蓬萊』ではかなり厳しい考えかたをしている。どんな判断も、時の流れのなかで下さなければならないのだ。時の流れを止めたければ、ゲームをストップさせるしかない。

『蓬萊』にはゲームオーバーはないが、それに近いものはある。国が滅亡したと判断されるような被害を受けた場合や、国として形を成さないほど人口が減少した場合は、事実上のゲームオーバーとなるのだ。

国といっても現在の国家のことではない。古代の国だ。古代国家の、数の上での厳密な規定はない。大木は、その点について、魏志倭人伝《ぎしわじんでん》の記述を参考としているようだった。

魏志倭人伝に記されているのは、三世紀の日本だ。邪馬台国《やまたいこく》の戸数は「七万余戸可《ばか》り」と書かれている。対馬《つま》国から不弥《ほみ》国までの合計が三万戸、投馬《とうま》国が五万戸だ。伊都《いと》国は、現伝の魏志倭人伝では「千余戸有り」となっているが、魏志の原典ともいわれている魏略では「戸は万余」となっている。

邪馬台国は、いくつかの国の連合国家であるという考えかたが一般的だ。『蓬萊』は、上陸時、つまりゲームのスタートが、紀元前二世紀ころの日本と考えられているから、邪馬台国のような大きな連合国家などまだ生まれていない。氏族共同体の村があるだけだ。日本に初めて、国というものが生まれる時代。それが『蓬莱』にプログラムされた時代なのだ。

その点から考えて、大木は、千戸五千人を国の目安とした。戸数で千戸、人口で五千人を割れば、国は滅んだと判断される。

国造りが成功したか失敗したかの一応の規準も用意されている。上陸後五十年経って戸数千戸、人口五千人に満たない場合は失敗と判断されて、ゲームオーバーとなる。

渡瀬はこの規準を、「五十年の壁」と呼んでいた。実際には、ひとりの人間が五十年も国の支配者として君臨することはありそうにない。そのため、後継者を選ぶプログラムもある。

後継者は、国のなかに住む誰かを選出する。その際に上陸時と同様に、さまざまなキャラクター設定をする。軍事力のある人間なのか、学問に秀《ひい》でているのか。上陸者の血統であるのか、そうでないのか。若いのか、老いているのか。男なのか女なのか。そういった設定項目がある。

特に、古代国家の場合、国の指導者が男か女かというのは思ったより重要だ。祭儀的な問題だからだ。古代国家は宗教を抜きでは考えられないのだ。おそらく、将来、『蓬莱』の攻略本が出たら、そういう点が強調されるに違いなかった。

渡瀬の国の支配者はまだ一代目だった。上陸からすでに三十年が過ぎようとしている。ゲームをスタートすると、画面の左側上端にある年と月の表示が進んでいく。

渡瀬はこれまで何度か挑戦したが、なかなか「五十年の壁」を越えられずにいた。問題は秋にやってくる嵐と冬の寒さだった。

秋の嵐は、台風を表しているのだ。台風で河が氾濫し、国内で水害が発生する。そのときにも被害は出るが、本当の問題は氾濫がおさまったあとだった。

水害のあとには疫病が発生するのだ。疫病によって人口は激減する。防疫の技術などない時代だから、当然そのようなアイテムも設定されていない。最良の方法は、水害のあった地域をいちはやく隔離してしまうことだった。

渡瀬はそれを学び、実行した。するとまた新たな問題が生じた。隔離した河川地区がスラム化し、治安が悪くなった。警察力の増強でそれに対処するのだが、軍事力そのものには限りがある。辺境の警備が手薄になるのだ。結局、国の内と外に大きな問題をかかえることになり、その国は滅んでしまった。

今、渡瀬が造っている国はなかなかうまくいっていた。侵略というはっきりした目的を持ったのがよかったのかもしれない。人口は三千人ほどに増えていたし、兵士や馬も順調に増えていた。

毎年やってくる台風にそなえて、河川のそばの土地を空け、灌漑《かんがい》のための用水路を引いていた。だが、人口が増えてくると、今度は食糧が不足してきた。軍事国家の宿命かもしれなかった。

渡瀬が手に持っていたグラスがいつしか空になっていた。打つべき手もなく、渡瀬は画面の変化を見つめていた。何もせずに時が過ぎるのを待つのも『蓬莱』においては、ひとつの有効な手段だった。

「くそっ」

渡瀬は画面を見つめたまま声に出してつぶやいた。「このゲームがいったいどうしたというのだ」

暴力団が、この『蓬莱』の発売を妨害しようとする理由がまるでわからない。理由がわからなくては手の打ちようがない。

「見せしめだと……」

渡瀬は自分を鼓舞《こぶ》するように言った。「上等じゃないか」

彼はもう一杯水割を作った。

自分で自分に強がって見せていた。そうでもしていないと、恐怖と不安で心がばらばらになってしまいそうだった。暴力団ともめごとを起こして平気でいられる人間はそう多くない。

渡瀬は、そういう意味ではごく一般的な小市民だった。だが、一方では、彼は株式会社の代表取締役なのだ。経営に責任を持たなければならない。ヤクザ者に威されたからといって、有望な商品の発売をやめるわけにはいかないのだ。

『蓬莱』にはすでに制作費だけでなく、OEM契約の生産委託料などの経費がかかっている。発売を中止したら莫大な損害が出る。

『ワタセ・ワークス』のような自転車操業の会社を簡単に倒産に追い込むくらいの損害となるだろう。代表取締役の立場としては、何とか発売にこぎつけなければならないのだ。

画面上では、どんどん時間が過ぎていく。山のむこうで、何やら怪しげな動きが見え始めた。またもや蛮族が渡瀬の国の様子をうかがっているようだった。

渡瀬は苛立った。その不気味に集結しつつある蛮族が、彼の心のなかで暴力団の影と重なり合った。

「蹴散らしてやる」

彼はそうつぶやき、マウスを動かし、クリックした。兵士と馬が、その蛮族のもとに向かった。戦いが始まる。蛮族は滅んだが、馬十頭と兵士二十を失った。

ヤクザなど相手にすると、どういう結果になっても必ず痛い目にあうことになる――そんなことを暗示しているような気がして、渡瀬はひどく不機嫌になり、ゲームを中断した。

7

渡瀬は出社すると、社長室のブースのドアを閉め、また滝川弁護士に電話した。

「私を威したヤクザ者の名前がわかった」

「ほう……」

渡瀬は、ポケットからくしゃくしゃになったタクシーの領収書を取り出した。忘れぬようにその裏にメモしておいたのだ。

「オダジマ・イサムとオオタニ・マサオ。平成改国会議という政治結社の人間だということだ」

「どうやって調べた？」

「『サムタイム』というバーのバーテンダーが教えてくれた」

「その筋の世界に顔がきく男なのか？」

「知らない」

「名前はわかった、と……。それで？」

「うちの大木が死んだ」

「知っている。気の毒なことだ。列車事故だと聞いたが……？」

「通夜にオダジマとオオタニが現れた。そして、俺に、言われたことを忘れぬようにと念を押していった」

「それを見聞きしていた者は？」

渡瀬は言うべきかどうか迷ったが、結局、言ったほうがいいと判断した。相手は弁護士なのだ。

「マイちゃんがいた」

「他には？」

「いや……」

「それ以外に何か不都合なことは起こっていないか？」

「起こっていない。大木が死んだ件で刑事が来た」

「だろうな。一応調べてみるのが彼らの仕事だ」

「その刑事にも、ヤクザに威された話をした。何かあったら連絡してくれと言われている。相手の名前や連中が通夜に来たことを言うべきだと思うか？」

少しの間があった。滝川弁護士は無言で考えているようだった。

やがて滝川が言った。

「言うべきだろうね」

「うちの沖田が言うんだ。大木が事故や自殺で死んだのではないとしたら……。つまり……、言ってることはわかるな？」

「わかる」

「私を威した連中のしわざで、これは見せしめじゃないかって……」

「単純な推理だ。根拠は何もない」

「だが、話の筋は通る」

　また少しの間があった。

「確かにあんたの会社はトラブルに巻き込まれているようだ。わかった。午後、時間があったら寄ってみよう」

「今日は、大木の葬式だ。うちの連中は、斎場のほうへ行っている」

「出棺は何時だ？」

「一時」

「わかった。じゃあ、俺も斎場へ行こう」

　渡瀬は寺の場所を滝川に教えて電話を切った。

　それとほぼ同時に、沖田がブースに飛び込んできた。

「やばいぞ」

「『蓬莱』を製造している工場でトラブルだ。生産ラインの一部が完全に麻痺しているらしい」

渡瀬は、眉根《まゆね》を寄せた。顔から血の気が引くのがわかった。ヤクザを目の前にしたときとはまた別の恐怖を感じた。だが、社長としては、ここでうろたえるわけにはいかなかった。

「原因は何だ？」

「わからない。今、工場のほうで対策を練っている」

「マスターを渡した後は、基本的にはメーカーの責任だ。じたばたしても始まらない」

「そりゃそうだが……」

沖田は社長室ブースのドアを閉めた。「こいつは発売妨害の一環だと思わないか？」

渡瀬はじっと沖田を見つめた。

「またそういうことを言う……。単なるトラブルだ」

「そうかもしれない。だが、僕は考え得るあらゆる可能性を考えるべきだと思う」

渡瀬は再度、沖田の顔を見た。

沖田は決して度を失ってはいない。工場での事故はメーカー側の問題であって、もしそれによって損害が生じても、メーカーがワタセ・ワークスに対して賠償する責任があるはずだということを、彼も承知している。沖田は、『蓬莱』についてのトラブルであることを問題にしているのだ。

渡瀬は小さくかぶりを振って言った。

「軽はずみな言動はつつしんでくれ。俺はこれからメーカーに電話を入れてみる。おまえたちは、葬式のほうへ行ってくれ」

「軽はずみだって？」

沖田は心外だという表情をした。「考えの足りない言動のことをそういうんだよ。僕は充分に考えている」

「そうだったな……」

渡瀬は沖田のほうを見ずに言った。「とにかく、おまえたちは葬式の手伝いに行くんだ。あとから俺も追っかける」

「わかったよ」

沖田は小さく肩をすぼめるとブースから出て行った。

考えてみれば、軽はずみという言葉は、沖田にはまったくそぐわなかった。渡瀬はこれまで沖田の思慮深さと頭の回転の早さに幾度となく助けられてきたのだった。

渡瀬は大きく溜め息をひとつつくと、受話器に手を伸ばした。とにかく、工場のトラブルがどの程度のものか詳しく聞き出さねばならない。その後に、善後策を考えるのだ。

通常の業務で窓口になっているメーカーの担当を電話でつかまえた。溝口という男だった。

「話は聞いたよ。……で、どんな具合？」

「どうもこうもないっすよ……。予定が大幅に狂っちゃって……」

「発売に支障があるほどなのかい？」

「それはまあ、何とか……。そういうことがないように手は打ちますが……」

溝口の口調は煮え切らなかった。渡瀬は、事態がかなり深刻であることに気づいた。しかし、メーカーが手を打つと言っている以上、渡瀬は何も言えなかった。

「くれぐれもよろしくお願いしますよ」

彼は念を押すように言った。「それで、どんなトラブルなの？」

「調べてるんですが、工場からの報告も要領を得ないんですよ。考えられない故障だ、とか何とか……」

「故障？　ラインの故障なのかい？」

「そうらしいんです。ご存じのとおり、ゲームソフトのラインは、常時フル稼働の状態ですから……、その……」

「言いたいことはわかるよ。ささいなパンクが重大な事故につながるということだろう」

渡瀬はふと思いついて尋ねた。「それで、その故障というのは、例えば、人為的なものである可能性はないのかい？」

間があった。

渡瀬は胸が高鳴るのを感じた。

溝口の口調が少し改まった。彼は声を落として言った。

「渡瀬さん、何か知ってるんですか？」

「いや、そういうわけじゃない。ROMにコピーする段階でトラブルが生じるなんて珍しいことだからね。そういう可能性もあるんじゃないかと思っただけだ」

「実は、工場の報告で一番訳がわかんないのはその点なんですよ。工場のほうではね、考えられない故障だというんですよ。誰かが故意にやったのじゃなければ、とても有り得ないという……」

渡瀬は奥歯を嚙みしめた。気分が悪くなりそうだった。過度の緊張のせいだ。

黙っていると、溝口の声が聞こえた。彼は気を取り直したように営業的な口調で言った。

「とにかく、責任を持って何とかしますから、ご安心を」

「わかった」

電話が切れた。溝口の言う責任というのがどれほどのものかわからなかった。しかし、今、ここでそれを問い詰めてもしかたがない気がした。あとは、大メーカーの力に期待するしかなかった。

渡瀬は、一度受話器を置くと、刑事が置いていった名刺を取り出した。神南署に電話をした。

若い刑事がまず出て、すぐに安積警部補に代わった。

渡瀬は、大木の通夜に自分を威したヤクザたちが現れたこととそのヤクザたちの名前がわかったことを告げた。そして、ヤクザたちの名前と彼らの暴力団の名を教えた。渡瀬は安積警部補のこたえを待った。だが、安積警部補は、渡瀬が期待しているようなことは何も言わなかった。

「わかりました」

安積は言った。「わざわざお電話いただいて、ありがとうございました」

「私たちはどうすればいいんですか？」

渡瀬は苛立ちを覚えてそう言った。その苛立ちは口調に表れていた。しかし、安積はまったく気にした様子はなかった。

「通常どおりでかまわないと思いますよ」

「『蓬萊』のスーパーファミコン用ソフトの生産過程で、すでに妙なことが起こり始めているんです」

「ほう……。どんなことです？」

「工場でラインがストップしているらしいのです。工場の人間に言わせると、考えられない故障なのだそうです。誰かが故意に何かをしたとしか考えられないというのです」

「なるほど……。しかし、まだ、確かな原因はわかっていないのですね？」

「わかっていません。しかし、これが『蓬莱』の生産ラインだったという点が問題だと思うのですが……」

安積は何も言わなかった。渡瀬は、はぐらかされているような気がして、苛立ちがつのった。

渡瀬は言った。

「つまり、私たちは、これが『蓬莱』の発売妨害の一環なのではないかと考えているのです」

「実際、その故障で、『蓬莱』は発売できなくなったのですか？」

「いえ、そのようなことはありません。最悪でも何日かの発売延期でしょう」

「ならば、発売の妨害と断定するわけにはいきませんね」

「だから、妨害の一環ではないかと……」

「私たちというのは誰のことです？」

「え……？」

「あなたは今、私たちは、発売妨害の一環ではないかと考えている、と言われた。その私たちというのは？」

「その……。私と社の人間です」

「では、あなたの会社の人々は、皆、あなたがヤクザから威されたということをご存じなのですね？」

「あ……、いえ……。正確に言うと、そのことを知っている社員はひとりだけです」

「どなたです？」

「沖田という男です。形式上、わが社の取締役副社長ということになっています」

「他にはそのことを知っているかたは？」

渡瀬は急に立場が逆転したような気分になっていた。

安積が次々と質問を始めたせいだ。刑事の質問は曖昧《あいまい》な点を衝《つ》いてくる。そして、曖昧な発言について突っ込まれて質問されるというのは、たいていの人間をしどろもどろにさせる。刑事はそれで優位に立てる。これが刑事のテクニックのひとつだった。

そして、刑事はあくまでも質問する側であって、滅多に質問にこたえようとはしない。渡瀬はそれを知らなかった。彼は、安積の質問にこたえるしかなくなっていた。

「弁護士が知っています。著作権などの法律面でわが社が世話になっている弁護士です」

「他には……？」

「いえ、今のところ、それだけです」

「わかりました」

安積は重々しく言った。「調べてみましょう。何かあったら、また連絡をください」

電話が切れた。すっかりペースを持っていかれ、毒気を抜かれた気分で渡瀬は電話を切った。

葬式に出かけなければいけない時刻だった。彼は喪章を机の引出しから取り出して席を立った。

斎場はひどく冷え込んだ。不思議なことに昨夜の通夜のときより寒い感じがした。風が出てきたせいかもしれないと渡瀬は思った。あるいは、日の光の下に人々の悲しみがさらされているせいなのかもしれなかった。

大木の両親の悲しみは察するにあまりあった。ふたりは、火葬場から遺骨を抱いて戻ると、そのまま、柿の木坂の大木のマンションへ行った。渡瀬も同行した。大木の部屋はパソコン関係の機材でいっぱいだった。ベッドは乱れたままで、生きていたころの生活のにおいがした。

父親は途方に暮れたように部屋の入口付近で立ち尽くしている。

出来ることがあれば何でも言ってくれ、と渡瀬は言った。

「世話になりました。あとは私らで……」

父親は言った。それだけ言うのがやっとのようだった。渡瀬はうなずいた。じきに、親類の者がやってくるはずだった。ふたりにしたほうがいいと渡瀬は思い、部屋を出た。

胸のなかで何かがくすぶっていた。やるせない思いだった。悲しみともあわれみとも違っていた。

渡瀬はそれが怒りであることに気づいた。もし、あのヤクザどもが大木を殺したのだとしたら、俺は決してやつらを許せない——渡瀬はそう思った。今、悲しみに打ちひしがれた大木の両親に接したばかりなのでそんなことを思うのかもしれない。

年老いた夫婦に、あんな悲しみを与える権利など誰にもない。彼はそう思っているのだった。その瞬間、ヤクザへの恐怖よりも怒りが勝っていた。

マンションを出ると、弁護士の滝川謙治が立っているのが見えた。ステンカラーコートのポケットに両手を差し込み、立てた襟に顎をうずめるような恰好で立っていた。

ずんぐりした体型だが、それは滑稽《こっけい》な感じはまったくなく、むしろ心強さを感じさせる。彼の姿はいつも力に満ちあふれているようだった。意識してそうしているのだと、いつか彼は渡瀬に語ったことがある。それが、彼の職業には必要なのだと、彼は信じているのだった。

髪はオールバックにしているが、常に何本かは額に垂れてきている。本人はそれが気に入っているのかもしれない。目が大きく精力的な感じがする。日焼けしており、いかにも押し出しが強そうだ。

世間一般でいう弁護士のイメージからはかけ離れている。しかし、だからこそ、彼は業績を上げているのだともいえる。

「こっちへ来てると、マイちゃんに聞いてな……」

渡瀬の姿を見ると滝川は言った。渡瀬はうなずいた。

「何だ、機嫌が悪そうな顔をしてるじゃないか」

「部下が死んだ。機嫌がいいわけがない」

「だが、それだけじゃなさそうだ」

「実は、ひどく腹が立っている」

「ほう……」

「誰にでも利益を追求する権利はある。だが、そのために人を殺したり、人に悲しみを押しつける権利はない。やつらのやっていることはあまりに理不尽で、俺たちはその理不尽に対抗する手段を持っていない」

「気持ちはわかる」

「あんたへの電話を切ったあと、すぐに知らせが入った。『蓬萊』を作っている工場のラインがストップした。沖田はいやがらせじゃないかと言っている」

「ふむ……」

滝川は、鼻から息を吐き出しながらうなずいた。「どこか落ち着いて話ができる場所へ行かないか？」

渡瀬と滝川はしばらく歩いて小さな喫茶店を見つけた。ふたりは、端の席にすわり、コーヒーを注文した。

「それで……？」

滝川が大きな目で挑むように渡瀬を見て尋ねた。

「刑事にも電話をした。神南署の安積という刑事だ」

「安積警部補か？」

「知っているのか？」

「知っている。かつて、まだ臨海副都心構想が生きているころ――バブル崩壊直前のことだ。東京湾臨海署というのが仮設されたことがある。安積警部補はそこの刑事課の責任者だった。いい刑事だよ」

「いい刑事？　そうは思えなかったな。こちらの訊くことに何もこたえてはくれなかった」

「だからいい刑事なんだよ。職分をわきまえている。刑事はカウンセラーじゃない」

「何かあったら連絡しろ。それだけだ。何もしてくれない」

「警察に過分な期待をしちゃいけない。刑事は刑事事件が起きない限り何もできない。ただし、大木くんの死がもし刑事事件だとしたら、彼は徹底的にやるよ」

「そうかな……」

「なぜ『蓬莱』をヤクザたちが問題にするのかわからないのか？」

「それがまったく……」

渡瀬は、昨夜沖田と話し合ったことをかいつまんで説明した。滝川は黙ってうなずき、ポケットに手を差し込んだ。一枚の紙を取り出す。生命保険会社の社名が入ったメモ帳の一枚だ。

それには、「小田島勇」「大谷雅男」と漢字で記されていた。ふたりのヤクザの名だ。滝川が言った。

「ふたりとも傷害その他の前科がある。知り合いのマル暴刑事にちょっと訊いてみたんだ」

「相手の名前がわかり、そいつの前科もわかった。だが、ただそれだけのことだ。安積刑事は、ただ、調べてみますと言っただけだ」

「本当にそう言ったのか？」

「言った。だが、それがどうした」

「安積警部補が調べると言ったら、徹底的に調べることを意味しているんだよ」

8

社に戻り、生産ラインの件で何度かメーカーと連絡を取り合った。沖田はすでにその件にはノータッチを決め込んでいるようだった。賢明な態度だと渡瀬は思った。

村井は最初から関わろうとしなかった。吹けば飛ぶような『ワタセ・ワークス』にとって、ちょっとしたトラブルが命取りになるかもしれないということは、村井も充分承知しているはずだ。だが、村井は淡々とプログラム作業を続けている。彼にとって重要なのはスケジュールどおりに仕事を片づけることなのだ。経営上の問題は自分の仕事には関係ないと思っている節がある。

『ワタセ・ワークス』のような会社では、すべての社員が経営陣であり、また、すべての社員がユニークな企画者でなければならない。そういう点では村井は向いていないかもしれない。しかし、渡瀬は村井のずば抜けた処理能力を買っていた。得がたい人材であることは間違いなかった。

大木の抜けた穴は大きかった。大木は村井とは対照的で、奇抜な企画を次々とものにしたし、経営方針にもどんどん口を出した。プログラマーとしても優秀だった。また人材を発掘しなければならない。それは、沖田にまかせようと思った。

雑務に追われ、渡瀬が社を出たのは夜の九時過ぎだった。夕食は、店屋物《てんやもの》を取り、社で済ませていた。飲みに行く気にもならず、まっすぐ帰ろうと思った。社を出てエレベーターを待っていると、沖田が追ってきた。

「まっすぐ帰るのかい？」

「ああ。さすがに疲れた」

「酒で神経をほぐそうとは思わないのか？」

「今日の疲れは肉体疲労だ。寝るに限る」

「どうせ家で寝酒くらいはやるんだろう？　ちょっと寄っていいか？」

「珍しいことを言うな……。社を一歩出たらプライベートな時間だとか言って、俺たちとはいっしょにいたがらないくせに」

「『蓬莱』のことを考えてみたいんだ。ひとりで考えるのもいいが、ふたりで話し合うのも有効だ」

「いいだろう。外へ出かける気はしないが、うちに来るというのなら……」

「見ていいか？」

沖田は渡瀬の部屋に入ると、すぐにパソコンを指差して言った。

「『蓬萊』か？　いいよ」

沖田はコンピュータの電源を入れて、『蓬萊』を立ち上げた。メイン画面が現れたところで、ポインタをアイコンに合わせ、ウインドウを開けた。主人公のキャラクター設定のためのウインドウだった。

沖田はそれを子細《しさい》に眺めている。

渡瀬は冷蔵庫から缶ビールをふたつ取り出してひとつをパソコンのキーボードの脇に置いた。サッポロの黒ラベルだった。渡瀬は、どんな場所でも必ずこの銘柄を注文する。

「おい。そういうところをのぞくのは反則じゃないか？」

「そうか？」

沖田は画面を見つめたままだ。まったく気にしている様子はない。彼は、主人公のキャラクター設定のウインドウを閉じ、今度は持ち込みアイテムのウインドウを開けた。

「ほう……。兵士が五百に馬が二百……。考えたな」

渡瀬は缶ビールをぐいとあおった。沖田が何を感心しているかわからなかったが、ほめられて悪い気はしなかった。

沖田はさらに言った。

「だが、時代を間違えてるな」

「何だって？　どういう意味だ？」

「騎馬民族が入ってきて国が発展するのは、四世紀から五世紀にかけての古墳時代後期だよ」

「何だそれは」

「これ、騎馬民族説をもとにしたんじゃないの？」

「騎馬民族説なんて、俺は知らん」

「へえ……」

「どんな説なんだ？」

「江上波夫《えがみなみお》が提唱した説でね。大陸北方の騎馬民族の一派が、南朝鮮の韓人の土地を飛び石にして日本にやってきたというものだ。当時、日本には倭人が住んでいて、渡来した騎馬民族はそこに北方騎馬文化を持ち込んだ。そして彼らは日本の国に、初めて征服王朝を築くというわけだ。江上氏によると、天皇家、大伴《おおとも》氏、物部《もののべ》氏、久米《くめ》氏などが騎馬民族だったということだ」

「考えてもいなかったな……。アイテムのなかに馬と兵士があったんで適当に打ち込んだんだ。軍隊となると、馬や兵士が必要だろう」

「近隣の国の武将ってのは、朝鮮半島からやってきたというのを念頭に置いていたんじゃないのか？」

「いや、まったく考えていなかった。漠然と中国かな、と……」

「ふむ……」

沖田は生真面目にうなずいて見せた。「それにしちゃよくできているな……。だけど、やっぱり、時代を間違えている。『蓬莱』の時代は、騎馬民族を養えるだけの農業生産力が……」

「ちょっと待てよ。こいつは日本の歴史のシミュレーションじゃない。『蓬莱』というゲームに過ぎないんだ。俺はそのつもりで遊んでいる。一般ユーザーだってそうなはずだ」

「もちろんそうさ。でも、ゲームには攻略法というのがある。『蓬莱』の舞台はあくまで架空の土地だ。だが、大木が日本の紀元前二世紀ころを想定してプログラムを組んだのは明らかだ」

「じゃあ、何か？　日本のその時代のことを調べてそのとおりに条件設定すれば国はどんどん発展するというのか？」

「基本的にはそうだ」

「ばかばかしい。それなら、そう気づいたユーザーはみんなその条件を打ち込むじゃないか。正解があるシミュレーションゲームなんてつまらないよ」

「正解はない。定石《じょうせき》があるだけだ。事実、あんたの国もある程度発展している。それに、その時代に実際に日本にやってきて国を造った人物なり勢力なりを打ち込めばいいとわかっていても、それは不可能だ」

「なぜだ」

「誰も知らないからだ」

「学者は知っているんじゃないのか？」

「知らない。伝説や考古学をもとにした学説がいくつかあるだけだ。日本の紀元前なんて、何の記録もない」

「日本には記録はないが、中国はどうだ？　魏志倭人伝は？」

「魏志倭人伝で語られているのは三世紀の日本だ。魏志倭人伝と一般に呼ばれているのは、『三国志』の魏書東夷伝倭人条《ぎしょとういでんわじんのじょう》だ。これは『魏略』という史書にもとづいて書かれたといわれているんだが……」

「おい、おまえはいつからそんなに歴史に詳しくなった？」

「『蓬萊』をやり始めてからだよ」

沖田はあっさりと言ってのけた。

「じゃあ、『蓬萊』をやるために、日本の古代史を勉強したというのか？」

「そうだよ。『蓬萊』はそれくらいの価値のあるソフトだ。大木が作ったにしては出来すぎのプログラムだ」

「それは家庭用ゲームの範疇《はんちゆう》を逸脱してる」

沖田はぽかんとした顔で一瞬渡瀬を見つめた。理解しがたいという表情だ。沖田がときどきやる仕草で、渡瀬はそのたびに居心地の悪さを感じるのだった。頭の悪さを無言で指摘されているような気がするのだ。

渡瀬は自分の頭が悪いとは思っていない。比較の問題だ。沖田ほど頭のいい男は滅多にいないのだ。

沖田は言った。

「あんたがそんなことを言うとは思わなかったな。まるで大手メーカーの営業みたいだ」

「ゲームというのはあくまで遊ぶためのものだ。勉強や研究の材料じゃない」

「たまげたな……。研究に価しないソフトなどすぐに飽きられてしまう。そうじゃない普遍的なソフトを作りたいと言っていたのは、あんたじゃないか。遠く離れて住むふたりのライバルが、チェスの腕を競う……。それがあんたのビジョンじゃないか。本物のチェスや将棋のことを考えてみなよ。みんな本気で研究している。囲碁だってそうだ。そういうソフトが理想だったんじゃないのか？」

沖田の口調は淡々としていたが、反論を許さない説得力があった。

「確かにそうだが……」

「僕は、大木が『蓬萊』の企画を出したとき、あらゆる人間が本気で取り組めるゲームができるような気がした。それで推したんだよ」

「そこまで考えているとは思わなかった。確かに俺も同じようなことを感じたのを覚えている」

「ゲームソフトに範疇だの限界だのはない。そんなものを制作者が作っちゃいけない」

「そうだな……。おまえの言うとおりだ。さっきの言葉は取り消すよ。俺の感じたのはだな……。うまく言えないが、そこまでしてゲームをする必要があるのか、ということだ」

「ないと思う」

「だが、おまえはやっている」

「一般ユーザーにはない。だが、やりたいやつがいたらやればいい。僕は、独自の攻略法を考えて実験しているだけだ。そして、その実験は今のところ実にうまくいっている」

「国は発展しているのか？」

「順調だ」

「やはりおまえには勝てそうにない」

「そんなことはないさ。事実、あんたは、騎馬民族説のことを考えもしないのに、それに近い条件設定をして、ある程度成功している」

「大木は何を考えてプログラムを組んだのだろうな……」

　ふと沖田はまた黙って渡瀬の顔を見た。今度はさきほどとはちょっと違った感じだった。共感が感じられた。

「僕もそこんところが気になっていたんだ。さっきも言ったけど、『蓬莱』はでき過ぎなくらいによくできている」

「俺もそう思うが……」

「こういうプログラムは、原因と結果をいくつも重ね合わせて、枝分かれさせてある。普通だと、その枝分かれも割と単純でユーザーにもある程度どういう条件を与えればどういう結果になるかがわかる。『シムシティ』で、工場を密集させ過ぎると公害が起こる、とか、道路が少ないと渋滞が起こるとか……」

「それでも充分に楽しめる」

「ゲームとして割り切っているからな。だが、『蓬莱』はそれだけでは満足していない節がある。一種のランダムな選択が組み込まれているような気がする。そのために、原因と結果の結びつきがゆるやかになっている。こうしたプログラムは膨大な情報量になるはずだが、それがすっきりとまとまって、通常のスーパーファミコン並みに収まっているんだ。このランダムな結びつきは、実はカオス理論などのような見事な確率論で整理されているような気がする」

「確率論か……」

「確率論というのは、電子のふるまいから、都市の犯罪率、人口の増減、果ては宇宙の進化までを実に見事に記述する。例えばあんたや僕が、この一週間以内に交通事故で死ぬかどうかは誰にも言い当てられない。しかし、東京都内でこの一週間にどれくらいの人が事故で死ぬかは、驚くほど正確に言い当てられる。これが確率だ。そして、歴史を考えた場合、ある個人がいつ何をするかより、確率論によるとらえかたが有効なのは明らかだ」

「『蓬莱』にはそれが利用されていると……？」

「そう。おそらく、ものすごく高度な確率の理論がね……。でなければ、これだけすっきりとしたプログラムで、これだけリアリティーのあるソフトは作れない」

「勉強したんだろう？」

「そうかもしれない。でも、僕はそうは思わない。確率論に限らず数学の理論というのは一朝一夕で理解できるもんじゃない。それを自分のプログラムに応用できるくらいにものにするには相当の時間と努力が必要だ」

「時間と努力……。なるほど、大木には似合わない言葉だ」

「そう。あいつは、こつこつと何かをやるより、誰かと遊びたがる男だった。大木の優秀さは、その遊び心と社交性で培《つちか》われる種類の優秀さだ」

「じゃあ、誰かに協力を頼んだのかもしれない。顔の広いやつだったからな。数学をやっている学者が知り合いにいたのかもしれない。あいつは理工系の大学を出ていた。学生時代の友人に数学の専門家がいてもおかしくはない」

沖田はちょっと考えた。

「そうだな……。こういう論議は不毛だ。何ひとつ確実なことがわからない。ふたりとも何も知らずに話している」

「何を知ろうとすればいいかの手がかりにはなる。事実、俺たちは、大木の知り合いで、確率に詳しい人間がいないかどうか調べるべきだという点に気がついた」

「そういう現実的なことに関しては頭が回るんだな。やっぱり、あんたを社長にして正解だった」

「だが、俺は、ヤクザと数学者の関わりについてはまったくお手上げだ」

「いくつもの要素をつなぎ合わせていかなければ無理さ。それを知っていた男はもういない」

「そう。大木は死んだ。残されたのは『蓬萊』だけだ」

「原因と結果の結びつきを、実際の世の中のようにゆるやかにするために確率論が応用されている。これが『蓬萊』の特徴のひとつだ。だが、特徴はそれだけではない。歴史に関しても専門的な知識が必要だったはずだ」

「日本の古代を舞台にしてあるのだから当然だな。しかし、それこそちょっと勉強すれば何とかなるじゃないか。歴史の本はいくらでも出ている」

「そういうことじゃないんだ。年表をそのままプログラムしたって『蓬萊』のようにはならない。歴史を題材としたシミュレーションゲームはいくらもあるが、言ってみればあれは戦争ゲームのキャラクターに歴史上の人物や戦場を拝借しているに過ぎない。『蓬萊』は逆なんだよ。本当の古代史をもとにしているが、キャラクターは自分で作り上げなければならない」

「そんなことはわかっている。それが目新しさでもある」

「単なる国造りゲームなら、『シムシティ』や『シムアース』の多少のアレンジで充分なはずなんだ」

「『シムシティ』や『シムアース』は、西洋的な視点で作られている。一神教的な神の視点だ——そう言ったのはおまえだ。大木も同じことを感じていたんじゃないのか？　日本的な国造りゲームを作りたかったんだ。実際にやってみて俺も感じたよ。『蓬萊』は単に面白いだけじゃなく、なんともいえない一種のノスタルジーのようなものを感じる」

「まあ、音楽や映像でもそういった効果を狙って作っているからな……」

「このノスタルジーというかなつかしさは、音楽や映像だけの効果じゃないような気がする。古い寺院や古代の石仏などを見たときの気分に似ているかもしれない。その裏にある祖先の生々しい生活を感じるんだ」

「僕が言いたいのはその点だよ。おそらくそう感じるのは、『蓬萊』に、僕たちの魂に触れてくる何かがプログラムされているんだ。僕は、それが歴史観といったようなものじゃないかと思う。そして、そういう歴史観を持つことができるのは、おそらく専門的に深く研究をしている人だけだという気がする。歴史学者は、過去に起こった出来事を拾い集めて年表を作るだけじゃだめなんだ。そうした事実を集めて、歴史の流れ、その流れの方向や強さ大きさ、流れの性格といったものをつかもうとするのが役割なんだ」

「『蓬萊』にはそういう流れがプログラムされているというのか？」

「そう。歴史上の事実が羅列されているわけじゃない。日本的な流れの方向や性格がプログラムされているような気がする」

「日本的な流れの方向や性格……？」

「例えば、だ。あんたは偶然にせよ、騎馬民族を日本に上陸させた。それは実際の歴史より六世紀から七世紀も早かった。だから不正解かというとそうでもない。事実、あんたの国はほぼ順調に発展している。だけど、あんたの騎馬民族はきっと衰退していくような気がする。『蓬萊』が求めていないんだ」

「理解し難いな……。『蓬萊』が求めていない……？」

「僕にもうまく説明できない。適当にトラブルを処理していけば、ある程度どんな国でも発展するんじゃないかと思う。『五十年の壁』くらいはすぐに越えられるようになる。普通のユーザーはその程度で満足するだろうね。だけど、『蓬萊』はそれだけじゃないような気がするんだ」

「それだけじゃない……？」

「漠然としてるんだ、頭のなかで……。でもそれは、すごく専門的な眼で見た歴史の流れというか、歴史の流れを見極めた上での仮説というか……」

「そんなものをプログラムすることは可能なのか？」

渡瀬は自分もプログラマーでありながら、思わずそう尋ねていた。ゲームプログラマーとしては、沖田のほうが一枚も二枚も上手であることを彼は充分に認めているのだ。沖田はこたえた。

「可能さ。知ってるだろう？　基本的にはプログラムというのはどんなことでも可能だ。しかし、たったひとりで、限られた時間で、となると……」

「大木はほとんどの基本プログラムをひとりでやった。高度な確率論と歴史観を駆使して……」

「僕らは知らなかったけど、実は大木は大天才だったのかもしれない。……でなければ……」

「『蓬莱』は何人かで開発したソフトだった……」

沖田は、肩をすくめて見せた。肯定とも否定ともつかない態度だった。

9

沖田は十一時過ぎに引き上げていった。渡瀬はひどく疲れており、何もかもが面倒くさかった。『蓬莱』のことを考えるのも億劫《おっくう》な気分だった。ビールの酔いも手伝い、体がひどくだるかった。シャワーを浴びる気も起きない。浴室へ行って熱い湯を浴びれば、けだるさも少しは癒《い》えるはずだった。渡瀬もそれは承知していたが、体が浴室へ向かおうとしない。むしり取るように服を脱ぎベッドに体を投げ出した。ニュースくらいは聞いておこうと、ベッドサイドの小さなテーブルに置いてあったリモコンに手を伸ばし、テレビの電源を入れた。夜のニュースショウをやっていた。

白髪のニュースキャスターが何事か解説している。このキャスターは、もともと新聞畑の人間で、ジャーナリズムの何たるかをよく心得ている数少ないマスコミ人という評判だった。渡瀬もこのキャスターを気に入っている。彼が本物のジャーナリストだからというわけではない。時折、照れ臭そうな顔でぽろりと口に出すジョークがなかなか粋なのだ。

ユーモアのセンスがある人間は、何においても一流だと渡瀬は思っていた。キャスターが話している内容はなかなか頭に入ってこなかった。特集のコーナーのようだ。特集というのは、ニュースショウのなかでも力の入ったコーナーだ。スタッフの腕の見せどころなのだ。キャスター本人の腕の見せどころでもある。

場面が切り換わった。赤茶けた大地のむこうに鬱蒼《うっそう》としたジャングルが見えている。その風景のなかで、迷彩服に青色のベレー帽をかぶった人々の姿が見える。彼らはC－130輸送機のまえに整列していた。

カンボジアへ出かけていた自衛隊PKO部隊の映像だった。続いて彼らが土木作業をしている光景が映し出された。それを遠巻きに眺めている他国のPKO隊員。彼らはフランス人だった。

フランスPKO部隊はもちろん武装をしている。拳銃だけではなく自動小銃を持っていた。フランス兵のひとりがインタビューされている。

顔の脇に翻訳のスーパーインポーズが入った。

「紛争地帯にわれわれが銃を持たずに来ることは考えられない。それを命令するのは、自殺を強要するのといっしょだ」

彼は真顔でそう語っていた。そして、彼はどんな武器を持っているかと尋ねられ、まず手にしていた自動小銃を掲げて見せた。

「戦場では自動小銃で武装することが最低条件だ。その他に、サイドアームとしてオートマチックピストルを持っている。ピストルはあくまでサイドアームだ。戦闘が始まったらあまり役に立たない。これはどの国のどんな軍隊でも常識だ」

カンボジアの映像はそこでとぎれた。ニュースキャスターが、帰国したPKO部隊隊員にインタビューを申し込んだが取材はことごとく断わられたというコメントがあった。そこで、スタッフは、北海道の恵庭《えにわ》駐屯地のそばにあるスナックの主人などにインタビューしていた。

「ひどい生活だったらしいですね」

主人は言った。彼の顔にはモザイクがかかり、音声は変えられている。PKO問題に関しては取材する側もされる側もぴりぴりしている感じがする。「自衛隊の人たちは、金がよくなければPKOなんかに行きたくないと言ってましたね」

続いて、モザンビークの映像。取材記者は、日本PKO部隊の設営地の条件の悪さを伝えていた。PKO部隊隊員は三畳ほどのテントに押し込められて生活をしていたのだという。ベッドもパイプに布地を張っただけという代物だった。

雨が降ると泥水が入り、そこにマラリアを媒介する蚊が発生する。床はあるが白アリにやられてボロボロだったということだ。

そして、映像はスタジオに戻った。ニュースキャスターは、PKO隊員の野営の条件も問題だが、さらに問題なのは彼ら自身の立場の問題だとコメントした。自衛隊が合憲か違憲か、いまだに揺れている現状。国際社会の圧力に屈する形で、きわめて曖昧な立場でカンボジアやモザンビークに送り出された自衛官たちの不幸。

さらに、ニュースキャスターは、日本が国連常任理事国になるべきか否かという問題に言及した。それについて、コメンテーターをスタジオに招いていると言った。

紹介されたのは、今や最大の野党となった保守政党の若手衆議院議員だった。本郷征太郎《ほんごうせいたろう》という名だ。渡瀬は政治に興味があるほうではないが、この若手議員の顔は知っていた。若手といっても、すでに五十近い。五十男をつかまえて、若手などというのだから政治の世界はすごいものだと渡瀬は思った。

渡瀬たちゲームプログラマーの世界は、三十歳になったらもう古参だ。管理職になるなり会社を作るなり現場以外の生きる方策を何か考えなければならない年齢だ。

本郷征太郎はたいへんに洗練された服装をしていた。髪はすっきりとカットされているが前髪は適度なボリュームを持って上方に持ち上げられており、それが自然なウェーブを保ちながら横へ流れている。濃紺のシングルスーツを着ているが、グリーンのネクタイと調和して若々しさが強調されている。

濃紺でありながら決して地味な感じがしない。カラーテレビを意識して、奇妙な色の服を選ぶ人間が多いが、紺やチャコールグレーといった色が意外とカラー画面に映えるのはテレビ関係者なら誰でも知っていることだ。特に知的なイメージを強調したいときは効果的だ。

その点、本郷征太郎は見事に成功していた。彼は、『盛和会』という派閥に属している。本郷が属している保守政党は、議員数も党員も日本最大を誇っているが、実情は派閥の連立政党なのだ。

見かけがソフトでスマートなので主婦を中心とした女性に受けがいい。しかし、彼ががちがちのタカ派であることはさまざまなジャーナリズムの報道から洩れ聞こえていた。彼ははっきりと物を言う。そして、きわめて意志的に論理を展開する。

そういう点は若者の関心を引いていた。夜通し生中継で議論をするテレビ番組に登場し、しゃべる内容はともかく、そのはっきりとした物言いは一部の若者の心をつかんでいた。ニュースキャスターは、本郷征太郎に、ＰＫＯの現状についてどう考えるかを尋ねた。本郷征太郎は党内でも強硬なＰＫＯ推進論者だった。

「設備が満足でなく、隊員の皆さんにご苦労をおかけしたことは、たいへんお気の毒だと申し上げる他はありません」

本郷征太郎は言った。

おや、と渡瀬は何かひっかかるものを感じた。彼の声だった。今まで本郷征太郎の声など意識して聞いたことはなかった。第一、彼のような立場の人間は、滅多にテレビなどで発言する機会はないのだ。

顔は週刊誌や新聞で売れていても、話しかたや声などはあまり知られていない。生中継の討論番組も真剣に見ていたわけではない。渡瀬は、にもかかわらず、本郷征太郎の声を最近どこかで聞いたことがあるような気がしたのだ。

単なるデジャヴかな、とも思った。ひどく疲れているときは、既視感がやってきてもおかしくはない。

本郷征太郎の話は続いていた。

「しかし、今後、日本が国際社会のリーダーシップを担おうとするとき、金を出すだけではだめなのは、誰にとっても明白でしょう」

ニュースキャスターが突っ込んだ。

「そういう発言はもう私たちは耳にタコができるほど聞かされているんですが、どうも釈然としません。労力の提供というのは自衛隊にしかできないことなのでしょうか？」

「実際問題として、国が命令を下して紛争地帯に送り込む人材としては、自衛官しか考えられないのですよ。一般国民の誰かを徴用して、さあ、紛争地帯で働いてこいとは言えないのです。まあ……、現在、私たちは政権を担当しておりませんから、こういう物の言いかたはおかしいのですが……」

「いえいえ……。今夜は政治家として、というよりも、むしろ評論家的なお立場でお招きしているわけですから、ご自由に意見を述べていただいたほうが……」

渡瀬は、あっと声を上げた。

本郷征太郎の静かでしかも人を威圧するような力のある声。きわめて穏やかだが反論を許さないような話し方——間違いなくそれを渡瀬は二日前に聞いている。

駐車場でヤクザに暴行を受けた夜だ。あのとき、黒のメルセデスのなかから聞こえてきた声だった。渡瀬は慎重になった。声が似ている人間ならいくらでもいる。しゃべりかたが似ている人間もいる。

黒いメルセデスのなかにいたのは、『平成改国会議』の幹部で、たまたま声やしゃべりかたが似ていただけなのかもしれない。その可能性はおおいにある。渡瀬は相手の顔を見ていない。

あのとき、車のなかにいたのが本郷征太郎であるという証拠は何もない。声だけではあまりに根拠が薄い。

いつしか渡瀬は身を乗り出していた。じっと画面の本郷征太郎を見つめている。

（そんなはずはない）

渡瀬は迷い始めていた。

政治家が、コンピュータゲームの発売に関与するなど考えられないことだった。ヤクザがからんでくるよりも理解し難い。ヤクザならば、単純な利害関係だと考えることができる。

すでに疲労感はどこかへいっていた。疲労というのは多分に気分の問題なのだ。渡瀬は目を閉じて本郷征太郎の声を聞いてみた。あのとき、車のなかから聞こえてきた声ははっきりと覚えている。恐怖にすくんで、ほとんどウロがきているという状態だが、そういうときは、断片的な物事を妙に鮮明に覚えているものだ。

メルセデスのなかから聞こえる声がそうだった。低く静かな語り口だがよく徹る威圧的な声——

ニュースショウの特集のコーナーが終わり、コマーシャルが入った。渡瀬は何とか『蓬莱』と保守系最大野党のやり手議員を結びつけて考えようとした。しかし、その関係はまったく想像もつかなかった。

渡瀬は、ベッドサイドのテーブルに載っている電話に手を伸ばした。沖田に電話をした。沖田は、世田谷区砧《きぬた》三丁目に親と住んでいる。妹がいたはずだった。渡瀬の家からは、世田谷通りをまっすぐだ。車がすいていれば、十分とかからない距離のはずだ。沖田が渡瀬の住むマンションを出てすぐにタクシーをつかまえたなら、もう家に帰っているはずだ。

呼び出し音三回で沖田が出た。

「着いていたか……」

「今帰ってきたとこだよ。どうしたんだい？」

「俺が襲われたとき、そばにベンツが駐まっていた。俺はそのなかにいた人物と話をしたんだ」

「ふたりのヤクザの他にまだいたってこと？」

「そうだ。正確に言うと、『蓬莱』の発売を中止しろと言ったのはヤクザじゃない。その男だ。俺はその男の顔を見ていない。男は車のなかにいて、ウインドウには黒いフィルムが貼ってあった。そのウインドウは少しだけしか開いていなくって……」

「それがどうしたのさ」

「……声だけしか聞いていないんだが、それは、本郷征太郎の声だったような気がする」

「政治家の？」

「そうだ」

「どうしてそう思ったんだ？」

「今、本郷征太郎がテレビに出ていた。その声を聞いて思ったんだ」

「確かかい？」

「わからない。だが、そう思う」

「何だ……。いいかげんだな……」

「慎重なんだよ。相手は政治家だ。滅多なことは言えない」

「どうしてさ」

「どうしてって……。政治家だからさ……」

「政治家はさまざまな権力を握っていて、何でも思いどおりにできるからか？」

「まあ、そういうことだ」

「そりゃ、選挙区の知人の子供を有名私立校に入れたり、駐禁を揉み消したりはできるだろうさ。だが、人を殺しておとがめなしというわけにはいかない。法律ってもんがあるんだ。あんたは、時代劇の豪商と悪代官というパターンにはまってるんだ」

「おまえのそのイノセントさがうらやましくなることがあるよ。政治家ってのは、やろうと思えばたいていのことができる。特に、本郷が属している政党は暴力団とかなりの部分でつながりがある。あの政党と暴力団のつながりは戦後の混乱期からのものだ」

「へえ……。例えばどんなことをやるのさ」

「まず暴力団が選挙の票の取りまとめをやる。大型公共事業の際、地上げが必要になったら暴力団にやらせる。原発なんかがそうだよ。土地の買い上げから反対する住民の追い出し、反対組織に対する圧力などに、あの政党は暴力団を利用して成果を上げてきた」

「金と暴力で長期政権を維持してきた保守政党か……。ヒステリックなジャーナリズムの受け売りじゃないのか？」

「そんなことはない。暴力団なしではあの政党はもたなかった。暴力団の組員を議員としてかかえていた政党だぜ」

「だけど、その政党は政権の座から退いた。今や野党じゃないか。そう好き勝手ができるとは思えないな」

「今の連立与党が長くもつと考えている人はあまり多くない。そのうちに、巻き返しをはかるはずだと読んでいる人間が多いんだ。つまり、野《や》に下った今も、潜在的に与党と同じくらいの権力を持っているということだ」

「あんたは、ふたりのヤクザと本郷征太郎が手を組んで何かをやっていてもおかしくはないと言いたいんだね？」

「……あるいは、本郷征太郎がヤクザを使って何かをやっている……」

「その何かってのが、『蓬萊』に関係ある、と……」

「かもしれない」

「そいつは、いったい何さ？」

「何だと思う？」

「知らないよ。あんたの推論だろう？」

「そこから先がさっぱりわからないんだ」

沖田があくびをするのが聞こえた。

「おい、沖田。俺は本気でやばいと思ってるんだ。本郷征太郎がその気になれば、『ワタセ・ワークス』くらいすぐにつぶせる」

「だが、まだつぶれていない。相手にその力があれば、あんたに威しをかけるようなまどろっこしいことなんかやらずに、もうつぶしちまってるよ」

「俺たちに猶予《ゆうよ》をくれたのかもしれない」

「何のために？　政治家っていうのが、あんたの言うような権力の持ち主なら僕たちに猶予なんて与える必要はない。邪魔なものはどんどんつぶしていくさ」

「世の中はそう単純じゃないよ」

「そうかね？　世の中が複雑だというのは一種の幻想だ。みんなが複雑なものだと考えているだけだ。僕にはそう思えるがね……」

沖田が言うと妙に説得力があった。彼ならそう言い切れるかもしれない。沖田はこれまでおそらく明快な生きかたをしてきたのだろう。世の中が複雑に感じられるのは、他人の思惑を気にしたときだ。強固な意志を持ち、その意志に忠実に生きる人間にとっては、世の中は意外と単純なものかもしれない。わがままな人間は得をすることが多い。

だが、多くの人間はそういう生きかたをできない。渡瀬もそのひとりだ。

「政治家がからむと実際に面倒なんだよ」

「世の中、ジャンケンポンだって知ってるかい？」

「何だ、それは？」

「三すくみの論理さ。誰にでも弱味はある。ねずみの嫁入りの論理ともいう」

「ねずみの嫁入り？」

「次々と強い者を求めていく。だが、誰もが弱点を持っている。政治家だって例外じゃない。彼らは選挙で当選できなければただの人だ。だから、彼らはスキャンダルを病的に恐れている」

「そうかもしれない。だが、今のところ、その弱点を俺は握っていない。問題は、有力な政治家が俺に圧力をかけているということなんだ」

ふと沖田が押し黙った。あくびをした様子はない。眠っているのでもなさそうだ。何かを考えているようだった。

「与党は警察をかなりの部分思いどおりにできると聞いたことがあるけど、野党になってもそうなんだろうな……」

「人脈は生きているだろうからな……。最近は東京地検特捜部が元気がよくて、ゼネコンがらみの議員はかなり旗色が悪いがな……」

「あんた、このあいだの刑事に嘘をついたり隠し事をしたりしてないだろうな？」

「していないつもりだが、なぜだ？」

「暴力団と警察を敵に回したら、本当に生きていけない」

その言葉を聞いて、渡瀬は実に嫌な気分になった。

「本郷征太郎と『蓬萊』はどういう関係なんだろう……」

「見当もつかないが、まあ、考えてみよう」

「たのむよ。俺もない知恵を絞ってみる。夜中にすまなかったな」

渡瀬は電話を切った。

（また滝川弁護士に電話をしなけりゃならないな……）

彼はそう思っていた。

10

『蓬莱』の生産は計画から大きく遅れ、発売日に間に合うかどうか微妙な状況になってきた。工場のラインはダウンしたままだ。メーカーにいくら問い合わせても原因がわからない。

工場が本郷征太郎の圧力を受けて一種のサボタージュをやっているのではないかと、渡瀬は本気で疑い始めていた。

あるいは、工場の中に本郷征太郎の息のかかった人間が紛れ込み、破壊工作をやったのかもしれないと思った。大政党の有力政治家ならば、工場に人ひとりを就職させることなど簡単なはずだ。

沖田は、すでに新しいソフトの開発にかかっている。村井は、いつものようにスケジュール表を睨みながら沖田をサポートしている。沖田は、『蓬莱』の発売が遅れるかもしれないと聞いてもあまり気にした様子はなかった。彼の関心はすでに開発中の新しいソフトに向いているのだ。『蓬萊』は死んだ大木の作品であり、彼は自分の作品、それも新しい作品にしか興味が持てないのかもしれないと渡瀬は想像していた。

朝から仕事に追われ、滝川弁護士に電話をしたのは昼食時だった。滝川は外出していた。滝川は携帯電話など持っていない。ポケベルも嫌いだといって持とうとしなかった。連絡がつかないとなると、半ば意地になって何度も電話をかけたくなる。

結局、滝川弁護士がつかまったのは午後二時半ころだった。五度目の電話だった。

「何度も電話をくれたようだな」

滝川はそのことについて詫びる気はないようだった。「何事だ?」

「ひとつは、『蓬萊』の生産が遅れている件だ。もし発売が遅れた場合、それによって生じた損害に対する賠償をメーカーに求めなければならない。その手続きをやっておきたい。手は早めに打たないとな」

「わかった。契約の条項を調べ直してみよう。問題ないと思う」

「『蓬萊』の件でもうひとつ」

渡瀬はそこで間を取った。もったいぶっているわけではなく、どうやって話を切り出すか考えていたのだ。「これは証拠は何もないのだが、『蓬萊』の発売を妨害しようとしているヤクザたちのバックには、本郷征太郎がいるらしいんだ」

「本郷征太郎？　『盛和会』の？　何でまた……」

「わからない」

「証拠はないと言ったな？」

「声を聞いたんだ」

「声……？」

渡瀬はあの夜のことを、もう一度詳しく説明し、車のなかの男の声は、間違いなく昨夜テレビで見た本郷征太郎だと説明した。

「車のなかから聞こえてきた声……、テレビのニュースショウ……。俺は今の話を聞かなかったことにするから、よそでは言うな」

「法律の世界で生きてるあんたにはばかばかしい話に聞こえるだろう。俺もどうやって説明していいかわからない。しかしだ……。工場で発生した事故。本郷征太郎なら事故を起こすことも、事故が起きたように見せかける工作をすることもできると思う」

「何のために？」

「わからない」

「それが重要なんだ。なぜ政治家がファミコンソフトの発売を妨害しなけりゃならないんだ？」

「ファミコンじゃない。スーパーファミコンだ」

「どっちでもいい。いいか、政治家というのはあんたが思ってるほど万能じゃない。特に本郷征太郎などというのは、名前は売れているが、あの世界ではまだヒヨッコの部類だ。小さなスキャンダルが命取りになる。ヤクザとつるんで営業妨害などやって、もしそれが世間にばれたら政治生命は終わりなんだ。俺だったらそんな危ない橋を渡る気にはなれんね」

「うちの沖田も同じようなことを言っていた。しかし、俺はあの夜、車のなかにいたのは本郷征太郎だったと思う」

滝川はしばらく黙っていた。渡瀬が言ったことを考えていたのかもしれないし、わからず屋で思い込みの激しい男をどう言いくるめればいいのか考えていたのかもしれない。渡瀬は後者だろうと思った。

「世の中は信じられないようなことが起こるもんだ」

渡瀬は言った。「あんた、弁護士だ。そのへんのことはいやというほど知っているはずだ」

「知っている。だが、一方で、どんなに突拍子もなく見える出来事でも必ず納得できる原因や理由があるということも知っている」

「理由はあるはずさ」

渡瀬は言った。「ヤクザたちは大木の名を知っていた。つまり、本郷征太郎も知っていたということだ。本郷征太郎がヤクザを雇ったのだとしたら、大木の名をヤクザに教えたのが本郷征太郎だったということもありうる。本郷征太郎と大木は必ず何かのつながりがあるはずだ」

「だが、大木くんはもういない」

「だから死んだのだとは思わないか？」

「殺されたというのか？　本郷征太郎に？　話が飛躍し過ぎるよ」

「そうは思わない。話の筋は通るよ」

「こじつけだよ。大切なことがまったく抜け落ちてるよ。どうして、本郷征太郎が『蓬萊』の発売を妨害するのかその理由がまったくわからない」

「大木が知っていたはずだ」

「だから、彼はもういないと言ってるだろ」

「彼が残した『蓬萊』がある」

「何だって……？」

「沖田が言ってたことだが、『蓬萊』は大木が作ったにしてはよく出来すぎている。俺もそう思う」

「大木くんだって一人前のプログラマーだろう。どんなゲームだって作れるはずだ」

「そう。企画がちゃんとしていて、シナリオがあればどんなプログラムも基本的に不可能じゃない。問題はそのシナリオなんだ。『蓬萊』には高度な数学の理論と専門家が考えたとしか思えない歴史観が打ち込まれてあると沖田は言った」

「あんたもプログラムの内容は見たんだろう？　そんなに特別なものだったのか？」

「滝川さんにはプログラムがどういうものかという基本的な説明をしなきゃならないようだな。プログラムというのは命令をある文法に従って書き替えていくことなんだ。翻訳作業みたいなものさ。だから、一部分を見ると、単純な命令が並んでいるに過ぎない。その命令というのはどんなソフトでもまったく同じなんだ。そういう意味では『蓬莱』は他のソフトと変わりはない。全体がどういう流れになっているかというのは、極端な話ゲームデザイナーにしかわからない。デバッグ作業というのがあって、入力ミスをチェックするんだが、その際も文法上の間違いや、命令のしかたの間違いをチェックするに過ぎない。特に、『蓬莱』のメインプログラムの大部分は、ほとんど大木ひとりでやったので、そのシナリオをやつがどうやって仕上げたのかなんて誰にもわからなかった。『蓬莱』の特殊性にも気づかなかった。沖田は天才だ。だから、沖田は気づいたんだ」

「俺は古い人間なんでな……。どうも想像がつかんのだが、こういうことか？　例えばゲームデザイナーというのは小説家で、プログラマーというのは印刷屋だ。印刷するに当たって気にするのは文字の間違いだとか印刷の仕上がりであって、小説の内容そのものは関係ないと……」

「そうだな……。今の印刷所というのは、手分けしてキーボードで打ち込みをする。ひとりのオペレーターは、本のあるページだけを担当するから、たとえ内容を読んだとしても小説の全体像はつかめない。その意味においては似ているかもしれない」

「だが、あんたは大木のやったすべてのプログラムを見ることができる。そうすりゃ『蓬萊』のすべてがわかるはずじゃないか」

「気が遠くなる作業だ。それに、プログラムすべてを見たところで、デザイナーの真意がわかるとは限らないんだ。完成した絵を見てあれこれ言うことはできる。絵をX線だの何だので解析して、どこにどんな色をどれくらい重ね塗りしたかもわかる。だからといって画家の意図を読み取ることはできない。それに似ている」

「何だ。ソフトが芸術作品だとでも言いたげだな」

「間違いなく芸術作品だよ」

「まあいい。あんたは『蓬萊』に何か手がかりがあると考えているわけだな？」

「あるはずだ」

滝川は、渡瀬を説得するのをあきらめたように、力のない声で言った。

「今のところ、俺にできることは、損害賠償の手続きくらいのようだ。まあ、せいぜい頑張って謎解きをやってくれ」

「また連絡するよ」

滝川が電話を切った。渡瀬が受話器を戻すと同時に、戸上舞が戸口から顔を出した。

「あの……。警察のかたがおいでですが……」

「刑事か？」

「……みたいですけど……」

神南署の安積警部補かその部下だろうと渡瀬は思った。彼はうなずいた。

「お通しして……」

社長室に現れた私服の警官は、安積たちとはまったく違う印象があった。彼らはふたりづれだった。ひとりは、背が低くずんぐりとした体型をしている。頭髪を角刈りにしていた。赤ら顔で大きな目をしている。

その大きな目は愛嬌とは無縁だった。絶えず人を睨みつけているような感じだ。彼の表情は凶悪な感じさえした。

もうひとりはやせて顔色の悪い男だった。陰気な顔をしている。目は落ちくぼんでおり、鼻は鷲鼻だった。冷酷そうな薄い唇をしていた。その口を機嫌悪そうにへの字に曲げている。彼も他人を睨むような眼をしている。もうひとりのずんぐりした私服警官と違い、こちらはひどく猜疑心に満ちた眼だった。世の中の誰ひとり信じていないという感じだ。

「責任者はおまえか？」

ずんぐりしたほうの私服が言った。彼らは名乗ろうともしなかった。いきなりおまえ呼ばわりだった。渡瀬は気を悪くするよりもまず驚いてしまった。

「そうです。私が代表取締役ですが……」

ずんぐりした私服警官は、内ポケットから紙を取り出して広げた。それを、渡瀬の目のまえに突き出して言った。

「刑法第一七五条の疑いにより、ここの家宅を捜査する」

私服が言う。あいかわらず渡瀬を睨みつけている。やせたほうの私服警官は何も言わない。彼らが見せた紙は捜査令状だった。渡瀬はそんなものを見るのは初めてだから、本物かどうかはわからない。しかし、本物だと思う他はなかった。

「刑法第一七五条……？」

「猥褻文書頒布等《わいせつぶんしょはんぷ》の罪だ」

「猥褻文書……。うちの大木の件で来られたのではないのですか？」

警察官はその質問にはこたえなかった。

「令状は見たな？」

ずんぐりした私服警官は、言い終わると、いきなり脇にあった書棚に手を伸ばし、そこにおさまっていた書物を床にぶちまけ始めた。それを蹴散らして、さらに下の段の書物を抜き出す。抜き出しては床に放り出す。

その書棚にあるのは、キャラクターや背景のデザインをするときに参考にする画集やイラスト集、写真集などだった。私服警官は、その書籍を調べているようにも見えない。ただ、書棚から取り出し、床に放り出して蹴りつけるのが目的のようだった。

渡瀬はあまりのことに茫然としていた。書棚が終わると、今度は渡瀬の机の右手にある書類入れのキャビネットに近づいた。上下二段のファイリングキャビネットが三つ並んでいる。

その中には細々とした書類が入っていた。過去の作品の企画書や制作スケジュール表、契約書もあれば仕様書もあった。ずんぐりした警察官はそのキャビネットの引き出しを調べ始めた。引き出しごとキャビネットから抜き出す。書類がぎっしりとつまった引き出しはひどく重い。それを両手でかかえ上げると、一気にひっくり返した。雑多な書類が床に散らばった。彼はそれを続けようとした。

立ち尽くしていた渡瀬はあわててその私服警官に近づいて、肩をおさえた。

「何をするんです？」

私服警官は、その渡瀬の手をじろりと睨み、それから顔を睨みつけた。

「何をする、だって？　令状、見せただろう？　家宅捜索だよ」

ずんぐりした私服は、キャビネットをぶちまける作業を再開しようとした。

「無茶な……。ちょっと待ってください」

渡瀬は両手で私服警官を押しとどめようとした。私服はどつかれでもしたように、おおげさによろめいて見せた。

そのとたんに、今まで黙っていたやせたほうの私服警官が大声を上げた。

「公務執行妨害！」

彼は、ぴしりと渡瀬のほうを指差している。

「何だって……？」

やせた警官はにこりともせず、冷たい視線を向けたまま言った。

「任意同行を求めるつもりだったが、その必要はなくなった。おまえを現行犯逮捕する」

渡瀬はひどい非現実感を味わっていた。悪い冗談としか思えない。ここまでされても不思議なことに怒りが湧いてこない。ただ不条理なドラマのなかに放り込まれたような当惑しか感じないのだ。

「何が猥褻だっていうのさ？」

社長室ブースの戸口で声がした。沖田が立っていた。沖田のうしろには村井と戸上舞の姿も見える。

ずんぐりした私服警官は何も言わず、沖田を押しのけるようにして社長室を出ていった。

オフィスのほうでがらがらと音がした。ソフトのサンプルなどがおさまっている棚をひっかき回しているらしい。

やせたほうの警官が社長室に残り、渡瀬に睨みを利かせている。

サンプルは発売順に整理されている。それをめちゃくちゃにされたら、並べ直すのはひと苦労だ。沖田も村井も舞も、その音のするほうをただ立ち尽くして見つめるだけだ。

「あっ!」

突然、村井が声を上げた。渡瀬からは、オフィスをひっかき回している私服警官は見えない。何をやっているかはわからないが、村井の表情から想像はついた。警官は村井の作業用コンピュータをいじっているのだ。

耐えかねたように村井が突進していった。

「やめろ! やめてくれ」

沖田は小さくかぶりを振っている。渡瀬は戸口に歩み寄ってずんぐりした私服警官がやっていることを見た。警官はコンピュータを勝手にいじり回して、フロッピーを抜き出そうとしている。

村井はその警官にとりすがっている。

「うるせえな!」

私服警官は怒鳴ると、いきなり村井の鳩尾《みぞおち》に膝蹴りを見舞った。膝の一撃は正確だった。村井は驚いたように目と口を大きく開き、体をくの字に折った。その無防備な顔面を、警官は後ろ手で思いきり張った。

村井は後方に吹っ飛び、沖田の作業用コンピュータのコンソールに背と後頭部を打ちつけてそのまま崩れ落ちた。彼は後頭部をおさえて床の上で丸くなった。

「おとなしくしてねえから、つまずいて転んだりするんだ」

私服が言った。「うだうだぬかすと、てめえもしょっぴくぞ」

彼はいきなりコンピュータの電源を落とした。そして、フロッピーを抜き出した。続いて、沖田のコンピュータに近づき、同じことをした。沖田は黙って警官を見ている。軽蔑したような眼つきだ。ずんぐりした私服は、その眼つきに敏感に反応した。

「何だ、その眼は？」

沖田は何も言わない。

「何か言いたいことがあるのか、ロリコン野郎」

「ロリコン？　僕が？」

「女子高生の服を脱がしたりするゲームソフトを作ってるんだろうが……」

渡瀬はようやく事態を呑み込んだ。かなりきわどいコンピュータソフトがひそかに流行している。最近は容量の大きいコンパクトディスクに記録されたソフトが人気だった。写真集もあれば、ゲームセンターでお目にかかるようなゲーム仕立てのものもある。

『ワタセ・ワークス』でもその類のソフトを作ったことがある。それも大木の発案だった。好むと好まざるとにかかわらず、ソフトの会社というのは、あらゆるジャンルのレパートリーを持っていなければならないと大木が主張し、会議を通過したのだった。

そういったソフトは、良識の面からいっても、量産品であるファミコンやスーパーファミコンのソフトにはできない。パソコン用のゲームソフトだけで発売されていた。これまで警視庁によってコンピュータソフトが猥褻文書として摘発された例はない。

ずんぐりした私服警官は手にした二枚のフロッピーをひらひらと振りながら言った。

「こいつの中にもそういうくだらねえソフトが入ってんだろ？」

渡瀬は自分の仕事が汚された気がした。そのとたんに頭に血が昇った。

「いくら警察だってこんなことをする権限はないはずだ」

「いや」

やせた私服が渡瀬の背後から言った。「あるんだ。私らがやりたいと思えば、たいていのことはできる」

やり口がヤクザと同じだ、と思った。そして、ひょっとしたらヤクザより質が悪いかもしれない。こちらは権力と法を楯にしているのだ。

「こっちを片づけちまおう」

ずんぐりした私服が言った。やせた警官はうなずいて社長室のブースを出て行った。ふたりは、あちらこちらをひっくりかえし始めた。オフィスのなかは強盗に入られたよりひどいありさまになった。

渡瀬は沖田と村井を外に出し、ブースのドアを閉めた。素早く名刺入れを探し、電話に手を伸ばした。

神南署の刑事捜査課に直接つながった。

「安積警部補を……」

渡瀬は言った。

11

「ドアを閉めるな。開けておけ！」

警察官が怒鳴る声が聞こえた。そのときすでに渡瀬は電話をかけ終えていたので、私服の言うとおりにした。

ドアを開けたとき、オフィスの惨状に目を覆いたくなった。警官たちは、舞の机の引き出しまですべて引き抜いて中味を床にばらまいていた。舞は見かけよりずっとしっかりした娘だ。必死に感情を抑えているようだった。とっくに泣き出していてもおかしくはない。その姿を見たとき、渡瀬の胸に再び怒りがこみ上げてきた。

私服警官たちは、あらかじめ用意してきたらしいダンボールの箱に、さきほどコンピュータから引き抜いたフロッピーを始め、ゲームソフト類のサンプルなどを放り込んだ。押収するつもりらしい。裁判所が発行した令状があればそれができるのだ。

「それだけは置いてってください」

村井がフロッピーを指差して言った。「作業の途中なんです」

「黙らんか。また痛い目にあうぞ」

ずんぐりした私服警官が言った。警官たちの荒らしかたは徹底していた。偏執狂的ですらあると渡瀬は思った。オフィス内を徹底的にひっくりかえすと、トイレの棚まで開けて、トイレットペーパーなどを放り出し始めた。

ふたりは、ようやく満足したように室内を見回していた。

やがて、やせたほうの私服警官が渡瀬に言った。

「さあ、いっしょに来るんだ。手錠だけは勘弁してやる」

沖田、村井、舞の三人が渡瀬を見た。落ち着いているそぶりをしなければならなかった。責任者としてのつとめだ。

ずんぐりしたほうの警官がダンボールをかかえて出入口に向かおうとした。

そのとき出入口のドアが開いた。戸口に安積警部補が現れた。彼は立ち止まり、ゆっくりとオフィスのなかを見回した。完全に無表情だった。その眼に驚きの色も不審がっている様子もない。どこにどんなものがどのような状態で落ちているかを冷静に分析している眼つきだった。

そして彼はふたりの私服警官を見た。そのときも安積警部補は無表情だった。

ずんぐりした警官が居丈高《いたけだか》に言った。

「何だ、おまえは？」

安積警部補はその問いにはこたえなかった。

「ここまでする必要があったのか？」

ずんぐりした私服警官は顔色を変えた。持っていたダンボール箱を勢いよくかたわらの机の上に置いた。彼は、上着の内ポケットから警察手帳を取り出し、勝ち誇ったように言った。

「公務だ。邪魔すると、おまえも公務執行妨害でしょっぴくぞ」

安積は紐のついた警察手帳に手を伸ばした。ずんぐりした私服警官は、手帳を取られまいと手を引っこめた。

「警察手帳《チヨウメン》を開いて身分証を見せるんだ」

安積警部補は静かな声で言った。口調はおだやかだったが、それは確かに命令だった。ずんぐりした私服警官は、一瞬ひるんだが、弱味を見せまいと声を大きくして言った。

「どこの誰か知らないおまえに、身分を明かす義理はない。おまえ、何者だ？　弁護士か？」

安積はふと落胆したような表情を見せた。渡瀬はそれを見逃がさなかった。そして、彼は明らかに落胆しているのだと気づいた。

安積警部補はチャコールグレーの背広の内ポケットから、やはり警察手帳を出して見せた。

「神南PSの安積だ」

ずんぐりした警官は、驚きの表情を浮かべ、次に居心地悪そうにもじもじとあたりを見た。それから急になれなれしい口調になった。うすら笑いまで浮かべている。

「何だ。ご同業かい。おどかすなよ」

PSというのはポリスステーションの略で所轄署を意味する。同様に交番をPB、パトカーをPCと呼ぶ。安積警部補は冷やかに表情を閉ざしたままもう一度同じ質問をした。

「ここまでする必要はあったのか？」

「もちろん、あったさ。こっちには令状《オフダ》がある。捜査は徹底的にやらなくてはならん。そうだろう」

「人権という言葉を知っているか？」

ふたりの私服警官の顔色が変わった。ずんぐりしたほうは怒りを露《あら》わにし、やせたほうは眉をひそめた。ずんぐりしたほうの私服警官が言った。

「何だ、あんた。俺たちのやってることに文句があるってのか？　PSの出る幕じゃねえ。ひっこんでてもらおう」

「ここは私の管轄《ニワ》だ」

「そういう言い分は聞けねえな。これは違法捜査でも何でもない」

「猥褻文書の疑いのあるパソコン用ゲームソフトの摘発だということだな？」

ふたりの私服警官は、渡瀬を睨みつけた。まるでいじめっ子が、教師に何かを言いつけた子供を睨むような感じだった。

「そうだよ」

やせたほうの警官が言った。「ビデオや映画、雑誌というのは業界で倫理規定を作ってきびしく自主規制をしている。しかし、コンピュータソフト業界はできたばかりで自主規制がかなり甘い。だから摘発に踏み切ったわけだ」

「捜査がひどく暴力的だと聞いたが？」

今度はずんぐりした警官が言った。

「捜査がきれい事で済まないのはあんただって知っているだろう？　人権とか言ったな？　そんな言葉は忘れちまったな」

「ならば、思い出すことだ」

「本庁の防犯のやることに口を出すな」

「その人を引っ張って行かれるのは困る」

安積は渡瀬のほうをちらりと見て言った。

「ある事件の参考人なんだ」

「参考人？」

ずんぐりした警官が言った。「ならば、なおのこと引っぱっちまったほうがいいだろう。連れてって吐かしちまえばそれで終わりだろう」

「私は容疑者だとは言っていない」

「そういう甘いことを言っているから警察をなめるばかが減らないんだ。さ、来るんだ。話は本庁《ホンブ》で聞く」

ずんぐりした警官が箱をあらためてかかえ、やせた警官が渡瀬の腕を取った。

「しかたがないな……。私もいっしょに行こう」

やせた私服が言った。

「何であんたが……？」

「言ったろう。彼は私が捜査している事件の参考人なんだ」

安積警部補は、渡瀬が取調室ではなく、防犯部保安一課の机のところに連れられて行くのを見た。安積も黙ってそれについて行った。防犯部の保安一課は本庁の八階にある。八階には防犯部長の席があり、保安一課は防犯総務課、生活課と同居している。

ずんぐりした私服警官とやせた私服警官は、渡瀬を空いている椅子にすわらせ、目のまえに一枚の紙を取り出した。やせたほうが言った。

「署名して拇《ぼ》印《いん》を押せ」

「何ですか、これは……」

「いいから言われたとおりにするんだ」

渡瀬は紙を裏返して書いてあることを読もうとした。やせた私服警官はその渡瀬の手をプラスチックの定規で叩いた。大きな音がしたが、部屋にいた警官たちは誰もそちらを見なかった。取り調べの際に警察官が暴力をふるうのはあたりまえのことだという態度に見えた。あるいは単に、他人の仕事には関わりたくないのかもしれない。

やせた警官は言った。

「読む必要はない。名前を書いて指を出せばいいんだ」

その紙を安積警部補がさっと取り上げた。彼はそれを読み始めた。

「私は、猥褻文書に該当する『クイズ・ドキドキ学園』を制作し、販売しました。右の罪状を認め、深く反省いたします。今回の関係捜査諸機関の寛大な措置に感謝いたします」

安積は渡瀬に言った。「あなた、これを認めますか？」

「冗談じゃない」

渡瀬は言った。「『クイズ・ドキドキ学園』が猥褻だというのなら、世の中猥褻ソフトだらけですよ」

ずんぐりした警官が、固い靴の爪先でいきなり渡瀬のすねを蹴った。渡瀬はそのひどい痛みに声を上げた。

「静かにしろ！　抵抗するな！」

ずんぐりした警官が怒鳴る。　周囲からは、あたかも、渡瀬が抵抗したので、警官が実力行使をしたように見える。

「罪状の認否をこういう形でやるべきではないな」

安積が言った。ずんぐりした警官は目をむいた。

「あんた、キャリアか？」

「キャリアじゃなくったって、ものの道理はわかる」

「何だと……！」

そのとき、安積に声をかける者があった。

「よう。チョウさん」

その声に、ふたりの私服警官は振り向いた。安積はその中年男にうなずきかけた。中年男は親しみをこめて言った。

「珍しいな。こんなところにお出ましとは……」

「係長……」

やせた私服警官がその男に言った。「こいつを知ってるんですか？」

「こいつだと？　ばかやろう。こちらは神南署の安積警部補だぞ」

ふたりの警官は、階級を聞いてふてくされたように眼を伏せた。自分たちが失態を演じたことに気がついたのだ。

「警部補……」

やせたほうが苦々しげに言った。「そいつはどうも……」

係長は安積と同じ警部補だった。彼は、渡瀬を見て、安積を見て、それからやせたほうの私服警官に尋ねた。

「それで……？」

「例の猥褻文書の疑いのあるパソコンソフトの件で……。ちょっとお灸をすえて放免ということにしようとしたのですが……」

渡瀬は驚いて言った。

「警察が勝手にそういう裁定を下すのか？」

「ケースバイケースだ」

係長が説明した。「例えば、街中の喧嘩をいちいち傷害罪で送検していたら、司法機関は完全にオーバーキャパシティーで麻痺してしまう」

「物品を押収してきましたが……」

係長はまずダンボールの箱を見て、それから安積を見た。面白くなさそうに顔をしかめた。

「チョウさん。何であんたがここにいる?」

「その人は、私が関わっている案件の参考人だ」

「そうかい……」

係長は肩をすぼめた。それからふたりの警官を交互に見て、もう一度安積を見た。

「連れてっていいよ」

渡瀬を連行してきたふたりの私服警官はあからさまに不服を表情に現した。しかし、何も言わなかった。

係長が言った。

「チョウさん。あんたがこうしてここにやってきたからには、何を言いたいのかだいたいわかっている」

安積は何も言わない。係長は渡瀬に向かって言った。

「おたくで作ったゲームのソフトは猥褻文書の疑いがかけられている。そいつは確かだ。だから……」

彼は少しばかり声を落とした。「ここでこっぴどくお叱りを受けたということにしておいてくれないか? もちろんマスコミなんぞには発表しない。それで私らの顔が立つんだ」

渡瀬は安積を見た。安積がかすかにうなずいたように見えた。そう見えただけかもしれない。しかし、少なくとも安積は異議を申し立てなかった。

渡瀬は、警察がしばしばこういう処置を行うということを聞いたことがあった。ささいな犯罪に対しては書類送検も行なわず、警察の叱責だけで済ますのだ。喧嘩やごく軽微な軽犯罪などではよくあることだし、また、自転車泥棒のようにきわめて多発している犯罪についても、こういう処置が取られることがあるそうだった。

この係長は、それをやや拡大解釈して事を済まそうとしたのだ。

渡瀬は安積の態度を見て、納得するしかないと思った。

「そういうことでしたら……」

「ちょっといいか？」

安積が係長に言った。係長は迷っていたがうなずいてドアを指差した。

「あそこの会議室へ行こう」

安積警部補は小さな会議室に入ると、くたびれたように椅子に腰を降ろした。係長は立ったままだった。安積警部補は係長を見上げる形になった。

「あんたたちのやってることに口を出す気はない」

安積は言った。「しかし、こいつは理屈が通らない気がするが……」

「ゲームソフトには、いつかは手を出さなければならないと思っていた」

「『ワタセ・ワークス』が槍玉《やりだま》に上がったのはなぜだ？」

「たまたまだろう？」

「刑事に嘘をついても無駄だ」

「勘弁してくれ、チョウさん。俺は……」

安積は眼をそらさず係長を見つめている。係長は言葉を無くして溜め息をついた。すかさず、安積は言った。

「『ワタセ・ワークス』の社員が死んだ。二日前のことだ。事故だと思われていて、所轄の目黒PSでもその線で片づけるつもりのようだ」

「なら事件ではない」

「だが、どうやら事故ではないと思っている人間が何人かいるような気がする。あの社長もそのひとりだ」

「殺したのなら事故とは思わんだろうな。そうなのか？」

「そうは思わんが、殺しとなれば、彼もいちおうは疑ってかからねばならないかもしれない」

係長は、じっと安積を見つめた。言葉が嘘か本当か推し測っているようだった。そして、何事か考え始めた。しばらく沈黙が続いた。安積は何も言わなかった。相手が話し出すのを辛抱強く待っていた。これは刑事のテクニックのひとつだった。

やがて、係長は言った。

「上のほうから言ってきたことなんだ」

「上のほう……？」

「俺は課長から聞いた。課長は部長から聞いたのかもしれん。そして、部長は……」

そこまで言って、係長はかぶりを振った。「そのあたりのことは、もう俺にはわからんよ」

「外からの圧力ということか？」

「たぶん……」

「理由はわからんだろうな」

「わからない。だが、社員が最近死んだというのなら、俺はその関連をまず疑うね」

安積は立ち上がった。

「刑事部屋《デカベヤ》へ来いよ。いつでも歓迎する」

「ごめんだね」


渡瀬は安積が出てきたのを見てほっとした。今まで、ふたりの私服警官の冷たい視線にさらされていたのだ。

安積は渡瀬にたったひとこと言った。

「行こう」

安積は部屋の出口に向かって歩き出そうとした。

「あの……。荷物は？」

渡瀬のその問いに係長がこたえた。

「調べてから送り返すよ」

「作業途中のフロッピーがあって、それがないと業務にさしさわりがあるんですが……」

係長はとたんに鋭い眼を向けた。

「調子に乗らんことだ」

安積が歩き出した。渡瀬はしかたなく、安積のあとに続いた。コンピュータのハードディスクにデータが残っているといいが——渡瀬はそう思いながら部屋を出た。

安積が車で送ってくれると言った。変哲《へんてつ》のないマークIIだったが、ダッシュボードに無線機がついており、さらに、助手席に螺旋《らせん》状のコードがついた回転灯が放り出したように置いてあった。

安積は渡瀬に後部座席に乗るように言った。彼は車を出すと言った。

「『平成改国会議』がゲーム事業に手を出しているという事実はありません」

「そうかもしれません」

「なぜです？」

「は……？」

「なぜおかしいとは思わないのです？　ゲーム業界と何の関係もない連中が、ゲームソフトの発売を邪魔しようとしている……」

「雇われただけなのでしょう……」

「何か心当たりでも……？」

「ええ……」

渡瀬は突然、無力感に襲われた。「しかし、何の確証もないし、ただの思い込みかもしれない……。妙なことを言って、今度は名誉毀損で訴えられたらかなわない……」

「警察を信用できなくなりましたか？」

「そう。今はそういう気分です」

「いろいろな仕事のやりかたをする人間がいる。あなたの会社でもそうでしょう」

「しかし、私の仕事はあなたたちほど人の生活に深く関わっていない」

「慎重になるべきだと言いたいのですね。だが、あなたは、私に電話をした。弁護士にではなく……」

「あのときは、それが最良の方法のような気がしたのです」

「私が信じるに足るとお考えになったわけでしょう」

「そうかもしれません」

「ならば、今もそう思うことです。どんなことでもいいから話してくれると助かるのです。

その情報が嘘か本当かを調べるのが私たちの仕事です」

「そうなのでしょうね……」

「『平成改国会議』を雇ったのは誰だと考えているのですか？」

渡瀬はここで迷ってもしかたがないと判断した。

「本郷征太郎です」

「『盛和会』のプリンスといわれている？」

「そう。その本郷征太郎です」

それきり安積は何も言わなかった。渡瀬は安積があきれてしまったものと思った。

12

神宮前の事務所まで来ると、安積が詳しく話を聞きたいと言ったので、渡瀬は驚いた。『ワタセ・ワークス』の社員たちは、片づけの最中だった。

「渡瀬さん、だいじょうぶだったんですか？」

舞が言った。

「ああ。うちが猥褻ソフトを作ってるなんてとんでもない濡《ぬ》れ衣《ぎぬ》だよ」

「濡れ衣？」

沖田が言った。「そうとも言えないんじゃないの？　警察っていうのは常にスケープゴートを必要としてるんじゃないのか？　僕たち見せしめのためのいけにえにされたんだろ？」

沖田は安積警部補を見ていた。渡瀬は沖田がこういう皮肉を言うのは珍しいと思った。シニカルな物言いはするが、露骨なあてこすりはしない男だ。それほど沖田も頭にきているということだった。

「作業の進行は？」

渡瀬は村井に尋ねた。

「ハードディスクに残ってた分で、何とか進められるよ」

「フロッピーはじき戻ってくるはずだ」

「大木がエッチソフトを作ろうなんて言うからだ」

村井は言った。「『蓬萊』の発売は遅れそうだし……。大木は疫病神《やくびょうがみ》だったかもしれないな……」

村井は怒りでヒステリックになっていた。それでつまらない泣き事を言っているのだ。渡瀬はそれを理解していたが、村井の言葉は彼の神経を逆なでした。

渡瀬が何か言うより早く、舞が言った。

「村井さん。そういう言いかたってないでしょう」

いいタイミングだった。渡瀬は黙って社長室のブースに入り、安積を招き入れた。ブースのなかはひどく散らかったままだ。安積は気にした様子もなく、打ち合わせ用の椅子に腰を降ろした。渡瀬も自分の椅子にすわった。

渡瀬は、安積と向かい合って、何をどう話し出すべきか考えていた。だが、その必要はなかった。安積は訊問のプロだ。彼は筋道を組み立てながら話を聞き出すことができる。

安積が尋ねた。

「七塚組の小田島と大谷が本郷征太郎に雇われているとお考えなのはなぜです？」

「七塚組？」

「『平成改国会議』のことです」

「ああ……、そうでしたね……」

渡瀬は、あの夜の出来事をもう一度安積に説明した。安積はうなずいて言った。

「思い出しましたよ。最初にお話をうかがったとき、あなたは小田島と大谷の他に、大物らしい人物がいたと言われた」

「そう。私はその人物を見ていません。しかし、話をしました。その男の声とか話しかたははっきりと覚えています。そして、昨夜、私はその声を聞いたのです。テレビのニュースショウでした」

「その番組は私も見ていましたよ。ＰＫＯの特集でしたね」

「そうです。私も、最初はまさかと思いました。国会議員がヤクザを使ってゲームソフトの発売を妨害しようとするなんて、ちょっと理屈が通りませんからね……。しかし、時間が経つにつれて確信が深まっていったというか……」

「その車のなかの人物が言ったことを正確に思い出せますか？」

渡瀬は思い出すよう努力した。ヤクザに威され殴られた記憶がいっしょによみがえってきて、彼は緊張した。

『『蓬萊』を作るべきではなかった、とその声は言いました」

「作るべきではなかった……？　どういう意味でしょう？」

「わかりません。『蓬萊』はまずパソコン対応のソフトとして売り出しました。パソコン用のゲームソフトのユーザーは限られていて、発売する数もそれほど多くはありません。それを、一般ユーザー用のゲームソフトとして売り出そうとした矢先、威されたというわけです」

「その声の主は、パソコン用のゲームソフトを知っていたのですね？」

「そうでしょう。あるいは、そのパソコン用のゲームソフトを作るためのシナリオを知っていたのかもしれません」

「そのゲームを作ったのは亡くなった大木さんでしたね」

念を押すように安積警部補が尋ねた。

「そうです」

「その声の主と大木さんとの間に、何らかの関係があったということになりますね」

「……だと思います。ヤクザたちは大木の名を知っていました。その声の主がヤクザたちに大木の名を教えたのだと考えたほうが自然のような気がします」

「その声の主が、もし、あなたが考えるように本郷征太郎だったとしたら、大木さんと本郷征太郎との間に、何か関係があったということになりますが、その点についてお心当たりは？」

「ありません。まったく……」

安積警部補はメモを一切取ろうとしない。先日、若い刑事といっしょにやってきたとき、若い刑事がルーズリーフのノートを開いて、さかんにメモを取っていた。安積警部補がメモを取ろうとしないのは、ひょっとしたら、彼がこの話を仕事とは考えていないからではないかと渡瀬は訝《いぶか》った。

「その他に、声の主は何か言ってませんでしたか？」

「発売を中止しろ。これは忠告だ。そう言いました」

「忠告……？」

「ひかえめな言いかたですが、明らかに発売を中止しないとひどいめにあうぞ、という意味でしょう」

「その男は頭が切れるようですね……」

「頭が切れる……？」

「その男はあなたにこう言っただけでしょう？　『蓬萊』を作るべきではなかった。発売を中止しろ。これは忠告だ……。これは脅迫ではありません。法律用語でいうところの、害悪の告知がなされていません」

「しかし、私は実際に暴力を振るわれ……」

「七塚組のふたりがあなたに暴力を振るったとき、その男はその場にはいなかった。……違いますか？」

「そうですが、しかし、その声の主とヤクザの関係は明らかです」

「法の抜け道を用意しているのですよ。腕のいい弁護士なら、ヤクザがあなたに暴力を振るったことと、その声の主が『蓬萊』の発売を中止するよう忠告したこととの関連を断ち切って見せるでしょうね」

「でも、ヤクザはその声の主に命じられて私を車のところに連れて行ったのは事実ですよ」

「その事実は立証できない。その声の主か、七塚組のふたりのうちどちらかが供述しない限り……。立証されないことは事実とは呼ばない、それが法律の世界です」

渡瀬はいらだちを覚えた。しかし、安積の言うことも理解できた。安積が続いて質問をした。

「『蓬萊』が発売されると、何が問題だと思いますか？」

「それがまったくわからないのです。事実、パソコン用のソフトはすでに発売されているのです」

「パソコン用ソフトと、家庭用ゲーム用ソフトの違いは？」

「数でしょう。スーパーファミコン用ソフトともなれば、ひと桁《けた》違う数が発売されます。場合によってはふた桁近く違うことだってある……。あとは、ソフトに触れる層の違いでしょうか。パソコン用ソフトに触れる人々というのはある程度限られています。パソコンは普及してずいぶん家庭に入り込んだとはいえ、まだまだ家庭用ゲーム機に比ぶべくもありません。一方、家庭用ゲームのソフトとなると、ありとあらゆる種類の人々が接すると考えていいでしょう。子供、サラリーマン、ＯＬ、学生、主婦……」

「影響力の違い？」

「そういうことだと思います」

「『蓬萊』の発売を妨害しようと考えている人物あるいは団体は、その点が問題だと思っているのでしょうね」

「私も、こんな問題が起きるまで考えてもみなかったことなんですが、『蓬萊』というのはかなり特殊な一面があるようなのです」

「ほう……。どういうことです？」

「大木個人が作ったにしてはよくでき過ぎているのです。そう言い出したのは、うちのプログラマーの沖田なのですが……」

「よくでき過ぎている……？」

「わが社の製品について、こういう言いかたをするのはおかしいのですが……」

「わかるように説明していただけますか？」

「どうやら、個人で作ることのできる範疇を超えているようなのです。この点については、沖田のほうが詳しくお話しできると思うのですが……。彼を呼びますか？」

「そうですね……。お願いします」

渡瀬は立ち上がり、ドアのところへ行って沖田に声をかけた。沖田は部屋の片づけを手伝っていたが、あまり役に立っているようには見えなかった。何か面白いものを見つけると、そちらに眼がいってしまい、掃除がそっちのけになってしまうのだった。

渡瀬に呼ばれると、これ幸いと社長室ブースにやってきた。床に散らばる書類を乗り越え、渡瀬の机のそばに立った。『蓬莱』が、大木個人が作ったにしてはでき過ぎだと感じた根拠を説明しろと渡瀬に言われ、沖田は安積に話し始めた。彼はいついかなるときでも理論を優先するような感じだ。さきほどちらりと見せた警察に対する反感は、今はみじんも感じられない。今、自分に求められているのは、わかりやすい説明だと割り切っているようだった。

沖田の説明の内容は、昨夜、渡瀬の部屋で話し合ったこととまったく同じだった。余分なことも足りないこともなかった。

話を聞き終えると、安積は多少面食らったような表情で訊いた。

「高度な数学の理論……。確率論ですか……？　大木さんがそういうものを学生時代とかに学んだ可能性は？」

「ないと思いますよ」

沖田はあっさりと言った。「少なくとも、僕は聞いたことはありません」

「歴史についてもそれほど詳しいとは思えなかったというわけですね」

「そう。歴史観を確立するほどにはね……」

「『蓬萊』を作るために大木さんが猛勉強されたのかもしれません」

「そうかもしれません。だとしたら、大木はレオナルド・ダ・ヴィンチ以上の天才だったということになります。原因と結果の間に確率論を応用するという発想は誰にでもできます。しかし、それを数式化してゲーム全体に蓋然性《がいぜんせい》を持たせるというのは、もう専門家の分野ですよ。そして、『蓬萊』は、どうやら歴史的な事実ではなく、歴史的な必然をプログラムしてあるのです。これも専門に歴史を研究し続けた者にしかできない芸当だと僕は思いますよ」

「確率論を応用してゲーム全体に蓋然性を持たせる……。歴史的事実ではなく歴史的必然をプログラムしてある……」

「そう。それが見事に成功しているのですよ」

「わかりやすく説明してもらえますか？」

「つまり、『蓬萊』のなかには本物の歴史が封じ込めてあると考えていいでしょう」

「本物の歴史が封じ込めてある？」

安積は思わず繰り返していた。

渡瀬もその言葉に驚いていた。沖田はふたりの反応などにはおかまいなしに続けて言った。

「そう。『蓬萊』のスタートは紀元前二世紀ころの日本です。この時代は、日本史においてちょっと特別な意味を持っている。弥生時代が始まるのですよ。歴史学者によっては、日本が日本として発展していくのは、弥生時代からだと言っている人もいる。つまり、日本の歴史の始まりは弥生時代からと考えることができる。『蓬萊』は日本の歴史のエッセンスなんだ」

「日本の歴史ですか……」

安積はどう言っていいのかわからない顔をしていた。彼は渡瀬の顔を見た。渡瀬は何か説明しなければならないと思った。

「彼は『蓬萊』を攻略するために、日本の歴史を勉強したらしいんです」

「ゲームをするために……？」

「そのほうが楽しめる。僕たちはプロだから、たいていのゲームはすぐに攻略できてしまう。だけど、『蓬萊』はちょっと違うね。奥が深い。『蓬萊』がもし、単純な原因と結果の積み重ねだったら、つまらないゲームだったと思う。だけど、『蓬萊』は今までになかったリアリティーでひとつの国の歴史を作っていくことができるんだ」

「それほどすばらしいゲームなら」

安積は言った。「是非とも発売したいところでしょうね」

沖田は何もこたえなかった。正直なところ、沖田は、『蓬萊』が発売できるかどうかにはあまり興味はないはずだった。『蓬萊』は彼の作品ではないのだ。彼は、『蓬萊』に関して別の興味を持ち始めているようだった。沖田に代わって渡瀬が言った。

「それはもちろんです。会社の経営の面からいっても、ちゃんと発売しないわけにはいかないのです」

「僕は、大木の陰に、何かの集団の存在を感じるんだけどな……」

沖田が言った。

安積と渡瀬は沖田の顔を見た。安積が尋ねた。

「何かの集団……？」

「日本の歴史を研究している集団かもしれない。いろいろな分野の専門家の集まりですよ」

「そういう話を大木さんから聞いたことがあるのですか？」

「ないよ。でも『蓬萊』とつきあっているうちにそんな気がしてきた。『蓬萊』のあらゆる部分がプロフェッショナルなんだ」

安積は何かを考えていた。

渡瀬の頭のなかにひとつのイメージが浮かんだ。何かの理由で、日本の歴史の研究をしているグループがいる。なぜか公けにはできない活動で、その集団を統括しているのが本郷征太郎だ。

ひょっとしたら、安積も同じことを考えているかもしれない。渡瀬はそんな気がした。だが、安積はそのことについては何も言わないだろうと渡瀬は思った。彼はだんだん警察官がどういうものかわかり始めていた。警官は、自分の手の内を一般人には絶対に見せないのだ。

「大木と本郷征太郎の関係といったことを、警察は調べてくれるのですか？」

渡瀬が安積に尋ねた。

「捜査上必要ならば調べます」

「大木の死と関係あるかもしれません」

「目黒署では、大木さんは事故死と考えているようです」

「事故死ではありませんよ。私にはそれがはっきりとわかり始めました。大木を殺したのは『平成改国会議』のヤクザたちであり、それを命令したのは本郷征太郎です」

安積の態度は曖昧だった。渡瀬は滝川弁護士が言ったことを思い出していた。安積警部補は、やると言ったことは徹底してやる刑事だと滝川は言った。できもしないことを軽はずみに口に出す男ではないということだ。

安積は立ち上がった。

「いろいろと、どうも……。お邪魔しました」

彼は常套句でその場を締めくくろうとした。渡瀬が言った。

「来てくれて助かりました。あなたがいなければ、私はもっとひどい目にあっていたでしょう」

安積は何も言わず社長室を出て行った。彼を見送ると、渡瀬は、まだそこに立っている沖田に言った。

「そいつらは、いったい何の研究をしていたんだ？」

「そいつら……？」

「大木の背後に何かの研究グループの存在を感じる――おまえはそう言ったろう？」

「ああ……。究極のゲームソフトを作る研究でもしていたんじゃないのか？」

「本郷征太郎はどう関係していたんだ？」

「さあな……。グループの出資者か何かかもしれない。本郷征太郎が、究極のゲームを作らせてひと儲けしようと考えていた……。それを大木が盗み出してソフト化しちまった。本郷征太郎はそれに腹を立てたのかもしれない。政治資金規正法やら何やらで個人献金もままならないご時勢だからな」

渡瀬は沖田の言うことを吟味した。いちおう筋が通っているように聞こえる。しかし、どうもしっくりとこない。

「どんな優秀なソフトを作ったって、大儲けできるとは思えない。ヒットするかどうかは時の運なんだ」

「……でなければ、本郷征太郎は、日本の歴史を研究させていたんだ。何かの理由で、本気になって日本の歴史の流れを見直さなければならなかった……。そのデータを大木が持ち出したのかもしれない」

「何の目的で本郷征太郎は日本の歴史なんかを研究していたんだ？」

「さあね……」

「暴力団を動かしてまで、その秘密を守ろうとしている」

「秘密？」

逆に沖田が訊き返した。

「そうだろう。何か秘密があるに違いない」

「本郷征太郎のもくろみだ」

そこで、沖田は急に冷めた声になった。「でもね、あんたが聞いた声が本郷征太郎の声と決まったわけじゃない。僕たちはまだ、何ひとつ確実につかんじゃいない」

渡瀬は散らかった部屋のなかを見回した。

「そうだな……。そして、どんどんやっかいなことが起こる」

沖田はさっと肩をすくめた。

「僕にできるのは『蓬萊』をもっと調べてみることだけだよ」

13

「黒木はどこに行った？」

神南署に戻った安積警部補は、ひとり電話番をしていた若い刑事に尋ねた。桜井《さくらい》という名の刑事だった。

「イラン人と思われる外国人同士の揉《も》め事《ごと》がありましてね、出かけて行きました」

「刑事課が行く必要があったのか？」

「最近連続して起こっている傷害窃盗事件がありますね。通報者のひとりが、片方のイラン人を見て、人相が似ていると言ったんです」

安積はうなずいた。どうせガセだろうと思った。外国人だというだけで偏見を持つ人間が増えた。その偏見は白人に対してはあまり持たれない。長い間、日本人は人種差別を対岸の火事と見ていたところがある。アメリカの黒人差別も南アフリカのアパルトヘイトも、他人事と思っていた節があった。

しかし、現在、東京には、驚くほどたくさんの外国人が住んでいる。アジア系、中東系の外国人が多い。それが新たな差別を生み始めている。日本人は精神的な意味でも新しい時代を迎えつつあるのかもしれないと安積警部補は考えていた。

「須田《すだ》がいっしょか？」

安積が尋ねる。桜井はうなずいた。須田は巡査部長だ。しばらく考えてから安積は捜査報告書の用紙を出し、ボールペンを走らせ始めた。今しがた渡瀬から聞いたことを書き記しておこうと考えたのだ。事実だけを正確に書こうと思った。

しかし、本郷征太郎のことは気になった。本庁の防犯部保安一課に圧力がかかった。外部の圧力というのは、刑事事件の捜査にはかけにくいものだが、公安や防犯部といった方面には比較的かけやすい傾向がある。

誰が圧力をかけたのかはわからない。なぜ『ワタセ・ワークス』が標的にされたのかもわからない。だが、もし、圧力をかけたのが本郷征太郎だとしたら、ある程度話が通りそうな気もした。迷ったすえ、安積は、本郷征太郎の名は書かないことにした。

警察というのは巨大で複雑な組織だ。藪蛇《やぶへび》にならないとも限らないと思ったのだ。

須田と黒木が戻ってきた。

「ああいう偏見はいけないよ」

須田が黒木に言っている。真剣な表情だ。たいへんな悲劇を見てきたような顔をしている。彼はいつでもそうなのだ。刑事の仕事というのは人生の暗部に関わるものだ。それにいちいち同情をしたり悲しんだりする刑事は、安積が知る限り須田だけだ。

一方、黒木はいつも表情を閉ざしているように見える。それが刑事の義務だと思っているかのようだ。黒木は確かに権利よりも義務とか責任で生きているような人間だ。学生時代は陸上競技の選手だったという。一流のスポーツ選手は独特の神経質さを持っているが、黒木もそうだった。

黒木は真面目な顔でうなずいているが、やはり、そうすべきだからしているという感じだった。彼は須田の顔を見ていない。いつものように伏目がちで、床を見つめながら歩いている。

須田が安積の席に近寄ってきて報告を始めた。

「チョウさん。まったくひどい話ですよ。イラン人が何か生活用品みたいなものを道ばたで売っていて、そのナワバリがどうので別のイラン人と揉めていたんですがね……」

「聞いたよ。その片方が、連続窃盗犯の疑いがあったそうだな」

「まったくのでたらめなんですよ。通報した人に言わせると、そのイラン人はいつもそのあたりをうろついていて、やったのはあいつに違いないって、こうなんですよ」

「通報者は人相が似ていた、というようなことを言っていたというじゃないか」

「似顔絵を見たらしいんですがね……。似ても似つきませんよ」

「通報者というのは何者なんだ？」

「原宿駅前のブティックの店員たちなんですがね……。女子高生なんかがたくさん買いにやってくる店らしいです。つまりね、チョウさん。偏見なんですよ。イラン人なら強盗や窃盗をやってもおかしくないっていう……」

安積はうなずいて、書きかけの書類に眼を戻した。話を打ち切りにしたつもりだった。だが、須田は立ち去らず、話を続けていた。

「そりゃあね、不法就労が増えたり、不法残留の外国人がいっぱいいたり、問題が多いことは確かですよ。だけど、気味が悪いとかいうのはどうかと思いますよ。日本人とうまくやっていきたいと考えている外国人だってたくさんいるわけでしょう？　これまで日本国内で一番多かった外国人は韓国の人たちですよね。でも、これは日本の責任なわけです。彼らや彼らの両親が日本に来たいと思ったわけじゃない。でも、今は、いろいろな国の人々が日本に来たいと思って来ているのですよ。以前から日本に住んでいた韓国や北朝鮮の人と違ってそういう人たちは日本語がしゃべれない。そして貧しい生活をしている。そこで新たな差別が……」

安積は顔を上げざるを得なかった。

「須田。おまえの言いたいことはわかる。だが、刑事が勤務中に考えることとは思えないな」

「どうしてです？　外国人に対する差別は、刑事政策上も問題のはずですが……」

須田は本当に意外だというように、目をいっぱいに開いて言った。安積はそういう表情を見ると、なぜかいつも一種の自己嫌悪を感じてしまうのだった。

「そうだな……」

安積はそうこたえるしかなかった。

「それでね……、チョウさん。こういう差別の気持ちというのは、俺たちの心のなかにずうっとあったものなんですよ。それが、外国人の流入とともに顕在化してきた……」

実は須田はなかなかの哲学者なのだった。

「気持ちだけじゃない」

安積は言った。「差別はあったんだ。日本中にな。昔からだ」

「そうなんです。……で、差別の本質って何だと思います？」

「さあな……」

「文化の違いだと思うんです。言葉や風俗習慣まで含めた。つまり、それをすべて含んでいる民族の違いです。今、東京で起こっている差別も民族の違いによって起きているんです。実はね、チョウさん。古代でも民族の違いで差別されることがあったんですよ。古代から日本にはさまざまな民族が暮らしていたといわれてますからね」

安積は須田の話を聞き流していたが、ふと興味を覚えた。『蓬萊』のことが気になっていたからだった。須田は、感情移入をし過ぎたり、妙に哲学的に物を考えるといった刑事らしくない面を持っているが、もうひとつ、刑事にしては珍しい特技を持っていた。彼はコンピュータに詳しいのだ。

安積は尋ねた。

「おまえ、コンピュータゲーム、やるんだろう」

「やだな、チョウさん」

彼は妙に照れたような表情でこたえた。「俺、コンピュータは仕事に役立てようとしてるんですよ」

「ゲームはやらないのか？」

「そりゃ、ごくたまにはやりますけどね、刑事なんて仕事してたら、そんな暇、ありゃしませんよ」

「『蓬莱』というゲームを知ってるか？」

須田はまた意外そうに目を丸くした。

「チョウさんが『蓬莱』を知ってるとは思わなかったな……。ありゃいいゲームですよ。でもね、地味なゲームですよ。じっくり腰をすえてかからないと手に負えない。だから、途中で放り出しちまう人、多いみたいですよ」

評価というのは立場によって変わるものだと安積は思った。ゲームのユーザーは、完成度の高さやリアリティーだけを求めているわけではなさそうだった。

「でもね」

須田が言った。「はまった人ののめり込みかたというのは普通じゃないですね。本気で取り組み始めるんですよ。そういう意味では人気は高いといえるでしょうね」

「おまえさん、ちょっと目黒PSまで付き合ってくれ。黒木、おまえも来てくれ」

須田は目をぱちくりとしばたたいている。彼は、戯画《ぎが》化された陳腐《ちんぷ》なしぐさをする。感情の表現法として、それが最も他人にわかりやすいのだと信じているようだった。

黒木は何も訊かず、言われたとおり即座に立ち上がった。よく訓練された兵士のようだ。

安積警部補は、素早く捜査報告書を読み返し、不足している事柄がないか考えた。結局、今の段階では充分な内容だと判断し、結びの一文を書いた。それを折って内ポケットに入れると立ち上がった。

「殺人《コロシ》の疑い？」

目黒署ではまず捜査課の係長が安積たちの話を聞いた。遠藤《えんどう》という名で階級は安積と同じ警部補だった。「待ってくれよ、安積さん。ありゃ、事故ということでケリがついたんだ。殺人や自殺を証明する物品は出なかったし、それを匂わせる証言をする目撃者も出なかった」

「わかっている。だが、こちらの聞き込みで、妙な具合になってきた。読んでくれ」

安積は捜査報告書を手渡した。遠藤警部補は明らかに迷惑がっていた。面倒事を増やされたくないのは誰でもいっしょだ。刑事も例外ではない。しかも、警察というのはナワバリ意識が強く、自分たちが担当した仕事に他人が口を出すのを嫌がる。それが、別の所轄の刑事となればなおさらだ。

遠藤は報告書から眼を上げ、まず須田を見てから黒木を見た。そのあと、あらためて安積に視線を戻した。

「やっかいだな……」

彼は言った。「なるほど、あんたは、あれが殺人かもしれないという心証を得た。そして、俺にそういう心証を抱かせることに成功した。さて、それで、だ……。あれが事故だったと報告したうちの刑事たちの面子《メンツ》を傷つけないためにはどうしたらいいと思う？」

一般人はばかばかしいことだと思うかもしれないが、真実よりも面子が大切なことが警察社会ではしばしばあるのだ。

「事実をありのままに話せばいい。こちらの捜査では殺人を疑うべき材料が何も見つからなかった。それはしかたのないことだし当然のことかもしれない。トラブルは、彼の仕事に関して起こったのだし、会社は目黒PSの管轄ではなく、うちの管轄《ニワ》にあった」

遠藤は溜め息をついた。

「あんた、それをうちの刑事のまえで言ってくれるか?」

「かまわんよ」

「わかった。あんたの性格はよくわかっている。見かけよりずっと強情なんだ。課長と相談してくる」

遠藤は奥の窓のそばに机を構えてすわっている捜査課長のところへ行った。安積の書いた報告書を見せ、しきりに何かを説明している。課長とふたりで、ちらりちらりと安積たちのほうを見た。

「きっと、俺たちの悪口を言ってますね」

須田が言った。

「そう。こういう場合、誰かが悪者にならなけりゃならん。遠藤さんの立場では私を悪者にするのが一番だ」

「チョウさん、好んでそういう役回り、やってるみたいですね？」

「ばか言うな。そんなことはない」

遠藤が安積を呼んだ。安積は課長の席まで行った。課長が安積に言った。

「これ、確かなんだろうね、安積くん」

「そう信じていますが？」

「信じている……？」

珍しい言葉を聞いたように、課長は安積の顔をしげしげと見つめた。「殺人事件ともなれば、捜査本部を設けなければならなくなるかもしれない。特に、この報告書を読むと、ややっこしそうだからね」

「七塚組のふたりをしょっぴいてきて叩いたらどうです？　吐けば一件落着ですよ」

遠藤係長は課長に言った。課長は渋い顔でうなずいた。

「そうだな……」

「いや、それでは根本的な事件の解決にならない」

安積が言うと、遠藤は少しばかりむきになって言った。

「どうしてだ？　われわれは、大木守という人物の死が、事故か殺人かをはっきりさせればいいんだ。大木守を殺した人間を挙げればそれで充分だろう？」

遠藤は、自分の上司のまえなので強気になっているようだった。あるいは点数をかせごうとしているのか――。問題は遠藤の言っていることが間違いではない点だった。警察というのは、たてまえがまかりとおる組織だ。あるときは、たてまえがひとり歩きすることもある。

「いいだろう。大木氏の死亡については、それでケリがつくかもしれない。だが、神南署としては『ワタセ・ワークス』が巻き込まれているトラブルを問題にしたい。だから、今、七塚組に手を出すことは避けたいんだ」

安積は冷静に説明した。

「なぜだ?」

遠藤が即座に尋ねた。「なぜ、あんたがそれをやらなけりゃならんのだ? 脅迫の事実は立証されているのか? でなければ、刑事事件とはいえないんだ。警察が巷《ちまた》のトラブルをすべてかかえ込んでいたら、たちまちパンクだ。それ以前に、私らは刑事事件以外のことに首をつっ込む権限はないんだ」

「脅迫などというものは、もともとどこからが刑事事件かは曖昧なものだ。刑事事件かどうかを問題にするのなら、たぶん、すぐにも事件にはできる。七塚組は坂東連合系で、坂東連合は指定暴力団だ。暴対法でどうにでもなる」

「あんた、言ってることが矛盾してないか? だったら、なおさら、七塚組のふたりを引っ張りゃいいだろう」

「そこには書いてないが、七塚組のバックには、ちょっとした大物がついているかもしれないんだ」

「何者だ？」

即座に反応したのは課長のほうだった。大物という言葉には敏感なようだ。

「今はまだ発表できる段階ではありません」

「おい、安積くん。面倒な話を持ち込んでおいて杓子定木なものの言いかたはやめてくれ」

安積警部補は、本郷征太郎の名を出すことが、ここでどういう影響を及ぼすかを冷静に考えた。プラスの要素とマイナスの要素を秤《はかり》にかけているのだ。余計なことは言わないに限るが思わせぶりはいけない。

警察は秘密主義の組織だからこそ、警官は自分が知らない秘密があることを嫌う。秘密は共有するべきなのだ。安積は、この課長と遠藤が秘密を共有するに足りる人物かどうかを考えた。その判断を下すことはできなかったが、結局、安積は言うことにした。

「本郷征太郎です」

課長と遠藤は顔を見合わせた。

課長は、眉をひそめて安積に眼を戻し、慎重な態度で尋ねた。

「『盛和会』のプリンスが、ゲームを作ってる会社とどうつながっているのだ？」

「報告書に書いてあるとおり、『ワタセ・ワークス』は、『蓬萊』の発売を中止するようにと、脅迫まがいの忠告を受けています。社長の渡瀬氏は、その忠告をしたのは本郷征太郎だと信じているのです。証拠はありません。渡瀬氏もはっきりと確認しているわけではないので、報告書には書きませんでした」

課長は、拍子抜けしたような、あるいはほっとしたような表情を見せた。遠藤はとても相手にはできないという気持ちを顔に表した。

課長が言った。

「誰もはっきりとした供述をしない。証拠が何もない。それでは、そういう事実がないのと同じことだ」

「そうです」

安積警部補は言った。「警察にとっては事実がないのと同じことです。厳密に言えば、脅迫の事実すらなくなります。あくまで、その謎の人物は忠告をしたに過ぎません」

「そういうことだよ。したがって、大木守の死亡が殺人だったという事実もないということだ。自殺でもなかった。消去法でいけば、事故だったという結論が残る。われわれは、そうやって結論を下したのだ」

「しかし、渡瀬氏にとっては脅迫されたのと同じことなのですよ。そして、大木氏の死は、その脅迫と関連していると渡瀬氏は信じています」

「だが、それは法的な事実ではない。刑事警察の職務は、悩み相談ではない。弱い者を助けることでもない。世の中から犯罪を無くすことですらないんだ。犯罪に対して法的手続きを取ることなんだ。わかるかね？」

「言いたいことはわかります」

「すでに、うちの署では一件落着してるんだ。もちろん、あれが殺人事件だったことを裏付ける証拠、あるいは疑うに足る確かな物的証拠や証言などがあったら、すぐに手続きをして捜査本部を作る。だが……」

課長は安積が作った報告書をたたみ、安積のほうに差し出した。「こいつだけでは動きたくても動けない」

安積は報告書を受け取り、背広の内ポケットに収めた。

「わかりました。では、こちらで捜査を進めますが、かまわんですね？」

「もちろんだよ。やりたいようにやればいい。おたくの捜査に、私らが口出しする筋合いじゃない」

課長の言っていることは皮肉ともとれた。安積としては、これで筋を通したことになる。それで充分だった。この件は神南署にゆだねられたのだった。

課長は、何か負い目を感じたのか、付け加えるように言った。「まあ、できるだけ、うちも協力するよ」

「たのみます」

安積は、小さく礼をしてその場を去ろうとした。彼は須田のところへ来ると小声で言った。

「おい、警察の職務ってのは何だっけな？」

「え、どうしたんです、チョウさん……」

「正義を行うことだと言ったら、人は笑うかな？」

　須田はうれしそうににやにやした。

14

　朝、渡瀬が会社へやってきて、まずしなければならないのは、部屋の片づけだった。昨日、私服警官に荒らされた部屋はまだ片づいていなかった。片づけようとすると電話が入る。いつもなら、社で打ち合わせを済ませるような相手でも、外へ出かけて会わねばならない。とてもよその人間を呼べるようなありさまではないのだ。外へ出かけると、それだけ時間も取られることになる。

　そういうわけで、渡瀬はせっせと片づけを始めた。オフィスのほうはおおかた片づいている。戸上舞が整理に全力を傾けたおかげだった。

村井も沖田も整理整頓とはほとんど無縁な人間だった。

何とか部屋の恰好がついたのは、十一時ころだった。舞が電話に出て、銀行からだと告げた。相手は、『ワタセ・ワークス』が取り引きをしている支店の営業担当だった。

「ちょっとお話があるので、これからうかがいたいのですが……」

「かまいませんよ」

渡瀬は時計を見て言った。工場の具合をメーカーに問い合わせなければならないが、それは、銀行の営業マンを待つ間に済ませられるだろうと渡瀬は思った。

「すぐにうかがいます」

営業担当者はそう言って電話を切った。そして、本当にすぐに現れた。電話が切れてから二十分とたたないうちに彼はやってきた。営業担当者ひとりではなかった。営業課長と融資担当の部長がいっしょだった。

渡瀬はすぐに悪い知らせだと思った。

彼らを打ち合わせ用の椅子にすわらせると、渡瀬は自分の席に腰を降ろした。普段、愛想のいい営業担当者も、なるべく渡瀬と眼を合わせないようにしていた。彼らは、まるで死刑の執行を告げる役人のような雰囲気だった。そして、営業担当者の言ったことは、まさに死刑の執行に等しいような内容だった。

「まことに申し上げにくいのですが、当行《うち》は、おたくとの取り引きを考えさせていただくことにしました」

　このところ、衝撃には慣れているはずの渡瀬にもこのひとことは効いた。企業にとって銀行とのつきあいは生命線なのだ。このことは企業の経営をしない者でも知っている。

　渡瀬は血の気が引くのを感じた。ショックがおさまるまでしばらくかかった。渡瀬はしゃべるまえに深呼吸をしなければならなかった。

「それがどういうことか、わかって言ってるんでしょうね……」

「……そのつもりです」

「私たちにとっては死活問題なのですよ」

　三人は何も言わない。驚きとショックが去ると、猛然と怒りが湧いてきた。

「いったいどういうことなのですか。ちゃんと説明をしてください」

　営業担当者は何も言わなかった。彼の役目はもう終わったのだ。彼はひっそりと表情を閉ざしている。もうその場には、自分はいないのだと言いたげな態度だった。代わって、営業課長が言った。爬虫類を思わせるのっぺりとした表情をしている。度の強い眼鏡の奥の眼は小さく、その眼は何も語っていない。話をしている相手を不安にさせるような眼だ。その見かけどおりの声と話しかただった。

「私どもは、おたくに関して、いくつかの良くないニュースを知りまして……」

渡瀬は、黙って先をうながしていた。口を開くととめどなく悪態がついて出そうだった。

営業課長はきわめて滑らかな――というよりもぬめぬめとした口調で続けた。

「おたくの社員がお亡くなりになられたそうで、お気の毒に思いますが、それは事故や自然死ではなかったとうかがっております」

「誰がそんなことを言った？」

「それはどうでもいいことだと思います」

「よくないな。警察は事故死だったと考えているようだ。だからそいつの言ったことはでたらめだ。そういういいかげんなことを言うやつは許せない」

「警察はまだ事故死とは断定せず、捜査を続けているそうですよ」

渡瀬には彼が銀行の情報網を誇っているように聞こえた。実際、金融機関の情報というのはたいへんなものなのだろうと渡瀬は思った。そして、彼らにとっては、大木の死が殺人事件であったと証明される必要はないのだ。その疑いがあるだけで、問題にする理由があるというわけだった。

「大木の死がどのような性質のものであろうと銀行には関係ないだろう。大木の死とわが社の経営とは何の関係もない。あんたたちは経済活動にだけ関心を持つべきなんじゃないのか？」

「私たちが考えるに、経済活動とは生活そのものなのです。ありとあらゆる出来事が、経済に反映するというのが私たちの考えかたです。大木さんが亡くなられたことは、おたくの経営と無関係ではありえないと私たちは考えています。特に、大木さんが誰かに殺されたのだと明らかになったら、微妙な取り引きの際に、おたくはおおいに不利になるはずです。ゲームの世界は競争が激しい。その微妙な取り引きの関連なのではないかと私どもは心配しているのです」

「関係ない」

渡瀬はきっぱりと言った。「この世界は、いい作品を作ることが第一なんだ。いい作品という言いかたが気に入らないのなら、売れる作品と言いかえてもいい」

「よくないニュースというのはそれだけではありません。おたくに警察の手入れがあったと聞きました」

「あった。しかし、罪にはならなかった」

「猥褻文書販売の疑いで手入れがあったのは事実なのですね」

「それが何だというんだ」

「さらに、おたくが制作して、近々販売が予定されているゲームの生産が大幅に遅れているという情報をキャッチしました」

「そんなのは、この業界にはよくあることだ」

「そのゲームの発売自体があやぶまれているという情報も得ています」

「そんな事実はない」

「『蓬莱』という名のゲームでしたね。あなたはある人物から『蓬莱』を発売すべきではないという忠告を受けているはずです」

渡瀬は言葉を呑んだ。目を見開き、営業課長の顔を見すえた。怒りと驚きがその眼のなかで交差していた。

課長は爬虫類のような顔に何の表情も浮かべずに続けた。

「『蓬莱』を作ったのは大木さんだということですね。そして、猥褻文書の疑いがあったソフトも大木さんが作ったものだったはずです。そうですね？　その大木さんが不審な死を遂げた……。以上のことを総合的に考えると、おたくは何か大きな問題をかかえていると判断されてもしかたがないでしょう」

「そういうことか……」

渡瀬は、自分に語りかけるように言った。確かにその一言は目のまえの三人に向けられたものではなかった。彼は、顔を上げて営業課長を見た。「もし、わが社が『蓬莱』の発売をあきらめれば、融資は続けてもらえるのか？」

初めて営業課長が居心地悪そうにまばたきをした。また、話がバトンタッチされた。営業課長の役割はそこまでで、次は融資担当の部長の番だった。

「もちろん、前向きな姿勢は評価させていただきますよ」

「前向きな姿勢……?」

「そうです。問題のある商品の販売にいち早く見切りをつけ、将来性の高いソフトを次々と開発するといった経営努力です」

「つまり、『蓬莱』の発売をあきらめて、その損失の埋め合わせを早急に考えろということか?」

「私どもは、まだおたくの経営に介入しているわけではありませんので、具体的に何をどうしろとは申せません。そちらで判断していただくしかないと思います。しかしながら、まあ、私どもも、すぐに取り引きを打ち切ると申しているわけではないのでして……。あくまでも、考えさせていただくということで……」

「わかった」

渡瀬は言った。「猶予をくれ」

「そう長くは待てませんよ」

部長は、そう言うと立ち上がった。営業課長がそれに続いて立ち上がる。営業担当者があわててふたりに倣った。

三人は去って行った。渡瀬は自分の席にすわったままだった。無力感を感じていた。腹が立つより情けなかった。三人が去るとすぐに沖田がやってきた。

「ものものしいな。何の話だった?」

「取り引きを考えると言ってきた」

「ばかな……。一方的に取り引きを打ち切ることなんてできないよ」

「銀行はできるんだよ」

「理由は何だ？」

「本郷征太郎だ。警察に手入れをさせたのは、あくまで布石だったんだ」

「布石……？」

「そう。銀行取り引き停止につなぐための布石だ。企業にとっては、何よりこわい威しだ」

「本郷征太郎が銀行に手を回して、取り引きをやめさせようとしているというのか？」

「あるいは、そういう威しをかけてきている」

「『蓬萊』の発売を中止しないと、会社をつぶしちまうぞ、というわけか？」

「そうだ」

「銀行の連中ははっきりそう言ったのか？」

「もちろん彼らは本郷征太郎の名前など出さない。圧力がかかったとも言わない。だが、それしか考えられない」

「考え過ぎじゃないの？　別の銀行、探したら？」

「そう簡単にいくか。それに、別の銀行と取り引きを始めても、すぐに同じことが起こるに違いない」

「じゃどうするんだよ」

「戦うしかないさ」

「本郷征太郎と？」

「そう。それしか『ワタセ・ワークス』が生きのびる道はない」

「『蓬莱』の発売をやめちまえばいい」

「今さら発売を中止したら、うちみたいな小さな会社はすぐに倒産だぞ。経費的な損害だけじゃなく、社会的な信用もなくしちまうからな」

「発売してもしなくても、会社はつぶれちまうということか」

「本郷征太郎の圧力を排除しない限りな……」

「大木の二の舞になるよ」

「会社をつぶされりゃ似たようなものだ」

「全然違うね。生きてりゃまた会社を作れる。別の会社に就職することもできる。ゲームプログラマーは続けられると思うよ」

「そういうことではないんだ。俺はこんなみじめな気持ちのまま生きていてもしかたがないような気さえしている。『ワタセ・ワークス』を失い、別の会社でゲームを作り続けるとする。しかし、あるとき、ふと『蓬莱』のことを思い出すだろう。本郷征太郎のことを思い出すだろう。それは負け犬の生きかただ」

「負け犬だって生きてたほうがいいと思うけどな」

「俺は戦うほうを選ぶ」

「ひとりで？」

「ひとりでもやる」

「オーケー。僕も乗ったよ」

「負け犬でも生きていたほうがいいんだろう？」

「戦うほうが面白そうだ」

これは、おそらく沖田の本音だった。たぶん彼は、面白いことになら命もかけるだろう。

渡瀬はうなずいた。

「おまえと俺は戦う。だが、あとのふたりは巻き込むわけにはいかない」

沖田は、肩を小さくすぼめた。

「本人が決めることだ。訊いてみたら？」

渡瀬は席を立ち、社長室ブースを出た。オフィスにいた村井と戸上舞が渡瀬を見る。ふたりとも事情説明を求めている顔だった。銀行員たちが何の用だったのか気になっているのだ。

「銀行の連中は、うちとの取り引きを中止したいと言ってきた」

村井も舞も何も言わなかった。このふたりはそれぞれの理由から、経営には直接タッチしていない。村井は、経営よりプログラム作業の進行のほうが気になるからであり、舞は、自分がそういう立場にないことを自覚しているからだ。

渡瀬は続けた。

「これは、おそらく『蓬莱』に関係している。先日、警察の手入れがあったが、そのことも関連している。工場のトラブルも関係あるだろう。たぶん大木の死もそうだ。すべての出来事の背後には、衆議院議員の本郷征太郎がいる。本郷征太郎は何かの理由で『蓬莱』の発売を妨害しようとしているんだ」

「なぜだい？　何のために？」

村井が尋ねた。

「それはまだわからない。今、俺と沖田が『蓬莱』を調べているから、きっと何かわかるはずだ」

「『蓬莱』を調べている？」

「それくらいしか手がかりがないんだ」

「『蓬莱』を調べてどうしようというんだ？」

「本郷征太郎の目的を知る」

「知ってどうする？」

「本郷征太郎の圧力を排除する」

村井は信じがたいという表情をした。彼が今、どれほど非現実的な気分を味わっているか、渡瀬にはよくわかった。

村井が何か言うまえに、渡瀬は話し出さなければならなかった。

「俺は俺なりのやりかたで戦う。沖田もいっしょにやることになった。だがこいつは、他人に強要できるようなことじゃない。かなりやばい橋を渡ることになるかもしれないからな」

渡瀬はしゃべりながら自分の言葉が芝居じみているなと感じていた。今はもうはやらないアクションドラマの台詞のようだった。しかし、今、彼はそんな気分なのだった。陳腐な決まり文句が今の心情にたいへんぴったりするのだ。「ふたりの態度をここではっきりさせておいてほしい」

舞は即座に言った。

「あたしもいっしょに戦うわ」

彼女は好奇心に眼を輝かせていた。すぐに付け加えた。「何をすればいいかわからないけど……」

「まず俺たちは、『蓬萊』に何が隠されているのかを探り出さなければならない」

「あたしもコンピュータをいじっていいのね？」

「もちろんだ」

「冗談じゃない。勝手にやってくれ」

村井は言った。「付き合いきれないよ。大木が抜けてスケジュールが遅れ気味なんだよ。謎解きに現《うつつ》を抜かしているときじゃない」

「スケジュールなんて関係なくなるんだよ」

沖田が言う。「会社がつぶれるか、あるいは、あんたが死ねば、ね……」

「人間には役割というものがある。やるべきことは決まってるんだ。俺たちは権力者相手に喧嘩を仕掛けるような立場じゃない。事件のことは警察にまかせておけばいいじゃないか」

「考えかたの違いだね。僕は、人間の役割があらかじめ決まっているなどと思ったことはない。人間はやろうと思えばどんなことだって可能だ」

「ふん。空を飛べるとでもいうのか？」

「飛行機を発明した」

「村井の言うこともっともだ」

渡瀬はふたりの間に割って入った。「会社があるうちは業務をこなさなければならない。……というより、俺たちは会社をつぶされないために戦うのだから、ここで仕事を放り出しては何にもならない。村井はそちらの方に専念してもらおう」

「身辺に注意することだね」

沖田が言った。「『ワタセ・ワークス』の社員というだけでやつらは敵と見なすだろうからね」

「やつら……？」

「『蓬萊』の発売を妨害しようとしている連中さ。渡瀬に言わせると、本郷征太郎一味ということになるな」

村井は何か言いかけたが、すぐに、相手にできないというふうにかぶりを振った。

「俺は仕事に戻るぞ。時間がもったいない」

渡瀬はうなずいた。

「そうしてくれ」

「あの……」

舞が言った。「人手が足りないでしょう？　あたし、プログラミング手伝いましょうか？」

渡瀬は躊躇《ちゅうちょ》した。猫の手も借りたいのは確かだ。しかし、素人にやらせると、余計に手間暇がかかるおそれがある。しかし、沖田が即座に言った。

「助かるよ。大木が使ってた器材を使ってくれ」

舞は沖田に言われた部分のプログラミングを始めた。渡瀬はそれを見ていて意外に思い、そしてほっとした。舞の作業は正確で、かなり早かった。

「たまげたな……」

渡瀬は言った。「沖田、おまえさん、彼女がやれるのを知っていたのか？」

「いいや。でも、本人がやりたいということはやらせてみるべきなんだ」

「なるほどね……」

渡瀬が社長室ブースに引き上げようとすると、来客があった。舞が応対に出た。渡瀬はその男に見覚えがあった。

彼はゲーマーだった。ゲーマーという職業があるのだ。コンピュータゲームをいち早く攻略し、その方法や奥の手を紹介したり、評論を書いたりする連中だ。たいていはゲーム関連の雑誌などと契約している。

やってきたのは梶岡《かじおか》という名のゲーマーだった。年齢不詳の見かけをしている。したり顔の若者で、渡瀬はあまりいい印象を持っていなかった。『ワタセ・ワークス』に時折顔を出すが、主に話をしていたのは大木だった。彼は、舞と渡瀬を半々くらいに見ながら言った。

「大木さん、亡くなったんですって……? いやあ、えらいことですね。何と言っていいか……」

「わざわざお悔やみを言いに来てくれたのか。すまんね」

渡瀬が言った。

「ええ、まあ、そうなんですけど……。こっちも仕事の都合上、参ってましてね……」

「仕事……?」

「はい。『蓬萊』がスーパーファミコンソフトで発売されるでしょう? その攻略法を記事にしなきゃならないんだけど……。あれ、作ったの大木さんでしょ? ずっと大木さんを口説いていろいろ聞き出そうとしてたんだけどな……」

「攻略法なら、自分で見つけるべきだろう。君だってゲーマーなんだ」

「普通のゲームならそうしてますよ。ね、教えてくださいよ。『蓬萊』、あれ、やっぱり徐福《じょふく》なんでしょ？」

15

「そう。徐福だろうね」

そう言ったのは沖田だった。「紀元前三世紀から紀元前二世紀にかけて、日本にやってきて、国を造ろうとした人物。そう考えると、まず徐福が頭に浮かぶ」

渡瀬は何のことかわからずに、沖田の話を聞いていた。ゲーマーの梶岡がいるので、その場で沖田に質問できないのがもどかしかった。

梶岡がしてやったりという表情でうなずいた。

「やっぱりね……。大木さん、しらばっくれてばかりでなかなか本当のことを教えてくれなかったんだ。画面に出てくるキャラクターや背景をじっと観察して、これは西洋の物語じゃないなと思ったんですよ。そして、海からやってきた人物が国を造る……。外来者は山を越えてやってくるわけでもないし、砂漠のかなたからやってくるわけでもない。平原づたいに来るのでもない。そうなると、島国を想定しているのだとわかる。東洋の島国となると、日本が舞台だと考えるのが自然ですよね。そこで、僕は日本に国ができ始める時代についていろいろ調べてみた」

「でも、あまりうまくいかなかった……」

「そうなんですよ。どうしてわかるんです？」

「徐福の名は、日本の史書にはほとんど登場しない。日本で正統と認められている史書、つまり古事記や日本書紀では、紀元前二、三世紀は神話の世界だ。その神話のクライマックスが、ニニギノミコトの天孫降臨だ。アマテラス大神《おおみかみ》が孫のニニギノミコトを葦原《あしわら》の中《なか》つ国《くに》、つまり日本に降臨させる。このニニギノミコトが初代天皇、神武《じんむ》の三代前の祖先だ」

「ええ。だから、古事記、日本書紀をもとにした日本の歴史を調べても、まったくわからなかったんです。僕は最初、『蓬萊』の攻略法は日本の神話にあるんじゃないかと思った。ほら、有名な『女神転生』というゲームソフトがあるでしょう。あれは東西の神話を集めて再構築していくという内容です。『蓬萊』もそうじゃないかと考えたんです。それで、主人公のキャラクターをなるべくニニギノミコトに近づけてやってみた。結果はまったくだめでした。訳がわからなくなりましたよ。でも、こたえは、正統な歴史とされているものとは別のところにありました。いろいろな土地に残る伝承です。僕は日本全国にある伝説のなかに徐福という人物を見つけたんです」

「徐福は日本の正史には登場しないが、中国の史記や三国志には記録されている」

「そう。そして、調べてみて驚いたんですが、徐福が神武天皇だったという説があるそうじゃないですか」

「中国の学者の説だね」

沖田は記憶を探るために、わずかな間を取った。彼の頭のなかにはおそらく無数の引き出しがある。それをひょいと引っぱるだけで必要なデータを取り出すことができるらしいのだ。渡瀬はその芸当にいつも舌を巻く。「燕京《えんけい》大学教授の衛挺生《えいていせい》が唱えた説だ。一九五〇年代のことだ。その後、香港の羅積穂《らせきすい》、台湾の彭双松《ほうそうしょう》などといった研究家も同じような説を発表している」

梶岡はもどかしげに何度もうなずいた。

「だから、僕は、『蓬莱』は徐福を想定して作られたゲームなんじゃないかと思ったんですよ。そして、伝説どおりの徐福を主人公としてゲームをやってみた……」

渡瀬は、ひとつの結論がこれで見えたのではないかと思った。彼は、徐福なる人物がどういう存在かよく知らなかった。しかし、歴史上の人物をモデルとして『蓬莱』が作られたのならば、隠された秘密があったとしても、それを探り出すのはそう難しいことではないと考えたのだ。

　しかし、沖田は言った。

「だめだったろ?」

　梶岡はうなずいた。

「そうなんです。うまくいかないんです」

　沖田はかすかにほほえんだ。

　渡瀬は事務所のなかを見回した。村井はこれまでの会話にまったく関心を示さず、黙々と作業を続けている。舞は、立ったままじっと話に耳を傾けていた。彼は村井に気を使った。村井の作業を妨げてはいけないと考えたのだ。渡瀬は梶岡に言った。

「あっちへ来てくれないか。沖田、おまえさんも来てくれ」

　渡瀬は社長室ブースを指差した。

「あたしも話を聞いていいですか?」

　舞が尋ねた。渡瀬はうなずいた。

「そうだな。そのほうがいい」

　結局、村井ひとりが残されたが、彼はそんなことは気にならないようだった。

　社長室ブースに入り、皆を椅子にすわらせると、渡瀬は自分の席から言った。

「梶岡さんも沖田も、『蓬萊』の主人公のモデルとしてジョフクが適当だと考えた。しかし、それすらもうまくいかなかった。そういうことなんだな」

「ちょっと待ってくださいよ」

梶岡が言った。「うまくいかなかったって……、『蓬萊』を作ったのはこの会社なんだから、皆さんは『蓬萊』がどんなものかよく知ってるんでしょう？」

「いや、知らない」

渡瀬は言った。今、ここで梶岡に嘘をつくのは得ではないと判断したのだ。もちろん、余計なことをしゃべる気はない。梶岡が知っていることを引き出す呼び水になる程度のことは教えるべきだと思ったのだ。「『蓬萊』の仕様書はほとんど大木ひとりで作ったんだ」

「あれだけのソフトをひとりで……？　信じ難いな……。今じゃ、ひとつのゲームソフトに十人以上のスタッフが関わるのが普通なのに……」

「もちろん、キャラクターのデザインやら背景のデザインは外注にしたし、部分部分のプログラムは手分けしてやった。だが、すべてのコンセプトを大木はひとりで作った。あいつが『蓬萊』を作り上げるまでに、どこでどんな人物の協力を得たかは知らない。だが、あいつは完成した形で『蓬萊』の企画をわが社に持ち込んできた」

「じゃあ、攻略法を知っているのも大木さんひとりだったというわけですか？」

「そういうことになるな」

「そんなの嘘でしょう？」

「君に嘘をついても仕方がないさ。ゲームソフトには攻略本が付き物だからな。私たちは、攻略本がゲームソフトの販売促進になっていることを知っている。できれば協力したいよ」

「でも、何だか秘密のにおいがするな……。大木さんものらりくらりと逃げてばかりいたし……」

「大木は、『蓬萊』について、詳しいことは話さなかったんだね？」

「詳しいことって……？」

「発想のきっかけとか、開発の苦労話とか……。題材に何を選んだのかといった話……、いろいろあるだろう」

「話してくれませんでしたよ。でもね、僕、知ってるんですよ。大木さんが東大史学科の助教授と何度か会っていることを……。辻鷹彦《つじたかひこ》という助教授なんですが、調べてみると、この人は徐福について研究しているんです」

渡瀬はひどく興味を覚えた。

沖田もそのはずだと彼は思った。沖田の顔を見たかったが、それは思いとどまった。ここはポーカーフェイスを押し通したほうがいいと考えたのだ。そうすれば、梶岡が勝手にしゃべってくれそうな雰囲気だった。

「ほう……、東大の助教授……」

「まさか、そのことも知らないというんじゃないでしょうね？　会社の仕事で会っていたわけでしょう？」

「そんな話を聞いたことがあったかもしれないな……」

渡瀬はごまかした。「だが、ゲームの企画は会社のスタッフ全員で考えることはあまりない。企画を練るまでは個人の作業なので、大木が何を調べ、誰と会ったかなどということは、あまり気にしたことはなかった」

「辻鷹彦という学者は徐福のことを研究しているんです。大木さんはその人と何度か会っている。『蓬莱』の企画は徐福をモデルにしていたという推理を裏付ける事実でしょう？」

「だが、実際に『蓬莱』に徐福のデータを打ち込んでもうまくいかなかったんだろう？」

「そう」

渡瀬に続いて沖田が言った。「おそらく、五十年の壁を越えられなかったはずだ。国は衰退し、先住民族に国を滅ぼされてしまったんだろう」

「そうなんですよ」

梶岡はうなずいた。「だから、わかんなくなっちゃって……」

「その東大の助教授と大木が会っているというのはどうして知ったんだ？」

「一度、大学の構内でいっしょに歩いてるとこ、見たんですよ。その後、大木さんをつけ回しているときにも、辻助教授の姿は見かけているし……」

「大学の構内で?」

「そう。僕、東大の学生なんです。ゲーマーはバイト」

「君が東大の学生……?」

「ええ。史学科じゃないですけどね」

渡瀬は、梶岡が学生であるということを意外に思ったが、さらに東大の学生であることに驚いていた。誰がどこの学生であっても不思議はないが、梶岡と東大というのはイメージの上で結びつかなかった。

また、先入観が邪魔をしているな、と渡瀬は思った。先入観というのはゲーム作りにおいては最大の敵といっていい。渡瀬はどちらかというと常識にとらわれやすいほうだった。先入観を知らず知らずのうちに持ってしまうタイプだ。彼は常にその先入観と戦わねばならないのだった。

東大の助教授と大木もまた、渡瀬のイメージのなかでは結びつかなかった。大木は、六本木あたりで、芸能人やマスコミ関係者と会っているほうが似合っていると渡瀬は感じていた。しかし、それもひとつの先入観だ。大木なら、どんな世界のどんな人間ともそつなく付き合えるはずだった。

「他に大木がどんなやつと会っていたか知ってるか?」

渡瀬は梶岡に訊いた。

「どんなやつって……。いろいろですよ。大木さんて忙しい人でしたからね……。例えば、こうですよ。喫茶店で待ち合わせをしたとするでしょう？　僕が行くと、待ち合わせの時間まで別の人と何か話をしているんですよ。そして、僕が話をしていると次の人がやってくる――そういう具合でした。だから、どんなやつといわれても……。広告代理店の人もいたし、音楽関係の人もいただろうし、出版関係もいたようだし……」

「学者関係は？　その辻とかいう東大助教授の他には……」

「いや、知りませんね。どうしてそんなことを訊くんです？」

「『蓬莱』の手がかりになるかもしれないじゃないか？」

「手がかり？」

「君は攻略法を知りたいんだろう？　そのためにいっしょに考えようとしているんだ」

「ああ……」

梶岡はうなずいた。「そりゃどうも」

「そういうわけで……」

沖田が言った。「今のところ、僕たちは君の役には立てない」

「どうやらそのようですね」

梶岡は沖田の言葉を、話し合いの締めくくりであることを感じ取ったようだった。彼は一度居心地悪そうに身じろぎをすると立ち上がった。渡瀬も立った。

「わざわざ来てくれたのに、すまなかったね」

「いえ……。こうして訪問して情報を集めるのも仕事のうちですからね」

学生の口振りではないな、と渡瀬は思った。おそらく、学生でありながら、プロとしてかなりの活躍をしているのだろう。そのプロ意識がこういう物言いをさせるのだ——渡瀬はそう思った。

社長室ブースを出るときに、梶岡は振り返って言った。

「しかし、『ワタセ・ワークス』さんも、たいへんなゲームソフトを作ったもんですね」

渡瀬はうなずいた。

「ああ、まったくだ」

舞が梶岡を出入口まで見送った。

梶岡と舞が出て行くと、渡瀬は沖田に言った。

「恥ずかしい話だが、俺はジョフクというのをよく知らない」

「別に恥ずかしいことじゃない。知らないことは誰にだってある。恥ずかしいのは、尋ねるべきときに尋ねずに、知った振りをすることだ」

「今が尋ねるべきときだと思うが……？」

「徐福は長い間、伝説上の人物とされてきた。秦の始皇帝《しこうてい》をうまいこと丸め込んで巨額の金を出させ、日本へ渡ってきたという伝説がある」

「ほう……？　始皇帝といえば、万里《ばんり》の長城や焚書坑儒《ふんしょこうじゅ》で有名だな……」

「始皇帝が作った長城は、現在の万里の長城よりかなり北にあったそうだよ。そして、始皇帝の長城を漢の武帝《ぶてい》が延長したと伝えられている。まあ、始皇帝というのは、即位するやまたたく間に、他の六国を下して戦国七国を支配した。中国に統一王朝が生まれたんだ。たいへんなやり手だったんだ。中国をチャイナといったり、支那といったりするのは、秦の音が転訛《てんか》したものだといわれている。始皇帝は、全国を統一すると、郡県制度を作り、度量衡《どりょうこう》、文字の統一、車輪の幅の統一などの大事業をやってのけた」

「車輪の幅……？」

「かつて道路は舗装などされていないから、馬車などが通るとわだちが残る。長年のうちにそのわだちはけっこう深く掘られていく。統一以前は、国によって車幅が違い、そのためにわだちの幅もまちまちだった。これじゃ、全国を同じ車で巡り歩くことができない。つまり、当時、車幅を統一するというのは、鉄道の規格を統一するのと同じ意味があったんだよ」

「中国で初めてそういう大事業を果たした君主というのは、とんでもない大物だったわけだな。徐福というのは、そんな大物を丸め込んだというわけか？」

「伝説ではね、始皇帝のために、不老不死の薬を探してくるといって、三神山を目指して出航したとされている」

「三神山？」

「三つの神聖な山だ。理想郷といってもいい。その三つの神山の名は、『方丈《ほうじょう》』『瀛州《えいしゅう》』、そして『蓬萊』」

「『蓬萊』というのはそういう意味だったのか。何となく、ユートピアみたいな意味だと思っていたが……」

「仙人が住んでいると考えられている霊山のひとつなのさ。徐福は始皇帝に、その三神山を目指すと言ったんだ。大木が『蓬萊』という名をゲームにつけたのはそのことが頭にあったからだと、僕は思った。だから、『蓬萊』は間違いなく徐福伝説をモデルにしたゲームだと思ったんだけどね……」

「伝説をモデルにしたオリジナルだったのかもしれない」

「違うね」

「どうしてだ？」

「『蓬萊』はオリジナルストーリーを思い描いた作品じゃない。オリジナルだったら、あれほど厳密に、日本の古代に忠実な舞台を設定する必要はない。アイテムだって、魔法の杖だの、生き返る薬草だのを使えばいい。人間と馬がアイテムなんて、ロールプレイングゲームらしくない。舞台設定だって、『これは、大昔の日本です』と言っておけば、あとはかなりいいかげんでも済むんだ。ところが『蓬莱』はその逆だ。日本の古代を忠実に再現しながら、ユーザーにはそれが日本であることを隠している」

「どういうわけだろう?」

「考えられることはひとつ。大木は純粋に何かのシミュレーションをやりたいと考えていたんだ」

「徐福のシミュレーション?」

「僕はそうだと思った。梶岡もそう考えた。しかし……」

「結果はうまくいかなかったというわけだな?」

「むしろ、徐福なんか知らずに、勝手に条件設定したときのほうがうまくいったよ」

「おまえは五十年の壁を越えたといっていたもんな……。徐福でやると、五十年の壁までも行けない……」

「そういうこと」

「具体的にはどういう設定をしたんだ?」

「ほぼ伝説のとおりさ。徐福は方士——つまり、仙術を学ぶ今でいう学者だ。易で占いをやり、薬の知識を持っていた当時では最高のインテリだった」

「『蓬莱』のなかにそんな選択肢はあったかな?」

「ある。人物設定のウインドウのなかには学者という項があり、その学者という項はさらに、土木・工学系、呪術・医学系、錬金・化学系、占術・天文系、兵法・政策系、思想・哲学系、語学・文学系、算術・数学系、記録・歴史系、地誌・地理系、博物・理学系に分かれている」

沖田は指を折りながら数え上げた。「それは、自由にふたつを選んで組み合わせることができる」

「そんなウインドウは開いたことがない」

「だろうね。たいていの人は、政治家とか軍人とか冒険家とかいう項を選ぶだろうからね。僕は、呪術・医学系と占術・天文系を組み合わせた。方士ってのはだいたいそんなものだろうと思ったんだ。そして、目的は宝物探しだ。仙薬を求めに来たという伝説だからね。そして、徐福は童男女三千人を連れて渡航したという伝説だ。『蓬萊』のアイテムでは人間だけに換算すると二千人を連れて上陸できる。だから、僕は千人の男と千人の女性を主人公に与えた。そして、ゲームを始めたがどうやっても国の人口は増えず、衰退してしまう」

「徐福ではないということか？」

「わからないんだよ」

渡瀬はしばらく考えてから言った。

「辻という東大助教授に会ってみるか……」

沖田がうなずいた。

「僕もそう思ってたところだよ」

16

安積警部補は、ひとりで聞き込みを行っていた。このところ、机に向かっていることが多く、外を歩くのは久し振りだった。神南署へやってきてからは特にそうだった。

彼が自ら聞き込みをやらねばならないのは大木守の事件に関して自分を含めて三人しか人員を割けないからだ。神南署には捜査課員が二十一人いる。誰もが大小さまざまな案件を常にかかえているのだ。大木守の事件を目黒署から奪い取ってきたような形になったが、殺人事件として立件しているわけではないので、何とか動かせるのがこの人数だった。

安積は、自分の下に須田部長刑事と黒木を付け、特捜班という扱いにした。捜査課長は渋い顔をしたが、安積の影響力を考えて認めることにした。安積警部補は、上の者にはあまり評価されないが、下の者にたいへん好かれるのだ。

須田と黒木が組んで聞き込みに回っていた。刑事はふたり一組で歩くのが基本だ。須田と黒木というのはまったく対照的だった。正反対のふたりだからこそ、いいコンビだった。

須田と黒木は死んだ大木守の交遊関係を洗っている。安積は、もっと微妙で複雑な事柄を手がけなければならなかった。本郷征太郎と『平成改国会議』——つまり広域暴力団・坂東連合系の七塚組との関係を調べていたのだった。

彼は、警視庁本庁の刑事部捜査四課——通称マル暴に出向いて、話を聞いていた。安積の相手をしてくれたのは、彼とそれほど年齢が違わない警部だった。役人然とした神経質そうな男で、本庁内では典型的な中間管理職の役割をこなしていた。役職は課長補佐だった。宮《みや》内《うち》という名だった。

「七塚組が何か妙な動きをしているのかね？」

宮内は猜疑心に満ちた眼で安積を見ながらそう尋ねた。

「さあ。それを調べているわけです」

「PSの係長がこうして本庁にやってきて何かを調べようとしている。私には事情を聞く権利があると思うが。違うかね」

「東横線都立大学駅である男が列車に轢《ひ》かれて死亡しました。七塚組がそれに関与しているのではないかという一般市民からの情報を得まして、その真偽を確めているのです」

「殺人なのかね？」

「まだ断定できません。材料が足りなくて……。それでこうして調べ回っているというわけです」

「殺人を疑う材料がないのなら、それは事故か自殺だ。自殺を疑う材料がないのなら、それは事故だ。それ以上、何を調べることがある？」

安積は、警察という組織内で学んだことがいくつかあったが、敵と味方をしっかりと嗅ぎ分けて対処しろというのがそのひとつだった。宮内警部は味方ではなかった。ということは、いつでも敵になり得るということだ。安積は慎重に言った。

「七塚組は、死んだ人物がつとめていた会社の脅迫に一役買っている疑いがあるのです」

「脅迫の事実はつかんでいるのかね？」

「まだです」

「なら、そいつは事件じゃない。時間の無駄使いだぞ、安積警部補」

「心証の問題です。私はこれらの出来事に事件性を感じるのです」

「刑事の勘かね？」

「勘ではなく事実関係の解釈の問題だと思います」

宮内警部は面白くなさそうだった。

「だいたい、情報が欲しいのなら、コンピュータを叩けばいいんだ。何のためのデータバンクだ？　何のためのオンラインシステムなんだ」

「公式のデータにはないような話が聞きたいと思いましてね……」

「どんな話が聞きたいというんだね？」

「例えば、七塚組と政治家の関係とか……」

宮内警部は、安積を睨んだ。彼はにわかに用心深くなった。しばらく間を取ったあと、宮内は尋ねた。

「いったい何の話だ？　政治家が、その事故死だか殺人だかとどんな関係があるというんだ？」

「一連の出来事の黒幕なのかもしれません」

「どこの何という政治家だ？」

「私もこのくびが飛ぶのは勘弁してもらいたい。だから軽率なことは言えないのです。そういう議員が本当にいるのかどうかさえまだわからないのです。あるいは情報をくれた人物の単なる妄想かもしれません」

「七塚組と政治家の関わりなど、私は知らん」

宮内は言った。そうだろうな、と安積は思った。宮内のような男は、たとえ、それを聞いたとしても忘れてしまったことにするかもしれない。警察というのは間違いなく役所であり、本庁は、さらに役所的色合いが濃いのだ。

安積は宮内から何か聞き出せるとは思っていなかった。宮内との会談は時間つぶしに過ぎない。戸口に、安積が待っていた類の男が現れた。安積はそれに気づき、時間つぶしを終わらせることにした。

「そうですか……。いや、いろいろとありがとうございました」

安積は一礼すると宮内警部のもとを離れ、今戸口から入ってきた刑事に近づいた。その刑事は典型的なマル暴刑事だった。つまり、暴力団員とほとんど見分けがつかないのだ。眼つきは鋭く、人相は凶悪な感じがする。体格がよく、肩をいからせて歩く。髪は角刈りにしていた。ネクタイなどしておらず、黒っぽいグレーのシャツの襟を開き、その襟の間から金のチェーンがのぞいている。

「しばらくだな」

安積が言うと、その刑事は、凄味のある笑顔を見せた。

「よう、安《ヤス》チョウさん。久し振りだなあ……。おっと、チョウさんはまずいか。係長だったよな」

「かまわんよ。デカチョウのほうが気が楽だ」

「今日は何だい？」

「七塚組について聞きたいことがあってきたんだが、あの警部どのじゃ埒《らち》が明かんようだ」

刑事は鼻で笑った。

「そうだろうな。どれ、ちょっと茶でも飲みに行くか」

ふたりは一階玄関脇にある食堂へ行くことにした。

マル暴刑事の名は前原《まえはら》といった。階級は安積よりひとつ下の部長刑事だ。刑事部の巡査部長を一般に部長刑事と呼ぶ。警察の階級性は自衛隊よりはるかに厳しいといわれる。だが、前原はそういうことをあまり気にしていないように見える。彼は叩き上げの現場主義なのだ。出世を半ばあきらめているタイプだった。

コーヒーをしかめ面ですすると、前原は言った。

「いつもうまいコーヒーが飲みたいと思う。どこかでコーヒーを飲むたびにそう思うんだ。そのうち、うまいコーヒーってのがどういうもんか忘れちまった」

「何やら哲学的に聞こえるな、前原」

「七塚組がどうしたって?」

「最近では『平成改国会議』と名乗ってるそうだな?」

「姑息《こそく》な暴対法対策だよ。政治結社の隠《かく》れ蓑《みの》さ」

「政治結社という名目で、特定の政治家と関係を持ったりはしていないのか?」

「さあてね……」

「おまえさん、やり手だが、刑事としては重大な欠点がひとつある」

「何だい」

「隠し事がへただ」

「そうか……。それでいつも浮気がばれちまうんだ」

「何か知ってるんだな？」

「確かなネタを握ってるわけじゃないんだ」

「かまわん。聞かせてくれないか？」

「七塚組とある保守系政党の議員が、最近つるんでるって噂だ。政治結社になったのもその議員の肝煎《きもい》りだったということだが……。まあ、保守政党が暴力団とつるむのは昨日今日始まったこっちゃねえ」

「その議員が誰だか教えてくれるか？」

「そいつはやべえよ、チョウさん」

「当ててみようか？」

「あ……？」

前原は上眼づかいに安積を見た。チンピラどもを威圧し続けている眼だ。安積はその眼つきに惑わされることなく、相手の反応を探ろうとした。

安積は言った。

「本郷征太郎。違うか？」

前原は、同じ姿勢、同じ眼差しで安積を見つめていた。どう反応していいか迷っているようだった。前原が何か言うまで安積も黙っているつもりだった。

やがて、前原が態度を決めた。

「安《ヤス》チョウさんよ、何つかんでるんだ？」

「『ワタセ・ワークス』というゲームソフトのメーカーがある。そこの会社が、『蓬萊』という名のソフトを発売しようとしているんだが、その発売を中止するようある人物から脅迫を受けているとそこの社長が言うんだ。社長によると、そのある人物というのは本郷征太郎で、七塚組の人間がその下で動いているそうだ。三日前、『ワタセ・ワークス』の社員がひとり死んだ。列車事故のように見えるが、社長はそうではないと言っている」

前原は安積の話を吟味しているようだった。油断のない、刑事の顔つきになっている。

「訳がわからねえな」

前原は言った。「だが、話の筋は通っている」

「私も同感だよ」

「同感？　どの点に？」

「私も訳がわからない。しかし、社長の妄想だとも思えない。調べてみたが、確かに『蓬萊』についておかしなことが起きている。工場で原因不明の事故が起きているらしい。『ワタセ・ワークス』に、保安一課がガサイレした。ゲームソフトのひとつに猥褻文書の疑いがあるという。これまでゲームソフトに対する手入れはなかった。第一のターゲットが『ワタセ・ワークス』だというのは単なる偶然だとは思えなかった。課長に詰め寄ったら、圧力がかかったんだと認めたよ」

「有力な政治家ならそれくらいの小細工はできる」

「本郷征太郎は有力な政治家だと思うが……？」

「安チョウさんよ。これはオフレコだ。俺だってこう見えても立ち場ってものがある」

「わかっている」

「七塚組が『平成改国会議』を名乗るに当たって、本郷征太郎と何かの関わりがあったことは確かなようだ。その筋に明るい連中によると、主義主張の点で、組長《オヤジ》と本郷征太郎がおおいに意気投合したんだそうだ。まあ、そんなのはよくあることだ。地方じゃ暴力団が票のまとめをし、議員が暴力団の冠婚葬祭に顔を出すのは当たりまえなんだ。俺も別にその噂についちゃ気にしていなかった。だが、事件がからんでくるとなりゃあ……」

安積はうなずいた。

「主義主張というのはどのようなものだろうな……」

「あん……？」

「七塚組の組長と本郷征太郎が意気投合した主義主張だよ」

「そいつは、『平成改国会議』という名前に表れてるんじゃないのかい」

「改国……？　つまり、国を造り直す？」

「世直しなんざ、民族主義者がいつも考えてることだ、ま、気にすることたあねえよ」

「そうだな……」

「ふざけたことをやるようなら、捜査四課が黙っちゃいない」

「わかっている」

「俺には、これ以上言えることはない」

「いや」

安積は本気で言った。「充分だよ」

安積が神南署に戻ったのが三時過ぎだった。それから、約一時間して須田と黒木が戻ってきた。いつものように、須田があれこれと黒木に話しかけ、黒木はうつむき加減で、生真面目にうなずいている。

須田が何についてしゃべっているか、安積はちょっと気になった。須田のおしゃべりは冗長なようだが、さまざまな示唆《しさ》を含んでいることがあるのだ。それが捜査上のポイントだったり、あるいは哲学的な暗示であったりする。問題は本人がそれに気づいていない点だった。

ふたりが安積の席に報告にやってきた。

「いやあ、たまげましたよ、チョウさん」

須田はいまだに安積のことを捜査主任時代のチョウさんという呼びかたをする。安積もそれを許していた。神南署のなかで安積をそう呼ぶのは須田だけだった。「被害者の大木氏ですがね、まあ、いろんな人と付き合ってるんですよ。その交際範囲の広いことといったら……」

須田はそこで言葉を切った。適当なたとえを探したようだが思いつかなかったらしく、話を続けた。「マスコミ関係やら六本木の遊び人やら、果ては芸能人から学者まで。年賀状を出すのがたいへんだったでしょうね」

「大木氏は年賀状など出さなかったかもしれない」

「やだな、チョウさん。比喩ですよ」

安積は須田の話で、ふたつ気になることがあった。第一は、須田が大木のことを被害者と呼んだことだった。須田は他人が思っているよりずっと思慮深い男だ。小太りの体格と童顔が災いしているのだ。彼は、不用意に被害者などという言葉は使わない。つまり、須田もこの件を殺人事件だと信じ始めたことを意味している――安積はそう解釈した。

第二は、大木の交遊関係を説明したとき、最後に学者をあげた点だ。須田は少々もったいぶった演出を好むところがある。強調したいことを最後にもってくるのだ。報告としては要領がいいとはいえないが、レトリックは心得ている――安積はそれを理解していた。

須田が言った。

「今回わかったところを黒木がメモしてありますから読み上げますか？」

「今はいい。あとで一覧表を作っておいてくれ」

「わかりました」

須田が言い、黒木がうなずいた。

「須田、おまえさん、学者と言ったな？」

須田の顔がぱっと輝いた。

彼にとって感情を押し隠すことほどむずかしいことはない。まったく刑事らしくなかったが、それが役に立つことがあるのも確かだった。須田は、うれしそうに言った。

「さすが、チョウさん。そこに気づきましたか。今、黒木とも話し合っていたんですがね……。今日聞いて回ったなかで、俺、一番気になったのがその学者なんですよ。東大の助教授ですよ。辻鷹彦というんですがね。彼、史学科の助教授なんですよ」

須田は安積の反応を探るように、そこで言葉を切った。安積が何も言わないので、彼はまた話し出した。「つまりね、俺、思ったんですよ。ほら、被害者が作った『蓬萊』ね、あれ、たぶん日本の古代が舞台なんです。東大史学科の助教授と聞いて、ぴんときましたよ。被害者は、『蓬萊』を作るに当たってこの人物の協力を得たんじゃないかってね……」

「それで……？」

「それでって……、やだな、チョウさん。この事件の鍵は何といっても『蓬萊』じゃないですか」

「事件の鍵？　サスペンスドラマみたいな言いかただな？」

「茶化さないでくださいよ。いいですか？　『蓬莱』ができるまでについては『ワタセ・ワークス』の渡瀬社長も知らないわけでしょう？　つまり、なぜ発売妨害をされるのかわかっていないわけです。それを知っていた大木氏は死んでしまった。でも、辻助教授に訊けば何か手がかりが得られるんじゃないかと、俺、思ったんです」

安積は考えた。

事件の鍵という発想は、ドラマなどのフィクションの世界のものだ。しかし、須田の着眼はもちろん悪くない。本郷征太郎が本当に『蓬莱』の発売を妨害しているのだとしたら、その理由を知らねばならないのだ。

「わかった」

安積はふたりに言った。「こちらからも報告がある。七塚組と本郷征太郎は確かに接触があったようだ。本庁捜査四課の刑事がマル秘で教えてくれた」

「そいつは……」

黒木が言った。「渡瀬社長が言ってることの裏付けのひとつになりますね」

安積はうなずいた。

「そう思う。だが、法的な根拠にはならない。七塚組も本郷征太郎も慎重だし、本庁もこういうことに対しては慎重だ」

「でも、前進ですよ」

須田が言った。こういう何気ない須田の一言に、何度救われる思いがしたことか、とひそかに安積は思った。

安積は言った。

「むこうの都合がよければ、これから、その東大助教授に会いに行こうと思う。いっしょに来るか？」

須田がまた表情を明るくした。

17

東大の構内で、渡瀬と沖田は、何度も人に道を尋ねなくてはならなかった。渡瀬が電話で面会を申し入れると、講義のあとなら時間があると言われた。講義が終わるのが五時だというので、その時間に訪ねることにした。辻鷹彦助教授は自分の研究室で待っていると言った。

渡瀬と沖田はその研究室を探して構内をうろついていたのだった。

渡瀬は辻助教授に面会の約束を取りつけてから、大急ぎで新宿紀伊國屋書店まで出かけて徐福に関する書物を探した。仕事柄、資料探しには慣れていた。ゲーム作りはプログラムだけが仕事ではなかった。プログラムに至るまでの取材が勝負なのだ。

三冊の本を見つけ、社に引き返した。出かけるまで三十分しかなかったが、渡瀬は何とか徐福伝説がどのようなものか知ることができた。

徐福は秦の始皇帝の時代の方士、つまり仙術士だ。一般には徐福として知られているが、徐市《じょふつ》とも呼ばれる。また、徐芾という字で記録している書物もある。

この書き分けの理由については諸説あるが、中国の徐福研究家のひとり汪向栄《おうこうえい》は、市も福も字義はいっしょで、音も同じだから、書き分けに意味はないとしている。

彼によると、市の字の古字は黻で福の字に通じる。日本では福《ふく》と市《ふつ》は音が違うが、中国では等しく〈ｆｕ〉なのだ。

徐福渡航の記録は、漢の時代、征和《せいわ》二年（前九一年）に完成したといわれる司馬遷《しばせん》の『史記』に登場する。

『史記』秦始皇本紀、二十八年の条で、徐福らが上書したとある。つまり、始皇帝に手紙を出したのだ。

その手紙にはこう書かれてあった。

「海のかなたに、三神山、すなわち蓬萊・方丈・瀛洲があり、そこに仙人が住んでいます。

童男女とともに出かければ仙人に会って連れ帰ることができるでしょう」

秦による中国統一は始皇帝二十六年のことで西暦でいうと紀元前二二一年だ。この上書は始皇帝二十八年のことというから、統一の二年後、つまり紀元前二一九年の出来事ということになる。

さらに、始皇帝三十五年、つまり紀元前二一二年には、「徐市《じょふつ》等《ら》ハ費《ついや》スコト以レテ巨万ヲ計《かぞ》ウレドモ、終《つい》ニ不レ得二薬ヲ一。徒《いたずら》ニ姦利ヲモテ相告グルコト日ニ聞ユ」とある。つまり、金を費して海に出たけれども、仙人に会いその仙薬を得るという目的は果たせなかったというわけだ。徐福は、始皇帝の怒りを恐れた。そこで、始皇帝に嘘をついた。これが始皇帝三十七年、紀元前二一〇年のことだ。

徐福はこう語った。

「蓬莱の薬は手に入ります。しかし、いつも大鮫に苦しめられてたどり着くことができません。どうか上手な射手を供につけてください。大鮫を見つけたら一斉射でこれを射止めたいと思います」

また、同じ『史記』の淮南《わいなん》・衡山《こうざん》列伝では次のような記述がある。

「昔、始皇帝は徐福に命じて神の珍品（神異物）を求めさせたが、徐福は帰って来て、このように奏上した。私は海上で大神に会い、汝は始皇帝（西皇）の使いかと訊かれました。そこで、私は、そうですとこたえました。大神が、汝は何を求めているのかと尋ねるので、寿命を延ばす薬（延年益寿薬）が欲しいのだと答えました。すると大神は、汝の秦王の礼が薄いので、見せるのはいいが、与えるわけにはいかないと言いました。そして、すぐに臣下を従えて東南の方向の蓬萊山に行き、ここで芝の宮殿を見せられました。使者がおりましたが、これは銅色をしており、形は竜のようで光は天を照らしていました。そこで私は再拝して訊きました。どんな供物を献げたらよろしいのでしょう、と。すると、海神は、良家の童男子もしくは童女と、百工《ひゃっこう》を献ずれば望みがかなえられよう、と言いました。

秦の始皇帝は大いによろこんで、童男女三千人、これに五穀の種と百工を加えて与え、行かせた。徐福は平原広沢を得て、そこに留まって王となり、帰ってこなかった」

さらに、『史記』封禅書には次のような記述がある。

「始皇帝が中国を統一すると、方士が三神山の話を奏上した。始皇帝は、自ら海上に出てもその目的を達することはできないと考えて、人に命じて童男女を伴わせてこれを求めさせた。しかし、多くの船が海上でぶつかり合ってしまう。皆、風のせいだという。そして、眺めることはできるが、どうしても到達することはできないと言い訳をする」

ここには徐福という名は出てこないが、「方士」「人」というのが徐福だと考えられる。

以上の『史記』の記述が後に徐福伝説を生んだのだ。

徐福の日本渡来説を初めて記したのは、『義楚六帖《ぎそろくじょう》』だといわれている。この書物は五代後周の時代のもので、九六〇年頃に作られた。斉州開元寺の僧、釈義楚《しゃくぎそ》が記録したものだ。

ここには、徐福が童男子五百人、童女五百人を連れて日本に渡ったと書かれている。そして、蓬莱山を富士山であるとし、徐福は富士に永住したとされている。そして、その子孫は『秦氏《はた》』を名乗ったと述べられている。

日本の各地に徐福がやってきたという伝説が残っているが、そのなかでも富士山説は有名だ。記紀に徐福の名はないが、富士一帯に伝わる『宮下文書《みやしたもんじょ》』には、徐福の来訪が記されているのだ。

そればかりか、この『宮下文書』を編纂したのは、徐福自身だと伝えられているのだ。

『宮下文書』は、『竹内文書』『九鬼《くかみ》文書』とともに「古史三書」と呼ばれる。また、『上記《ウエツフミ》』『秀真伝《ホツマツタエ》』『三笠紀《ミカサノフミ》』の「古伝三書」があり、合わせて「古史古伝」と呼ばれている。これは古文書および神代文字の研究家、吾郷清彦の分類だ。

「古史古伝」はいずれも、古事記・日本書紀以前について書かれている。その真偽や内容の信憑性については論議が分かれており、古事記・日本書紀を研究する歴史家からは、奇書・怪書、あるいは後世に作られた偽書という扱いしか受けていない。

『宮下文書』は、富士大神宮（阿祖山大神宮）の宮司《ぐうじ》を代々つとめる宮下家に伝わっていたためにこの名がある。別名、『富士古文書』とも『徐福文書』とも呼ばれる。

『宮下文書』には、神武天皇に至るまでの超古代において、富士山北麓の一角に、高天原王朝が花開いていたと記されている。こうした文献を徐福が編纂したというのは、単なる伝説かもしれないが、そうした伝承が民間にあること自体に大きな意味があると指摘する専門家も多い。

一方、徐福伝説では熊野説も有名だ。徐福は紀州熊野に上陸し、不老不死の霊薬を探し求めたが発見することができず、そのまま熊野に留まって、五穀の農耕、製紙法、捕鯨術などを伝えたと伝えられている。

また、熊野の新宮《しんぐう》駅のそばに徐福の墓といわれる石碑が立っている。新宮市内の阿須賀《あすか》町は徐福の漂着地とされている。阿須賀町には小さな山があり、この山は蓬莱山と呼ばれている。

この他、九州をはじめとして、徐福の伝説は、秋田の男鹿《おが》半島や青森の小泊《こどまり》に至るまで日本全土に広く分布している。

徐福が捕鯨を伝えたという伝説が熊野にあるが、京都府与謝《よさ》郡伊根町《いねちょう》でも、徐福は漁業の神として祀られている。また、青森の小泊村でも、徐福はやはり漁業の神として権現崎《ごんげんざき》の尾崎神社に祀られている。

これは、『史記』秦始皇本紀に見られる「大鮫云々」から生まれた伝承なのかもしれない。

渡瀬は、記憶力には自信がなかったが、何とか大筋と重要な単語を頭に叩き込んで出かけた。

辻助教授の研究室はひどく狭かった。本棚に押しつぶされそうな空間に、机があり、それは、辻助教授が窓を背に、出入口を向く形にすわるように位置されていた。

渡瀬と沖田を迎えた辻助教授は、渡瀬が思ったよりも若かった。おそらく、実際よりも若く見えるのだろうと渡瀬は思った。どう見ても三十代前半にしか見えない。たいへんこざっぱりとした身なりをしており、渡瀬はまたしても先入観を自ら戒めねばならなかった。

辻助教授は、細かいブルーのチェックのボタンダウンのシャツに、緑と赤のレジメンタルタイを締めている。ツータックのコットンパンツのすそには折り返しがあり、すっきりしたローファーをはいていた。

Vネックのふちに緑と赤の線が入った白いベストを着ており、ネイビーブルーのブレザーコートが椅子にかけてあった。ボストン型の眼鏡をかけていて、短かめにすっきりと整髪されている。

トラッド系のファッション誌から抜け出してきたようだと渡瀬は思った。

東大には駒場トラッドという言葉がある、と渡瀬は聞いたことがあった。白の普通のワイシャツにジーパン、革靴というのがその代表的なスタイルだといわれていた。つまり、ひどく垢抜けない服装なのだ。しかし、辻助教授の服装は、本来のトラッドな装いだった。

身長はそれほど高くない。やせ型で神経質そうな感じがする。

「大木さんの会社のかたですって……」

渡瀬と沖田を椅子にすわらせ、自分も机に向かってすわると、辻鷹彦はそう切り出した。

「彼のことで何か？」

辻助教授は、なぜか不安そうに見えた。顔色も少々蒼ざめて見えるが、それが本来の彼の顔色なのかもしれないと渡瀬は思った。

「大木が亡くなったのはご存じですね」

「知ってます。用があって葬儀には出席できませんでしたが……」

「実は、大木のこと、というより、大木が作ったゲームについてうかがいたいことがあるのです」

「ゲーム……？　お門違いだな。私はゲームのことなど何も知らない。それはあなたたちの分野のはずだ」

話し始めてわかったのだが、辻助教授はどこか相手を小ばかにしたようなところがある。職業柄そういう話しかたになるのかもしれなかった。

「ゲームの名は『蓬莱』といいます」

「ほう……」

辻助教授はかすかに鼻で笑った。何か面白い冗談を聞いたときのようだった。彼はそう感じたのかもしれない。徐福を研究しているのならそれも当然だ、と渡瀬は思った。

「ある島国に上陸して、いろいろな条件をクリアーしながら国を造っていく——それが、『蓬萊』というゲームです。実のところ、私たちは、何にヒントを得て大木が『蓬萊』を作ったのか知りませんでした。今日、ある人物から大木があなたと親交があったと聞き、ひょっとしたら、徐福伝説ではないかと思ったのです。あなたは、徐福について研究なさっているそうですね」

辻助教授は、うんざりした表情をした。あきらかにそれはおおげさな表現だった。

「私は徐福の研究をしているわけではありませんよ。私の専門は東アジアにおける文化の伝《でん》播《ぱ》です。古代の東アジアはね、おおざっぱにいうと中国文化圏なんですよ。おそらく、中国の影響で縄文時代から弥生時代へと日本の文化が移行していったのです。それの一エピソードとして、何度か徐福を取り上げたに過ぎません」

「徐福のことだけを研究されていたわけではないことはわかりました。でも、徐福を研究されていたことは間違いないのですね」

「ある程度は調べましたよ。日本と中国双方の民間伝承という意味では徐福は面白い材料ですからね」

「徐福の話を大木にしたことはありますか？」

「どうかな……」

辻助教授の表情が曇った。「記憶にないが、話したかもしれないな……」

渡瀬は辻助教授が急に落ち着きをなくしたように感じた。訊かれたくないことを質問されたような感じだった。

「大木とはどうして知り合われたのですか？」

「覚えてませんよ。どこかの飲み屋で知り合ったんじゃなかったかな？」

「ウマが合ったのですか？」

「何だって……？」

「あなたが大木と会われているところを何度か見かけたという人間がいるんですよ」

「会って不思議はないでしょう」

辻助教授は不機嫌になってきた。「何のためにそんなことを訊くんです？　君は何が言いたいんだね？」

ここで辻助教授を怒らせてしまっては何にもならない。渡瀬は話題を変えることにした。

「徐福について、少しばかり教えていただけませんか」

辻の表情に、人を低く見るような感じが戻った。優越感のせいなのだと渡瀬は気づいた。東大に入りそこの大学院に進んで今や助教授となっている。彼はこれまでの人生を、エリート意識とともに生きてきたのかもしれない。

「徐福のこと……？」

「徐福伝説の始まりは、司馬遷の『史記』だそうですね。『史記』というのは、たいへん信頼性の高い歴史書ですね。ということは徐福は実在の人物と考えていいのですね」

「確かに司馬遷は、真摯《しんし》な態度で『史記』を編纂しました。事実と思われることと、伝説・伝承の類をはっきり区別しようとしたのです。しかし、それにも限界がありますよ。『史記』が完成したのが、紀元前九一年だといわれています。徐福が始皇帝に会うのは紀元前二二〇年ころのことです。つまり百年以上もまえのことを書き記したのです。とても正確かどうかなどわからないし、実在したかどうかだってわかりはしませんよ。事実、ごく最近まで、中国の多くの学者も徐福の実在説には否定的でした。民間伝承としてしか扱わなかったのですよ」

「しかし、このところ、中国でも徐福は見直されているんじゃないんですか？」

沖田が言った。「ええと……。一九八七年だったかな……。徐福の系図が見つかったはずです」

「『草坪《そうへい》・徐氏《じょし》宗譜《そうふ》』八巻のことですね」

辻助教授の表情が少しばかり引き締まった。「確かに、その系図のなかには徐市という名が記されていました。あ、徐市というのは徐福のまたの名なんですが……」

渡瀬はうなずいた。

「知っています」

「『草坪・徐氏宗譜』は、一九八七年二月に江西《こうせい》省臨川《りんせん》で発見されました。徐氏の家譜ですね。清《しん》の時代に徐時棟《じよじとう》が徐氏の歴史をまとめた『徐偃王志《じよえんおうし》』はこの系図と完全に一致したというから、にわかに、徐福実在論が活気づいた。しかし、冷静に考えてみれば、これはどちらか一方を参考にして一方を書いた後世の偽書かもしれないのですよ。新しい発見を鵜呑《うの》みにはできないんです」

「でも、徐福の実在を支持する材料は増えたことになりますね」

沖田は言った。

「ま、そう考えてもいいがね……」

「徐福の家系図が発見される五年前、つまり一九八二年に、徐福の故郷が見つかっていますね」

辻助教授はうなずいた。

「そう。江蘇省《こうそしよう》連雲港市《れんうんこうし》で地名の一斉調査が行なわれた。その際に江蘇省贛楡県《かんゆけん》の北部にかつて徐福村と呼ばれ、現在、徐阜《じよふ》と呼ばれている村を発見しました。徐阜の阜は岐阜の阜で丘の意味です。音は徐福の福と同じです」

「さまざまな歴史学者の考証により、その土地が徐福の故郷に違いないと判明したのでしたね」

「一九八四年の『光明日報《こうみようにつぽう》』にそのような論文が載っていた。確か徐州師範学院の羅其湘《らきしよう》教授の論文でした」

「それ以来、徐福研究がさかんになったと聞いてますが？」

「一九八七年には徐州市で第一回全国徐福学術討論会が開かれました。一九九〇年には、山《さん》東省《とう》竜口市《りゅうこう》で、さらに一九九一年には江蘇省贛楡県で徐福学術研討会が催されました。日本でも、一九八九年に佐賀で徐福のシンポジウムが行なわれ、現在、いくつかの徐福に関する研究会が設立されている」

「徐福は実在したと考えていいのですね？」

沖田は笑いを浮かべて言った。その笑いが辻助教授の気に入らなかったらしい。

「どんなに研究会やシンポジウムが開かれようと、徐福の実在を証明したことにはならん。シンポジウムには当然、否定論者も出席してその論旨を述べるのですからね」

しかし、すでに渡瀬には辻助教授が意地を張っているに過ぎないことがわかり始めていた。素人に指摘されたのががまんならないだけなのだ。おそらく、辻助教授は徐福に相当詳しく、その実在を認めているのだろうと渡瀬は思った。

(付き合いにくいやつだな……)

渡瀬はそう思いながら、辻助教授の顔を眺めていた。

沖田も同様のことを考えていたようだった。彼はこう言った。

「僕らは徐福が実際にいたものと考えて話を進めさせてもらいます」

「好きにしたまえ」

渡瀬は話がバトンタッチされたのを感じた。

「徐福と神武天皇が同一人物だという説があるそうですね」

「つまらん俗説だよ。源義経が平泉から生きのびて北海道からモンゴルへ渡り、やがてチンギス・ハーンになったという俗説があるがそれと変わらないと思いますね」

「でも、徐福の説は中国の学者によって発表された説なのでしょう?」

「燕京大学の衛挺生が一九五〇年に発表した説です。中国人は他民族より、特に日本民族よりすぐれているという宣伝が目的だったと考えられていますよ」

「その説について、教えていただけますか?」

辻鷹彦は迷っているようだった。しかし、渡瀬も沖田も引くつもりはない。辻助教授にもその気持ちは伝わったようだ。彼はあきらめたように溜め息をついた。

18

辻助教授は語り始めた。

最初は、気乗りはしないが教えてやる、といった態度だった。だが話すうちに講義をしているような口調となり、そのうち、専門分野について語るときの一種の興奮を感じさせるようになった。

そこで渡瀬は確信し始めた。辻助教授は人一倍、徐福に関心があるのだ。学者であるからには個人的というよりも、学問上の関心だろう。彼の専門は東アジアの文化の伝播だといっていたから、その分野で徐福は興味深い存在なのだろうと渡瀬は思った。

彼がことさらに徐福の実在説を否定してみせたり、徐福論争を嘲笑してみせたのは、もちろん学者としてのプライドもあるだろうが、他にも理由がありそうだった。それは、大木と知り合ったきっかけをしらばっくれてみたり、『蓬萊』とは縁がないと言ったりしたことと無関係ではなさそうだった。渡瀬はそう感じていた。

渡瀬と沖田は、特に質問があるとき以外はほとんど口をはさまず話を聞いた。

燕京大学の衛挺生教授に代表される神武天皇徐福説だが、もし、それが中華思想の表れだとしても、古事記・日本書紀の記述の曖昧さに起因していることは否定できないと辻助教授は語った。

中国人が世界一すぐれた民族であり、中国文化が最高のものであるという中華思想が根底にあれば、たいていの伝説や説話が、その思想にそって解釈されてしまう。日本でもそれに類する俗説は多い。

だが、いくら中華思想をもってしても、一国の正史とされているものをねじ曲げるのは難しい。特に、明確な歴史的事実として記録されているものを無理やりにこじつけたのではまったく説得力を持たず、一説として成り立つことすらない。

神武天皇徐福説が生まれた背景には、神武天皇の実在自体が疑問視されているという背景があるのだという。

まず、神武天皇には多くの呼び名がある。古事記では若御毛沼命《ワカミケヌノミコト》、豊御毛沼命《トヨミケヌノミコト》、そして神《カム》倭伊波礼毗古命《ヤマトイハレビコノミコト》の三つの名が記されており、日本書紀でも狭野尊《サノミコト》、神日本磐余彦尊《カムヤマトイハレビコノミコト》、磐余彦尊《イハレビコノミコト》、神日本磐余彦火火出見尊《カムヤマトイハレビコホホデミノミコト》、磐余彦火火出見尊《イハレビコホホデミノミコト》、神日本磐余彦天皇《カムヤマトイハレビコノスメラミコト》と多くの呼称があるのだ。これは別々の神、あるいは豪族、王などの名がひとつにまとめられたからではないかとする説がある。つまり、神武天皇というのは、個人ではなく、複数の人物、あるいは民族の祭神をまとめ上げて象徴的に作り上げた人格なのではないかというのだ。

日本書紀においては、神武天皇は、あるところでは四男であったり、また別の箇所では二男になったり三男になったりしている。記述がきわめていいかげんな感じがする。

しかも、神武天皇の誕生譚はきわめて神秘的だ。祖父に当たる火遠理命《ホヲリノミコト》、つまり山幸彦《やまさちひこ》は、海神の娘の豊玉毗売《トヨタマビメ》と結婚して、天津日高日子波限建鵜葺草葺不合命《アマツヒコヒコナギサタケウガヤフキアヘズノミコト》を生んだ。神武天皇の父親だ。

豊玉毗売《トヨタマビメ》が出産するとき、「異郷のものは、本来の姿になって子を産むのがならわしです。私もそうしようと思いますので、決して産屋のなかを見ないでください」と言った。だが、山幸彦はのぞいてしまった。産屋のなかでは八尋《やひろ》の大鰐《おおわに》がのたうちまわっていた。たちまち、山幸彦は逃げ出してしまった。見られたことを知った豊玉毘売は、生み落とした子、すなわち神武天皇の父親となる鵜葺草葺不合命《ウガヤフキアヘズノミコト》を残して海に帰ってしまう。

これは天人女房譚、鶴女房譚といった説話の典型だ。海幸彦・山幸彦の釣針をめぐる物語も、セレベス島やパラオ島に共通なものが見られる。太平洋に広く分布している説話で、南方系の文化が影響していることを物語っている。また、山幸彦は、海宮で、豊玉毘売と三年を過ごした後に帰郷するのだが、これも、浦島太郎の話と同型で、やはり太平洋に見られる典型的な説話のひとつだという。

つまり、神武天皇に至るまでの誕生譚は、正史の世界ではなく、伝説・物語の世界であることがわかる。何かを象徴したのかもしれないが、何の象徴であるかは想像するしかないのだ。つまり、そこに珍説・奇説が入り込む余地があるということになる。

早稲田大学の水野《みずの》祐《ゆう》名誉教授は、神武天皇は架空の人物だと断定しており、次のように説いている。

「神代から人代への時代推移の過渡期にたたされ、一方では日向に天降った天神としての神格を有し、他方では人皇第一代の始祖としての人格を兼ねそなえる、偉大な英雄としてつくりだされた人物なのである」

実在したことが明らかな最初の天皇は第十代の崇《す》神《じん》天皇だといわれている。この人物は古事記では所知初国之御真木天皇、日本書紀では御肇国天皇と記述され、ハツクニシラススメラミコトと呼ばれている。「初めて国を治めた天皇」という意味だ。

多くの学者は、古代の日本では、少なくとも三つの王朝が交替しているだろうといっている。もし、大和朝廷につらなる政権が神武から始まっているのなら、崇神にこのような称号が与えられるはずはなく、複数王朝説は考古学的見地からも明らかだとしている。

また、古事記・日本書紀によると、神武天皇はたいへんな長寿だった。古事記では百三十七歳、日本書紀では百二十七歳とされている。神武天皇ばかりでなく、太古の天皇の治世はたいへん長い。太古の天皇は、八十歳、九十歳あるいは百歳以上の長寿だったということになってしまう。

これは、太古の紀年法を、聖徳太子の時代に作ったからだという説が一般的になっている。古事記・日本書紀の紀年法は、推古《すいこ》九年、つまり六〇一年を起点にして作られているというのだ。

推古九年は暦の上で辛酉《かのととり》の年に当たる。讖緯《しんい》説によると、辛酉の年は革命の年、刷新の年とされる。讖緯というのは、古代中国の暦学・占術学だ。この讖緯説では、六十年を一元という単位で考え、さらに二十一元を一蔀《ほう》と呼ぶ。そして、この一蔀が歴史の一サイクルと考えるのだ。

日本書紀の著作者は、推古九年から二十一元、つまり千二百六十年さかのぼった年を神武天皇の橿原《かしはら》での即位の年とした。つまりそれが日本建国の年となったのだ。これが、現在、最も一般的な歴史家の説だ。

紀年はこのように決めたが、一方で、神武天皇から推古天皇までは三十三代であるという系譜が古くから伝わっていたために、その双方を無理やり両立させようとした。天皇の在位期間がひどく長くなったのはそのせいだろうと、梅原猛は言っている。

さて、そのような神武天皇の記録の曖昧さによって、神武天皇徐福説も生まれてきた。

古事記によると、神倭伊波礼毗古命《カムヤマトイハレビコノミコト》つまり、後の神武天皇は、兄の五瀬命《イッセノミコト》と協議して、東征を決意し出陣する。日向《ひゅうが》を出発して、豊国《とよ》、筑紫《つくし》、阿岐《あき》、吉備《きび》を経て浪速《なみはや》を通り、やがて白肩津《しらかたのつ》に上陸した。

大和に入ろうとしたところ、登美能那賀須泥毗古《トミノナガスネビコ》の抵抗にあい、南へ迂回した。この那賀《ナガ》須泥毗古《スネビコ》は、日本書紀では長髄彦と記されている。登美はかつての奈良県生駒《いこま》郡富雄《とみお》村だといわれている。

この戦いで兄の五瀬命《イッセノミコト》は矢傷を負って死んだ。五瀬命が死んだのは紀伊においてだ。神武天皇は、紀国《きのくに》の男之水門《をのみなと》から迂回して熊野村に入った。ここで、荒ぶる神の化身である大熊と戦う。大熊の毒気で軍勢はひとり残らず正体を失ったが、高倉下《タカクラジ》という人物から献じられた太刀の霊力によって蘇ったのだった。

熊野における徐福伝説はきわめて多い。そのために、熊野に到着した徐福一行が神武天皇の伝説となったのだという説が生まれることになったのだ。

　衛挺生教授によれば、徐福は、始皇帝の命を受けて東海の蓬萊国、つまり日本を目指したのだという。それが『史記』に記されている紀元前二一九年のことだ。

　徐福は九州に到着し、しばらくとどまった。そこで、力をたくわえやがて日本全土を制覇するために、九州を発ち、瀬戸内海を通り、畿内へ向かった。衛挺生の説くこの徐福のコースは、神武東征のコースと同じだ。そして、衛挺生は、畿内に入ろうとした徐福が先住民の抵抗にあい、上陸を断念したと説明しているが、これも、神武が大和の那賀須泥毗古《ナガスネビコ》の反撃を受けて、南へ下り、紀伊から熊野に入ったという古事記の内容とまったく同じだ。

　徐福は、紀州熊野に上陸し、難所の山道を通り抜けて大和の敵軍を背後から攻撃した。そして、橿原において即位し、第一代の天皇となった。これが、衛挺生の説だ。

　神武東征の説話を徐福に置き替えただけのようだが、羅積穂は、一九七六年に「日本古代史与徐福」という論文を著し、衛挺生撰の『神武建国新考』『徐福与日本』を考察して、神武天皇と徐福は地理的にも時間的にも嚙《か》み合う点の多いことを指摘している。

　また、台湾の彭双松も、その著書『徐福研究』のなかで、徐福は実在したと言い切り、さらに、日本人の祖先はかつて中国大陸に住んでいたと述べ、徐福はすなわち神武天皇だと論を進めている。

　香港の林建同《りんけんどう》は『徐福』のなかで、日本の縄文時代から弥生時代への転換は、徐福が起因となっていると述べている。

「以上が、神武天皇徐福説のあらましですね」

辻助教授がどこか自慢げに言った。「いかがです。ご理解いただけましたかな？」

渡瀬はうなずいた。

「予備知識がなければ無理だったでしょうがね」

「けっこう」

「その話を、大木にしたことはありませんか？」

「え……」

辻助教授は、不意を衝かれたように、一瞬、まったく無防備な表情となった。だが、すぐに彼は用心深く首を横に振った。

「こういう話はしなかったように思いますね」

「一度も？」

「誰と会ってどんな話をしたかなんて、正確に覚えてやしませんよ」

このこたえは、もっともらしく聞こえるが実はおかしい。渡瀬はそう思った。彼は明らかにごまかしているのだ。

「神武天皇徐福説について、先生はどう思われるのですか？」

「先ほども言いました。中華思想が生んだ俗説だと思いますよ」

「熊野に徐福の伝説が数多く残っており、墓といわれる碑まであるというのはどういうことなのでしょう？」

「さあね……」

「そして、日本全国に徐福の伝説があり、あるところでは神社に神として祀られている——これはいったいなぜなのですか？」

「わからんよ」

「私たちは本気で知りたいのです。先生はおそらく徐福についてはかなり詳しく研究なさっている。今の話をうかがってそんな気がしました。私見でいいから教えていただけませんか？」

　辻助教授は迷っているようだった。彼は何かの理由で話すのをためらっているのだ。彼は自説を出ししぶるような人間ではなさそうだった。どちらかといえば目立ちたがり屋で、そういう人間は、機会があるごとに、自分の説なり発見なりを話したがるはずだ。

「日本が中国文化圏の仲間入りをするきっかけが徐福なんじゃないですか？」

　沖田が言った。

　辻助教授は奇妙な表情で沖田の顔を見た。猿が言葉を発したのを見るような眼をしている。つまり、沖田の質問はなかなか鋭いものであり、彼は渡瀬や沖田をそれだけ低く見ていたことを意味している。

「どうしてそう思うのです？」

学生に質問するような口調で、辻助教授は沖田に尋ねた。沖田はしばしば見せる、肩をすぼめる仕草をしてから、いつもと変わらない軽い口調でこたえた。

「縄文時代から弥生時代に移行するきっかけが徐福だって、ええと……、香港の学者さんだっけ？　そういう説を発表したと言ったでしょう？　それでぴんときたんですよ。徐福が始皇帝に三神山の話をして航海に出たのは紀元前三世紀のことでしょう？　ちょうど、そのころ、縄文時代から弥生時代に移行するでしょう。弥生時代は稲作を始めとする農耕によってもたらされたって、中学校で習うじゃないですか。誰かが稲作を日本に持ってきたわけでしょう。考えてみれば、米作りというのは、種籾《たねもみ》を持ってくるだけじゃだめなわけですよ。技術といっしょじゃなきゃ……。当時、日本は狩猟採集の民族しか住んでいなかった。そういう連中がすぐに稲作に飛びつくとは思えませんよ。生活様式から宗教・哲学まで違うわけですから……。まずは、その土地で誰かが稲作を始めなけりゃならない。そして、子孫を増やし、勢力を増して、先住民族と習合するなり支配するなりしていかなければ文化というのは変わらない。先住民と無理やり混血していくとかね……」

沖田は渡瀬のほうを見た。渡瀬の理解度を計っているようだった。渡瀬はうなずいて、沖田のあとに続いて言った。

「その当時、まとまった人数が渡ってきたと考えていいでしょうね。『史記』にあった、徐福とその連れである童男女たち、そして百工《ひゃっこう》……。これはかなりの人数であるし、百工というのはあらゆる技術者だから農業技術者も含まれていたでしょう。『史記』には、秦始皇本紀、封禅書、淮南・衡山列伝の三箇所に徐福渡航の記述がありますが、童男女を多勢連れて出発したことは共通しています」

そして、沖田が言った。

「確か倭の奴《ぬ》国が漢に朝貢したのが一世紀半ば……、五七年のことでしたか。邪馬台国の卑弥呼の中国の朝貢が三世紀――『魏志倭人伝』にそう書かれてあるんですよね。つまり、そのころになると、日本はもう中国文化圏のなかの一部と考えてもいいんじゃないですか？　朝鮮半島もひっくるめてね。中国と日本のこうしたやりとりはどこに始まったのか……。僕はそう考えたとき、徐福を無視できないと思うんですがね……」

辻助教授は実に複雑な表情をした。沖田と渡瀬が言ったことが、辻助教授にとって、おおいに刺激になったのは明らかだった。相手の攻撃をくらい、ガードを忘れて反撃しようとするボクサーのような感じだった。

辻助教授は沖田に言った。

「たいしたイマジネーションだね。縄文時代から弥生時代に移行する時代の考察には、そこらの学者よりリアリティーがありましたよ」

「実際に国造りをやってるもんでね……」

「何だって？」

「いや、こっちのことですよ」

辻助教授は、明らかに知的な興奮状態にあるようだった。沖田の冗談をまったく気にした様子はない。『蓬莱』のことをいったのだとは気づいていないのかもしれなかった。彼は言った。

「伝説のすべてが、徐福本人のものとは限らない」

「え……？」

渡瀬は思わず聞き返していた。

「例えば、私がかりに徐福の部下あるいは先遣隊《せんけんたい》の兵士や使者だとする。見知らぬ土地で先住民に会う。そのとき、どう名乗るだろう。突然、辻鷹彦だ、とは名乗らないと思う。おそらく、徐福の使いの者で、名は辻鷹彦、こういう名乗りかたをするだろう。あるいは秦の国始皇帝の命を受けた、徐福の使いとしてやってきた、というようなことまで言うかもしれない」

「なるほど……」

渡瀬はうなずいた。「東征をするのは徐福本人でなくてもいいわけですね。徐福の命令で遠征した人間は、その土地に徐福の名を残しても不思議はない……」

「熊野に徐福がやってきたというのも、もしかしたら本当かもしれません。富士まで行ったかもしれない。しかし、徐福伝説は日本海側の京都府伊根町や、秋田の男鹿市、青森の小泊村にまで分布している。とても本人が足を伸ばしたとは思えない」

「しかし、徐福に関係した渡来人が当地を訪れた可能性はあると……？」

「否定できないかもしれないね。富士の北麓にはそうした伝承が多いことは説明したが、このあたりには徐福ゆかりの地といわれる黄県《こう》の萊山《らい》とまったく同じ薬草が生えているそうだ。土地の人は『だすま』と呼んで傷薬にしているが、日本ではこの草を薬にするのはこの土地の人々だけらしい。黄県の萊山ではまったく同じ草を仙草驢《センサオルイ》と呼んでいるそうだ」

「ほう……」

「そして、山中湖西岸からは『秦』の字の石でできた印章が出てきたことがある。河口湖には波多《はた》屋敷というのがあり、これは渡来した秦氏の首領が居を構えた屋敷跡といわれている。富士北麓には、羽《はね》に田んぼと書いて羽田《はた》と読む姓が多いという。富士吉田市だけで四百軒を数える大姓で、これも秦氏と関係があると指摘する者もいる」

「中国文献にもそういう記述があると言いましたね？」

「『義楚六帖』です。徐福は富士に永住して、子孫は秦氏を名乗ったと書かれています」

「でもひとつ疑問があるんですよ」

沖田が言った。

「何ですか？」

「当時の航海の技術で二千人だの四千人だのという人数を運べたのですかね？」

辻助教授はしてやったりという表情になった。

「中国航海学会の最近の調査によると、紀元前七七〇年から紀元前四〇三年の春秋時代には、すでに越《えつ》の国で八千人の兵員を三百艘の船に分乗させて山東半島に派遣したという事実があったそうです。徐福の時代よりはるか昔の話です。そして、秦漢の時代は大航海時代だったといわれています。徐福は方士だったので航海で最も重要な方位を知ることには長けていたに違いありません。また、古代には潮流による五つのルートがあったといわれ、このいずれかに乗れば中国から日本への渡航はそれほど困難ではなかったとされています。一九四四年に、浙江《せっこう》省の寧波《ニンポー》からジャンクが一隻、日本に向けて出航しました。このジャンクは海流を利用してわずか二十数時間で佐賀の唐津《からつ》に到着したのです」

「なるほど……」

沖田がうなずいた。「僕のなかの徐福像がだいぶ変化してきましたよ」

突然、辻助教授は、はっとした表情になった。彼はそわそわし始め、時計を見た。明らかにしゃべり過ぎたのを後悔しているようだった。彼は言った。

「申し訳ないが、このあとにも来客があるんだ」

渡瀬はうなずいた。

「また、うかがうかもしれません」

辻助教授はおざなりに返事をした。ふたりが入ってきたときと同様に蒼ざめて見えた。何をおびえているのだろう、渡瀬はふとそう思った。確かに辻助教授はおびえているようにしか見えなかった。

渡瀬は理由をあれこれ考えながら沖田とともに研究室をあとにした。

19

安積警部補が、辻助教授の研究室のドアをノックしたのは、渡瀬と沖田が去った十五分後のことだった。なかから辻助教授の返事が聞こえた。

「ちょっと、待ってください」

安積警部補と須田部長刑事、黒木の三人はそう言われてから一分もドアのまえで待たなければならなかった。こういうときの一分間というのはたいへん長く感じられる。

ドアが開いて、辻助教授が言った。

「失礼。電話をかけていた最中だったもので……」

「かまいません。ご用はもうお済みですか？」

「ええ……。どうぞ、おはいりください」

安積警部補は渡瀬と違い、刑事として、先入観をなくす訓練ができている。しかし、やはり、辻助教授のたいへんさっぱりとした身なりを意外に思った。東大の助教授というのは、もっとずっと地味な人種だと思っていたのだ。

安積警部補は、辻助教授の身なりからいくつかのことを読み取った。

まず、経済的にある程度恵まれていることがわかった。アイビーリーグに代表されるトラッドファッションの流行の波は幾度となく訪れているが、安積が着るものに関心を持つような年頃にも、その何度目かの流行があった。彼が警察学校に入学したころのことだ。だから、彼は辻助教授の身につけているものが、なかなか金のかかったものであることを理解した。

神経質なほどにきちっと刈っている髪は、他人の眼を常に意識していることを意味している。特に女性の眼を意識している。女性と話をするより、文献にうもれているほうがいいというタイプではない。彼の人生には、研究生活とは違った一種の華やかさが必要なはずだった。

そして、安積は辻助教授から強い緊張を感じ取った。絶えず手を動かしていたし、眼の動きも落ち着かない。目を見開きがちだった。

これは、珍しいことではないという言いかたもできる。たいていの一般人は、刑事の訪問を受けると緊張する。別に悪いことをしていなくても、警察官の訪問というのは緊張を強いるものなのだ。質問されると、記憶を探るうちにしどろもどろになる人間もいる。

だが、安積は辻助教授の緊張状態に不自然なものを感じた。彼は、ふたりの部下もそうだろうかと、そっと須田と黒木を見た。

須田は両側の壁面をぎっしり埋めつくしている書物を感心したふうに眺めていたし、黒木はルーズリーフのノートを開いてメモを取る用意をしていた。

安積警部補は、すすめられた椅子を、辻助教授に対して真正面を向くようにずらしてすわった。尋問のテクニックのひとつだ。ふたりの人間が向き合うのは、心理学的には戦いの姿勢といわれている。相手に最もプレッシャーをかけやすい位置関係なのだ。

机の向こうにすわった辻助教授は、少し斜めを向いている。無意識のうちに、攻撃をそらそうとしているように見えた。

「お忙しいところ、申し訳ありません。大木守さんをご存じですね」

安積は切り出した。こういう場合、気候の挨拶などする必要はないし、世間話も不要だ。

「ええ……」

「電話で申し上げたとおり、私たちは、大木守さんの死亡について調べておりまして、そのことで話をうかがいたいのです」

「事故だったのでしょう？」

「その可能性が一番強いと思われていました。しかし、他の可能性も無視できないもので……」

安積は故意に曖昧な言いかたをした。尋問するときは、相手に考えさせなくてはいけない。

「他の可能性……？」

辻助教授は物問いたげな態度でそう聞き返した。安積は彼の疑問にはこたえようとしなかった。

「そうです。質問するのはどちらなのか、はっきりさせておかねばならない。

「そうです。大木守さんとは、いつどのようにお知り合いになられたのですか？」

「さあ……。はっきりと覚えていないですね……」

渡瀬と沖田が相手のときはそのこたえで済んだ。しかし、今度はそういうわけにはいかなかった。安積は言った。

「思い出してください。それほど昔のことではないでしょう」

辻助教授は明らかにうろたえていた。彼はそれを必死に隠そうとしている。そのために不自然な余裕のようなものを感じさせた。彼は笑おうとしたのだ。だが、あまりうまくいかなかった。何か隠そうとする人間、あるいは嘘をつこうとしている人間に特有のぎこちなさが見て取れた。

「知人が、さまざまなジャンルの人間と知り合うためのパーティーを月に一回、企画しています。大木さんとは、そのパーティーで知り合ったんじゃなかったかな……。ああ、思い出しました。そうです。間違いありません」

「パーティーの企画をされているのは誰です？」

「森川《もりかわ》という人です。『デキシーズ』というレストランチェーンのオーナーで、レストランの宣伝を兼ねて、パーティーを開いているのです。半ば道楽みたいなものですけどね……。若い人たちは、新しい異性の友人を見つけるのが目的でパーティーにやってきたりします」

このパーティーの話をするうちに、辻助教授は落ち着いてきた。こういうパーティーは実在するのだろうと安積は思った。辻助教授はそのパーティーの常連なのかもしれない。大木守も出席したことがあるのだろう。ふたりがそのパーティーで顔を合わせたことがあるのは確かなようだ。ただ、ふたりがそのパーティーで知り合ったかどうかはわからない。

安積は、ちらりと黒木を見た。黒木は几帳面《きちょうめん》にメモを取り続けている。言われなくても黒木は今の話の裏を取るはずだった。黒木はそういう男だ。

安積は辻助教授に眼を戻した。

「その後、大木さんとは何度か会われていますね」

「会ってますよ。話をしていて退屈しない人だった」

「主にどんな話をなさいました？」

「いろいろですよ。飲み友だちみたいなものですからね……」

「仕事の話はなさいましたか？」

「したかもしれません」

「仕事の内容について、かなり突っ込んだ話をなさったようなことは？」

辻助教授は、嘲笑とも取れる笑いを浮かべた。今度の笑いはなかなか様《さま》になっていた。彼は本来の余裕を取り戻しつつあるようだった。

「学問の世界の話をしても退屈されるだけですよ」

「大木さんのお仕事の話はどうです？」

「ゲーム作りですか？　僕のほうがあまり興味がありませんからね……」

「大木さんは、仕事について悩んでいるというようなことはおっしゃってませんでしたか？」

「ええ……。そういえば、ゲームの世界は競争が激しくて気が安まる暇がないというようなことを言っていました」

辻助教授は、安積が投げた餌に少しだけ反応した。安積は、大木の死が自殺の可能性もあるとほのめかしたのだ。辻助教授は、大木が自殺と思われると、何か都合のいいことがあるのかもしれなかった。

「私生活はどんな具合だったのでしょう？」

「どんな……？」

「例えば、金に困っていたとか、女性関係がうまくいっていなかったとか、家庭でもめごとがあったとか……」

「あったかもしれませんね。彼は生活が派手でしたから……」

「そうした話をはっきりと大木さんからお聞きになったことはありますか？」

「ぐち程度のことはね……」

安積は、矢継ぎ早に質問をするという尋問のテクニックのひとつを使っていた。相手に嘘を考える暇を与えず、しかも追い込まれるような気分にさせるテクニックだ。

大木が私生活や仕事で悩んでいたという話はこれまで聞いたことがなかった。目黒署でも、そういうことは調べたはずだった。須田や黒木も訊いて回っている。にもかかわらずそうした話は一切なかった。辻助教授は、何かの理由で、大木の死が自殺であったような印象を与えようとしている気がした。

「最後に大木さんと会われたのはいつですか？」

「覚えてませんね……」

「思い出してください。予定表や手帳があれば見てもかまいません」

辻助教授は手帳の類を見ようとはしなかった。一瞬、不快そうな表情を見せ、そのあと記憶をまさぐるような顔つきをした。

「ええと……。確か二週間ほど前でしたね……。金曜日だったと思います」

安積は須田を見た。須田は仏像のような半眼だった。眠そうに見える。だが実はそうではなく、彼は考えているのだ。聞き込みで得た情報と辻助教授の言っていることを頭のなかで照らし合わせて検討しているのだ。

安積は辻助教授に眼を戻して尋ねた。

「場所は?」

「六本木の飲み屋です。バンドが入って、ちょっとコミカルなショウを見せる店で……、名前は『イエロー・バード』」

「よく行かれる店なんですか?」

「たまにね……。大木さんとはそこで会うことが多かった。大木さん、ショウに出演するボーカルの女の子がお気に入りだったんです」

安積はもう一度須田を見た。須田も安積のほうを見た。彼はうなずいた。いずれも、かすかな動きだった。専門家の意思の疎通だ。須田は、外で得た情報と辻の話がいちおう一致していることを認めたのだ。

「そのとき、どんな話をなさいました?」

「くだらん話ですよ。うちの女子大生がどうの、映画がどうのというような……」

安積はそこで質問攻勢の手をゆるめた。長い間を取ったのだ。こういう間が、尋問の相手を不安にさせるのも計算の上だった。安積は辻助教授が落ち着かなくなるのを待った。

やがて、辻助教授は沈黙に耐えかねるように言った。

「まだ、何か訊きたいことがあるんですか？」

安積はさらに間を取った。そして、おもむろに言った。

「『蓬萊』というのをご存じですか？」

「もちろん。中国の神仙思想にまつわる伝説のひとつです。仙人の住むとされている聖山のひとつですよ」

「私が言っているのは、コンピュータゲームのことです」

「ああ……」

辻助教授は言った。「大木さんが作ったというゲームね……」

「どういう内容のゲームかご存じですか？」

「知りません。興味はありませんよ」

「先生のご専門は？」

「古代東アジアの文化流通ですよ」

「『蓬萊』は、どうやら先生のご専門と関係があるらしい。上古の日本に、何者かが上陸して、そこで国を造っていくゲームなんだそうです」

「ほう……」

「どうです、興味が湧きましたか？」

「いや。ゲームはゲームだ」

「ここにいる須田は、なかなかのコンピュータマニアでして、『蓬莱』をやったことがあるそうなのです。彼に言わせると、『蓬莱』は単なるゲームの域を超えているらしい」

「とてもリアルなんですよ」

須田は言った。「よくできてるんです。日本が舞台だとはまったく説明されていません。でも、あのゲームの舞台は間違いなく縄文時代の日本だと思います」

「リアル？」

辻助教授は独特の他人を蔑《さげす》むような笑いを見せた。「あなたは、実際に縄文時代の日本を経験したことがあるのですか？」

「ありません」

須田は相手の皮肉には屈せず言った。「つまり、私が言いたいのは、情報が豊富だということです。ゲームの進行も実に現実的で、やってみると驚くほどですよ」

「そうですか？　でも、僕はコンピュータゲームなど楽しむ気はない」

安積が言った。

「大木さんは、『蓬莱』を作るに当たって、あなたに何か相談しませんでしたか？」

「いいえ」

辻助教授はあっさりと首を振った。

「それは妙ですね」

「どうして？」

「あなたは、おそらく『蓬萊』の世界の専門家だ。せっかくそんな知り合いがいるのに、相談しないというのはちょっと不自然じゃないですか？」

「僕に相談して相談料や監修料を取られたらかなわないと考えたのかもしれない……」

「そういうことは、ゲーム作りの世界ではよくあるのですよ」

須田が言った。「ゲームというのは、漫画なんかを題材にして作られることがよくあるんです。そういうときは著作権に関する契約を結んでちゃんと金を払うんです」

「何が言いたいんです？」

「ゲームを作る会社が、相談料や監修料を渋るはずがないんですよ」

辻助教授はひるまなかった。

「そうかね？　だが、大木さんは、僕に何も訊かなかった」

安積が言った。

「このゲームは、さまざまなトラブルに対処していく手腕も必要ですが、最初の主人公の設定が大切なのだそうです。須田に聞いた話なのですがね……。その人物は、さまざまなものを上陸時に持ち込むことができる。あなたなら、どんな人物を想定しますか？」

「さあ……。わからんね……」

「専門家として考えていただけませんか？」

「私はコンピュータゲームの専門家ではありません」

「いいえ、歴史の専門家として……」

「いいかげんにしてください」

辻助教授はうんざりといった表情をしてみせた。「何です、あなたがたといい、大木さんの会社の人たちといい、『蓬萊』というゲームがこの僕に何の関係があるというのです」

「大木さんの会社の人たち……？」

「あなたがたが来るまえに、ここへ来ていたんですよ」

辻助教授は、名刺を取り出して見た。「渡瀬という人です。その人にも言いましたがね、大木さんが『蓬萊』を作ったことと、僕とは何の関係もないんです」

辻助教授は興奮し始めていた。それが演技かどうか、安積にはわからなかった。怒りの演技をしているうちに、本当に腹が立ってきたのかもしれなかった。よくあることだ。

今日は、これ以上ここにいても何も聞き出せないかもしれない、と安積は思った。彼は須田と黒木を順に見た。何か質問はあるか、という意味だった。ふたりとも小さく首を横に振った。

安積は辻助教授に言った。

「今日はこれで失礼します。またうかがうかもしれません。大木さんのことで何か思い出すことがあったら、連絡をください」

安積は立ち上がり、内ポケットから名刺を出した。それを辻助教授の机の上に置いた。

辻助教授は何も言わなかったし、名刺を受け取ろうともしなかった。

部屋を出ようとするとき、須田が言った。

「先生。『蓬莱』、やってみるといいですよ。きっと、専門家ほど夢中になると思います」


車に戻ると、安積は助手席の須田に尋ねた。

「どう思う？」

「言ってることが不自然ですよね？」

「嘘をついていると思うか？」

「少なくとも何か隠さなきゃならないようでしたね」

安積は須田のこの言いかたが気になった。

「隠さなきゃならない……？」

「あ、隠そうとしていると言うべきですかね、チョウさん。でもね、俺、感じたんですよ。あの助教授、隠すことを強制されてるんじゃないかって……」

「根拠は？」

「恐怖ですよ」

「恐怖……？」

「そう。あの人、何かにおびえています。そう感じませんでしたか？」

「罪がばれて罰を受けることを恐れている場合もある。たいていの犯罪者がそうだ」

「チョウさん。そういうのとは違うんですよ」

須田は、からかわれていると思ったのか、苦笑しながら言った。

安積は、須田が言ったのと同じようなことを感じていた。辻助教授のおびえかたは犯罪者のものとは少し違う気がした。だが、確かに彼はおびえていた。部屋に彼らが入るまえに、辻助教授は電話をかけていたといったが、それと何か関係あるかもしれない――安積は、突然、そう思った。

「それにしても……」

黒木が言った。「『ワタセ・ワークス』の渡瀬社長は、何のために辻助教授に会いになんか行ったんでしょうね？」

「そうだな……」

安積は言った。「本人に訊いてみなけりゃならんかもしれない」

20

渡瀬と沖田が会社に戻ったのは午後七時ころだった。村井と舞は、まだ仕事をしていた。村井の残業はいつものことだが、舞が残っていたので渡瀬は少しばかり驚いた。

「まだいたのか?」

「ええ。あたし、きょうから、ちょっとばかり立場が変わりましたから……」

「プログラマーの仲間入りか……。庶務の娘《こ》を探さなくちゃならんかな?」

沖田がコンピュータに向かって仕事を始めた。渡瀬は社長室でたまっている書類仕事を片づけにかかった。いろいろなことがあった一日だった。ひどく疲れている。頭のなかは多少混乱していた。

考えなくてはならないことがたくさんあった。経営者としては、まず銀行のことを何とかしなければならなかった。銀行が手を引くとなると、とにかく一時しのぎでもいいから新しい資金繰りが必要だ。

『蓬萊』の発売をあきらめれば、銀行は今までどおり融資その他の取り引きをしてくれるだろう。しかし、『蓬莱』をあきらめたときの売り上げの損失は、『ワタセ・ワークス』のような弱小制作会社には致命的なのは明白だった。

そして、別の意味で、『蓬莱』をあきらめてはいけないという気持ちが強かった。それは、渡瀬のこれまでの、そしてこれからの生きかたに関わる問題のような気がした。

（とにかく、前向きに考えなくては……）

渡瀬は思った。不運や不幸は弱気につけこんでくるのだ。それは渡瀬が経営者として学んだことのひとつだった。社員たちは、渡瀬を信じているからこそ、今も、黙々と働き続けているのだ。

渡瀬が空腹を覚えて、社長室ブースを出たのは、一時間ほど経ってからだった。三人の社員はまだコンピュータのディスプレイを見つめ、キーを叩いている。村井は真夜中まで仕事を続けることも珍しくはない。

「腹が減ったな」

渡瀬が言った。「何か取らないか？」

「やだね」

沖田がディスプレイをのぞき込んだまま言った。「店屋物はごめんだ。僕は片をつけてから、外へ食いに行くよ」

どうやらあとのふたりも同じ意見のようだった。

「では、それまで待つとするか」

結局、四人が会社を出たのは九時過ぎだった。村井も今日のところは切り上げることにしたらしい。近所の大衆酒場で一杯やりながら食事をした。

沖田はあまり酒を飲まない。舞は飲むと陽気になる。村井はけっこう飲むのだが、酒が入ってもほとんど変わらない。

適度に酒が入ると、渡瀬は無性《むしょう》に河岸《かし》を変えて飲みたくなった。

「沖田、もう一軒付き合わないか？」

「いや、帰ってやりたいことがある」

「付き合いの悪いやつだ」

「徐福のイメージが変わったんでね、ちょっと『蓬萊』で試してみたいんだ」

「一度試してだめだったんだろう？」

「だからさ、間違ってたんだよ、僕が考えていた徐福は。新しいデータを打ち込んでみる」

渡瀬は興味をそそられた。

「うちに来ていっしょにやらないか？」

「いやだ。こういうテストはひとりでやることにしてるんだ」

「おまえはそういうやつだよ」

「そうだよ」

「ね、渡瀬さん。あたし、付き合いましょうか？」

舞が言った。

「マイちゃんが……？」

「たまにはいいでしょ？」

「女性とは飲みたくないときもあるんだよ。特に疲れているときはね……。時間を気にしなきゃならないし、会話の内容にも気を使わなきゃならない。帰りは送っていかなければならないし……」

「あたしを女だと思わなければいいでしょう。だいじょうぶ、気は使わせませんから」

「いっしょに行けば？」

沖田が言った。渡瀬は村井に尋ねた。

「おまえさん、どうする？」

「俺は帰りますよ。明日も早いしね」

つれない男たちだ、と渡瀬は思った。結局、舞とふたりで飲みに行くことにした。店を出ると、渡瀬と舞はタクシーを拾い乃木坂に向かった。

『サムタイム』はいつも同様すいていた。渡瀬は舞とともにカウンターの席にすわった。バーテンダーの坂本健造は、いつもと変わらず物静かに渡瀬を迎えた。渡瀬はブッシュミルズをオンザロックで注文し、舞は、ウォッカベースで果汁の入ったカクテルを、と頼んだ。

舞は、辻助教授の話の内容を聞きたがった。渡瀬は覚えている限り正確に説明した。年号や書物の名前はほとんど覚えていなかったが、徐福についてはかなり詳しく説明することができた。

「沖田さんは、その新しい知識をもとに、『蓬萊』をやり直してみると言ったんですね」

「そうだ」

「渡瀬さんはお酒なんか飲んでいていいんですか？」

「一晩中飲み明かそうというわけじゃない。軽く一杯やったら引き上げるよ」

『サムタイム』は居心地がよかった。渡瀬はようやく脳髄の疲れが少しほぐれていくような気がした。

いい気分になりかけたころ、四日まえと同じことが起こった。ドアが開き、猫背気味の貧相な男と巨漢が現れた。『平成改国会議』——七塚組の小田島と大谷だった。

渡瀬はたちまち嫌な気分になった。四日前の恐怖がよみがえり、そしてまた、これから起こることに恐怖を感じた。

バーテンダーの坂本はグラスを拭く手を止めた。若いほうのバーテンダーが、心配そうに坂本のほうを見た。渡瀬も坂本を見ていた。

坂本は、また、あの夜のような鋭い眼をしていた。普段は決して客に見せない眼つきだ。

彼は戸口に立ったふたりのヤクザを見すえている。

四日まえの夜とまったく同じく、小田島と大谷は渡瀬のうしろへやってきて立ち止まった。あの夜と決定的に違うのは、舞がいることだった。舞を守らなくてはならない。渡瀬は咄嗟《とっさ》にそう思っていた。

小田島が言った。

「渡瀬さん……。私ら、困ってるんだ。あんたが忠告を守ってくれないんでね」

渡瀬は怒りと恐怖を同時に感じていた。彼は振り返って小田島の顔を見た。ひどく不気味な感じがした。色のついた眼鏡の奥の眼が底光りしている。寒々とした眼だ。その顔を見るだけでぞっとした。ヤクザの顔を真正面から見たことなどなかった。

しかし、渡瀬は眼をそらそうとしなかった。彼は言った。

「物事はそう簡単にはいかない。忠告されただけで重要な商品計画を中止するわけにはいかないんだ。私にだって責任はある」

小田島は心底困り果てたという表情を見せた。

「ちょっと、外で話をしましょう」

小田島が言い、巨漢の大谷が渡瀬の二の腕をつかんだ。

「話ならここでできるでしょう」

バーテンダーの坂本が言った。静かな声だった。「お客さんは、まだお飲みになっている最中だ」

小田島は、振り返り、坂本の全身をなめ回すように睨みつけた。しかし、そのヤクザ特有の眼つきも坂本には通じないようだった。

「いいんだ、坂本さん」

渡瀬は言った。「話を聞いてくる」

渡瀬は、とにかくヤクザどもを舞から引き離さなければならないと思った。そして、話をすれば、それだけ、手がかりが増えるかもしれないと考えていた。もしかしたら、本郷征太郎がまたやってきているかもしれないと思った。今度は声を聞くだけではなく顔を見てやろうと思っていた。

ヤクザたちは、『サムタイム』を出ると、すぐに渡瀬を人気のないビルの裏手に連れて行った。渡瀬の予想に反して、近くに黒いメルセデスはなかった。小田島と大谷のほかは誰もいない。そして、小田島と大谷の行動も渡瀬の予想に反していた。渡瀬は考えが甘かったと思った。

大谷が、いきなり渡瀬の腹を膝で蹴り上げた。

渡瀬は、腹を蹴られたにもかかわらず、顔面を殴られたときのように、目のまえがまばゆく光るのを感じた。

ショックのせいだった。

鳩尾《みぞおち》の太陽神経叢を強打されると、全身にひどいショックが広がる。さらに、そのショックは横隔膜を痙攣《けいれん》させ、一時的に呼吸を止める。

ひどい苦しみに、渡瀬はあえいだ。

その苦しみが去らないうちに、新たな一撃が加えられた。右側のあばらの下から、えぐるように殴られたのだ。

肝臓に対する打撃だった。打たれたショックが重だるい痛みに変わっていく。

渡瀬は膝に力が入らなくなった。ずるずると崩れ落ちそうになる。

大谷は、渡瀬の襟を両手でつかんで引きずり上げた。大谷は、そのまま、額の髪の生え際のあたりを、渡瀬の顔面に叩き込んだ。

今度は、さきほどよりはるかに強い光が見えた。上下左右がわからなくなるほどのショックだった。

腰が浮いていくような感じがする。地面が傾いていく。だが、実際に傾いているのは、彼の体のほうだった。

ひとつのダメージがおさまりかけると、また別なところにダメージを与える。それは効果的ないたぶりかただった。痛みを続けざまに与えているとやがて少しずつ麻痺してくるものなのだ。

一定の間を置いて殴られたり打たれたりしたほうが、やられる側は絶望的な気分になる。

暴力の専門家でなければこれほど冷静に他人を痛めつけることはできない。

大谷に襟をつかまれていなければ、渡瀬は倒れていただろう。顔面のショックが去ると、鼻頭がじんとしびれていた。鼻の上に何か大きなものがかぶさっているような感じがする。不意に鼻のあなから何かがしたたった。風邪をひいたときの鼻水のような感じだった。

それがぽたぽたと流れ落ちてワイシャツに染みを作った。鼻血が出ているのだ。大谷の頭突きは巧妙で、正確に鼻血を出すだけにとどめていた。

頭突きというのはたいへん強力で、接近したときは、相手がどんな人間でも充分な威力を発揮してくれる。喧嘩の経験があまりない者が頭突きをすると、たやすく相手の鼻梁《びりょう》や歯を折ってしまう。大谷は、力をうまくセーブしているのだ。

血を流すと、普通の人は一気に気分が萎《な》えてしまう。大谷はその効果を狙ったのだ。渡瀬は自分の血がワイシャツや地面に染みを作るのを見て、大谷の計算どおり、ひどく弱気になっていた。

鼻のダメージがおさまりかけると、大谷は右手を離して拳を握り、肝臓と対称の位置、つまり、左側の肋骨の際のあたりを、下から突き上げた。脾臓《ひぞう》を狙ったのだ。

これもひどい痛みだった。

渡瀬は衝撃のために、目と口を大きく開いていた。

小田島はそばに立ち、ズボンのポケットに両手を差し込んで、ひっそりと大谷の仕事を見つめていた。

脾臓を打たれた苦しみがようやく少しおさまるのを待ち、小田島は言った。

「渡瀬さん。忠告は守ったほうがいい。でなきゃ、私ら、こういうことを今後も続けなけりゃならない」

渡瀬はがっくりと首を垂れていた。鼻血が地面に落ちた。彼は、インクかペンキのようなその地面の染みを見つめていた。首を垂れたままで言った。

「冗談じゃない……」

小田島は、駄々っ子《だだこ》を見る親のような表情をして言った。

「そういうことを、私ら相手に言っちゃいけません」

大谷が、平手で渡瀬の顔を張った。ひどく大きな音がして、渡瀬はその音にもショックを受けた。また、一瞬、視界がゆらいだ。頬がじんじんとしびれてきた。

小田島が言った。

「これが私らの警告ですよ、渡瀬さん。警告を聞き入れてくれないと、私ら、もっと思い切った手を打たなけりゃならなくなる」

渡瀬は言った。

「大木のような目にあうと言いたいのだな？」

小田島は否定しなかった。

「私らにとって人を殺すのは簡単なことです。電車のホームでちょっと強く背中を押してやるだけでいいんです。あるいは、盗んだ車でどん……。私らにしてみれば、人の命は、あなたたちが思っているほど重たいものではないんです」

説得するような静かな口調だった。「ねえ、わかりますか？　渡瀬さん」

その柔らかな説得のあとで、大谷が一撃を加える。それがひとつのパターンだった。これはたいへん効果的だ。ある意味で犬のしつけにも似ている。抗《あらが》う気が失せていくのだ。

小田島の言葉が終わると、大谷がまた拳を握った。今度は、鳩尾《みぞおち》にアッパーカットを打ち込もうとしている。大谷の肘がたたまれ、右肩が下がった。渡瀬は、衝撃を予想して身を固くした。無駄だとわかっているが、そうせずにはいられなかった。反射的な反応だ。

だが、その一撃はやってこなかった。

バーテンダーの坂本が大谷の肘を上からおさえていた。

坂本がいつそこにやってきたのか渡瀬にはわからなかった。ふたりのヤクザも気づかなかったようだ。

大谷は、はっと坂本の顔を見て、腕を振りほどこうとした。しかし、片手でおさえているだけに見える坂本の手は外れなかった。

小田島が不快そうに眉をひそめた。

「これは、私らの問題なんですよ」

小田島があいかわらず静かな声で、坂本に向かって言った。「余計なことをしちゃいけないね……」

坂本は、小田島を無視するように、渡瀬に言った。

「何があったのか知りませんがね、人間、誰だってこんな目にあういわれはないんですよ」

「ひっこんでなよ」

大谷が言う。

坂本は平気で大谷を突き飛ばした。大谷は坂本よりはるかに巨漢だ。だが、坂本の一撃で大谷はよろよろとあとずさった。おかげで渡瀬は自由になった。

その渡瀬を引き寄せると、坂本はハンカチを手渡した。そして、ふたりのヤクザに言った。

「この人は、うちの大切な客なんですよ」

小田島が言った。

「困ったもんだ……。あんたのような人がいると、私ら、見せしめにしなけりゃいけない……。でなけりゃ、私らの商売も上がったりなんでね……」

大谷が前に出ようと身構えた。

渡瀬は、ハンカチを鼻に当てたまま、恐怖と苦痛にあえぎながら言った。

「坂本さん。俺はヤクザがおそろしい。あんなやつらに歯向かうのは、自殺するのと同じだと思ってる」

大きく息を吸った。「だが、俺は戦いたい」

坂本は牽制するようにふたりのヤクザを見すえたままうなずいた。

「渡瀬さん。ヤクザは確かにおそろしい。だが、大部分は幻想なんです。本気になりゃ、人間、そんなに違わんもんです」

「俺は喧嘩などやったことがない。どうすりゃいいんだ？」

「力いっぱい殴るんです。どこに当たろうがかまいやしない。とにかく、殴るんですよ。それでいい」

大谷が前に出てきた。一歩、二歩と大きく間を詰めてくる。

前進する勢いを利用して右腕を大きくスウィングさせた。ロングフックだった。

大谷はリーチが長くウエイトもある。このロングフックはおそろしい威力を持っていそうだった。

大谷のパンチは、正確に坂本の顔面を狙っていた。大柄でもなく、たくましくも見えない坂本がそのパンチをくらったら、ひとたまりもなさそうだった。

しかし、体勢を大きく崩したのは大谷のほうだった。

右の拳が空振りした。そのとたん、大谷はがくんと腰をうしろに引き、尻餅《しりもち》をついた。渡瀬は何が起きたのかわからなかった。

大谷は左の膝をおさえてうめいている。そのすぐそばに坂本が立っている。ただ立っているように見えるが、大谷が反撃をしたらすぐさま一撃を加えようとしているようだ。

坂本は、大谷が突っ込んできたとき、うしろへは退がらなかった。むしろ、一歩前へ出ていた。

出ながら、着地した瞬間の大谷の左膝を踏みつけるように蹴り下ろしたのだ。攻撃をしている瞬間というのは、実はたいへん無防備な状態にある。

見るからにおそろしい巨漢を、坂本はたった一撃で、それもごく小さな動作で倒してしまった。

それを見て渡瀬は奮い立った。

彼は血が熱くなるのを感じた。血がたぎるというのはこういうことか、と思った。一時的に殴られた痛みが遠のいた。鼻血も止まっていた。

渡瀬は知らなかったが、それがアドレナリンの効果だった。

大谷は立ち上がろうとしてもう一度崩れ落ちた。膝に激痛が走ったようだ。

「折れちゃいまいよ」

坂本が言った。「だが、たぶん靭帯《じんたい》をいためた。病院へ行くんだな」

小田島が無言で、坂本に近づいていった。何かを話しかけるために近づくような自然さだった。

だが、その状態から、いきなり切れのいいジャブを出した。空気を切る音が聞こえた。拳は見えないほど速かった。

坂本は、肩を上げて、そのジャブをブロックしていた。よけることもさばくこともできない。ブロックするのが精一杯のようだった。しかし、パンチを食らわなかったことは確かだ。

渡瀬の血の熱さは臨界点に達した。彼は叫びたいような衝動を感じて、小田島に向かって突っ込んでいた。

21

小田島は振り返りざまに、左のジャブを出した。後ろに眼があるような正確さだった。

そのジャブが渡瀬の左側の頰骨に当たった。小田島は、続いて右のフックを出そうとしていた。ワンツーのコンビネーションだ。

渡瀬はジャブを食らったとたん、膝の力が抜けるのを感じた。その場に崩れ落ちそうになる。

しかし、そのとき、彼は、すでに右の肩口からパンチのスウィングを開始していた。坂本に言われたとおり、ただ力いっぱい拳を振ったのだ。

それがかえってよかった。膝が崩れながらも、渡瀬はパンチを振り切ることができた。その拳が小田島の顔面をとらえた。

小田島は、右のフックを出そうとしていたところだったので、反応が遅れた。渡瀬は、拳がひどく固いものに当たったのを感じた。

人の顔面を殴るとそう感じるものだ。拳が皮膚の下にある頬骨や歯、あるいは額などにぶつかる感じなのだ。渡瀬にとっては初めての体験だった。

その拳の痛みが、胸の底のほうに、どす黒い快感をもたらした。叫び出したい衝動がさらに強まった。

小田島は、くるりとうしろを向き、たたらを踏んだ。

渡瀬はその小田島に詰め寄り、もう一度、力まかせにパンチを叩き込んだ。

空を切った。

小田島は、見事なダッキングを披露《ひろう》したのだ。渡瀬は、パンチが空を切ったと思った瞬間、顔面に二発、胃のあたりに一発、衝撃を感じた。

小田島の反撃だった。すばらしい速さで、その三発は、ほぼ同時に感じられた。

しかし、渡瀬はひるまなかった。

おびえきっているときとは、同じパンチでも、まったく違って感じられた。耐えられるのだ。全身にアドレナリンがゆきわたり、痛みに対する耐性ができている。

さらに、心理的な要因が大きかった。恐怖がダメージを助長するのだ。向かっていく気持ちが強いほどダメージが小さく感じられる。

渡瀬は、自分でも訳のわからない言葉をわめきながら、もう一度肩口からパンチを振り出した。

それは、格闘技のパンチというより、むしろ、野球のピッチングフォームのようだった。かえってそれがよかった。ピッチングフォームのような、振り下ろすパンチは、当たれば破壊力がきわめて大きいのだ。

小田島は、スウェイバックで渡瀬のパンチをやりすごした。パンチが空振りして、渡瀬は体勢を崩した。その脇腹に、小田島がアッパーカットを打ち込んできた。下から突き上げるようなパンチだ。

一瞬息が詰まった。

小田島のパンチは再び脾臓に決まっていた。正確な一撃だ。しかし、またしても渡瀬は耐えることができた。

渡瀬は、小田島の顔だけがアップになったように感じていた。他のものは眼に入らない。特に、小田島の目がクローズアップされている。

さきほどまで冷やかに底光りしていた眼。それが今はぎらぎらと光っている。きわめて凶悪な感じがした。殺気に満ちた眼だ。

しかし、渡瀬はひるまなかった。恐怖を感じない。

今、彼は、純粋な怒りを感じていた。彼自身は怒りだと思っていた。だが、それは怒りではなかったかもしれない。戦うときに誰でもが感じる単純な激情といったほうがいいだろう。

殴られることの恐怖、殴ることの快感、それらが交差して、血を熱くさせている。

眼がぎらぎら光る小田島の顔面めがけて、とにかく力いっぱい拳を突き出す。小田島はそれを難なくかわし、かわしざまに、正確なパンチを突き入れてくる。それを繰り返した。

しかし、渡瀬はひるまなかった。とにかく思いきりパンチを繰り出しながら前へ出る。そのパンチがたまに、小田島の肩口や腕に当たる。

渡瀬はブロックされたのだと思っていた。腕や肩にパンチをいくらぶち込んでも何にもならないという思い込みがあったのだ。それは、ボクシングの試合を見たり、プロレス中継を見たりして培われた知識だった。

しかし、今、彼はグローブをつけているわけではなく、相手はプロレスラーのように毎日体を鍛え抜いているわけでもない。

小田島の動きが鈍ってきたのに渡瀬は気づいていなかった。筋肉にダメージが蓄積しているのだ。ひどくこわばったような感じになり、うまく動かなくなってくる。

生身の体を殴れば、それがどこであろうが効果がある。殴られれば痛いのだ。

渡瀬は、大きく肩で息をしていた。胸が痛むほどだった。喧嘩がこれほど疲れるものとは知らなかった。しかし、彼は、拳を振り続けていた。血中のアドレナリンがそれを可能にしている。

彼はうまく、左右の攻撃を使い分けることなどできない。ひたすら、右のパンチを、思いきり相手に叩きつけようとするだけだ。

それでも充分に役に立ち始めていた。いまや、渡瀬の顔はひどいありさまだった。頬骨を殴られたせいで、下目蓋がかぶさってきていた。視界が狭まり、ひどくうっとうしかった。唇が切れて血が出ていたし、上の目蓋も腫れてきていた。

だが、渡瀬は引かなかった。すでに、足はふらつき始めている。

もうどのくらい殴られたかわからない。全身は汗でずぶ濡れだし、息が切れていた。しかし、小田島も決して無傷ではなかった。

渡瀬のパンチが何度か当たっている。そしてまた、大振りの渡瀬のパンチが小田島の顔面をとらえた。

小田島はよろよろとあとずさった。彼の眼は、今や闇のなかでぎらぎら光って見えた。彼も肩で息をしている。

彼は、財布でも取り出すように手慣れた仕草で右手を懐に入れ、さっと抜き出した。その右手が九寸五分の匕首《あいくち》を握っていた。

ズボンのベルトに匕首を差し込んであったのだ。刃物か銃は、彼らの仕事の正式な道具だ。

闇のなかで青白く光る凶悪な短刀を見て、たちまち渡瀬は凍りつくような思いがした。渡瀬はぐいと押しのけられるのを感じた。

坂本が渡瀬のまえに出た。

彼は、匕首を持った小田島を見すえて言った。

「素人相手に光り物を抜くとは、極道も地に落ちたもんだね……」

「極道はなめられちゃおしまいなんだよ」

「あんたみたいなヤクザもんは、素人になめられて当然だよ」

「魚の餌になるんだ。今のうち、好きなことをほざいてろ」

小田島は、匕首を順手に持っている。切りつけることも、突いてくることも可能だ。しかも、彼は、刃物の扱いに充分熟練しているに違いない。

渡瀬は声も出せなかった。ヤクザと殴り合ったことを後悔しかけた。だが、そのとき、坂本が言った。

「渡瀬さん。相手が素手だろうが、刃物を持ってようが、大切なのは、最初の一瞬です」

「野郎！　ふざけるな！」

小田島が一歩踏み出しながら、匕首で突いてきた。まっすぐ突いたと思ったら、すぐさま匕首を逆袈裟《ぎゃくげさ》に切り上げた。一撃目で腹を狙い、すぐさま頸動脈と気管を狙ったのだ。

坂本は言ったとおりのことをした。

小田島が突いてくるその瞬間に、彼も飛び込んでいた。

渡瀬は、あっと思った。間違いなく刺されたと思ったのだ。

しかし、匕首の切っ先は坂本の体からはそれていた。

匕首が逆袈裟に振り上げられたと同時に、鈍い、いやな音が聞こえた。小さな音だったが、渡瀬はそれをはっきりと聞いた。

続いてくぐもったうめき声が聞こえた。小田島の声だった。

小田島は、地面にひっくりかえり、口を大きく開いてもがいていた。膝を両手でおさえている。匕首は地面に放り出していた。膝が奇妙な角度にねじれている。

坂本は、大きく肩で息をしながら、苦悶する小田島を見下ろしていたが、やがて、落ちていた匕首を拾い上げて、渡瀬のそばに戻ってきた。

大谷は、まだ尻餅をついたままだった。

渡瀬は坂本が、大谷を倒したのと、まったく同じ手を使ったのに気づいた。相手が出てくる瞬間、相手の膝を踏み下ろすように蹴りつけたのだ。

「こういうときは、手加減などできません」

どこか悲しそうに、坂本は言った。

「くそったれ！」

大谷が、しゃにむに立ち上がった。足を引きずりながら坂本につかみかかろうとした。

坂本は、少しもあわてた様子も見せず、手にした匕首を、さっと差し出した。その匕首が正確に大谷の首筋にあてがわれた。刃が皮膚のなかに押し込まれている。そのまま引けばざっくりと切れる状態だ。単なる威しであてがっただけとは違うことが、渡瀬にもわかった。

パトカーのサイレンが聞こえてきたのは、そのときだった。

「やっときたか……」

大谷に匕首を押しつけたままで、坂本が言った。

渡瀬はまず唾を呑み込もうとした。だが、口のなかがからからでうまくいかなかった。喉の粘膜が一瞬貼り付いたようになり、咳込んでしまった。

咳がおさまり、渡瀬は言った。

「警察を呼んでいたのか？」

「そうするのが一番だと考えたんです。いけませんでしたか？」

「いや……」

渡瀬は言った。「何となく、あんたは警察など抜きで問題を解決しようとするような気がしたんだ」

「こういう連中を相手にするんなら、もう警察に頼るしか手はありませんよ」

パトカーのサイレンが近づいてきて、やがて止んだ。『サムタイム』の前の表通りにパトカーが止まったのがわかる。ややあって、小走りの靴音が聞こえてきた。

そのときまで、坂本は匕首をずっと大谷の首に押しつけていた。

靴音が近づいてくると、坂本はさっと匕首を引っこめた。大谷の全身から力が抜けた。大谷はそのまま地面に膝をついてすわり込んでしまった。坂本は、匕首を放り出した。

靴音は警官のものだった。ふたりの制服警官がやってきた。赤坂署の警らのふたりで、ひとりは巡査部長だった。

巡査部長は、状況が予想よりはるかにやっかいであることを見て取ったようだった。彼は巡査に、すぐ救急車を呼ぶようにと命じた。巡査はそのとき、携帯無線を持っておらず、パトカーまで駆け足で戻っていった。

じきに、パトカーがもう一台やってきた。巡査部長は、地面に落ちていた匕首に注目し、この騒ぎが単なる喧嘩以上のものだと判断した。彼は、大谷に手錠をかけた。

彼は、大谷を別の警官にまかせパトカーに連れて行かせた。それから、渡瀬の顔を調べた。

「あんたも病院へ行ったほうがいい」

渡瀬の興奮状態はまだ続いていた。殴り合いをやったあと、人はいつもより強気になる。

「いや、どうってことない」

「その唇は縫わなきゃだめだよ。唇ってのは切るとやっかいなんだ。粘膜で、弱いわりにはよく動くところなんでな……」

渡瀬はそんなことは知らなかった。唇のことを言われたとたん、体のあちらこちらの痛みを意識した。喧嘩で殴り合った痛みというのは、終わったあとでやってくるのだということを、渡瀬は初めて知った。

いくつになっても学ぶことはあるものだと彼は思った。特に右手の拳はひどいありさまだった。皮がむけて血がにじんでいたし、すでに紫色に腫れ上がっている。

腹のあたり全体が重だるく、全身の筋肉がかちかちにこわばっていた。どこもかしこも打ち身で痛かった。

坂本は、警官のひとりに腕をつかまれてやはりパトカーのほうに連れて行かれた。救急車を呼びに行った警官が戻ってきて、倒れたままの小田島に、しきりに何かを質問している。

小田島は、一切口をきこうとしなかった。

あいつは失態を演じたことになるのだな、と渡瀬は思った。七塚組では、こうした警察沙汰を決して喜ばないはずだ。本郷征太郎にしてみればなおさらだ。小田島はもっとスマートに事を運ばねばならなかったはずだ。

巡査部長が言った。

「どういういきさつでこういう刃物沙汰になったわけですか？」

彼は任務を忠実に果たそうとしていた。渡瀬は、複雑な事情を考えなければならなかった。ひょっとしたら、小田島の失態は同時に渡瀬の失態でもあったのかもしれない――彼はふとそう思った。

彼は、こうした出来事を、安積警部補に話しておかなければならないと思った。七塚組や本郷征太郎が手を回してしまう可能性があったからだ。

渡瀬は言った。

「神南署の安積警部補に連絡を取ってくれないか」

この一言は誤解されることになった。巡査部長は、急に態度を硬化させた。

「あんた、警察をなめるんじゃないよ」

「何だって？」

「警察に親しい人間がいるからって、何でも便宜《べんぎ》を図ってもらえると思ってる人がいる。駐車違反だの飲酒運転だのといったことを揉み消してもらおうとするわけだ。私はそういうことには目をつぶらないよ。いいかね、これはれっきとした刑事事件だ。傷害ならびに殺人未遂だ。そして、赤坂署管内で起きた事件だ。神南署に連絡する必要などない。わかったか」

巡査部長は、渡瀬を犯罪者のように扱い始めた。

「刑事事件だというのはわかる。だが、そうならば、私たちは被害者ということになる」

巡査部長は、渡瀬の背広の襟をつかんで、ぐいと引いた。小田島や大谷とあまり変わらない態度で凄《すご》んだ。

「結果としては傷害および殺人未遂ということになったが、はじまりは喧嘩だろう。喧嘩ってのは昔から両成敗と相場が決まってんだよ。見ろよ」

巡査部長は、さらに渡瀬の背広の襟を引いて、倒れている小田島のほうに向かって顎をしゃくった。

「あの人は、膝を折っちまってる。全治二ヵ月くらいの大けがだ。あんたも大きなことは言えないんだよ」

巡査部長は、突き飛ばすようにして襟から手を離した。「名前、住所、年齢、勤務先を言うんだ」

これまでの渡瀬だったら、気圧《けお》されてしまい、巡査部長の言葉に従順に従ったかもしれない。だが、今夜の経験で、確かに渡瀬は変わった。自分でもそれがわかった。彼は言った。

「誤解しているようだな。言い直す。今夜のこの出来事は突発的なものじゃない。彼らは以前から私と私の会社を威していた。そして、彼らが、私の会社の社員のひとりを殺したのではないかと私は思っている。神南署の安積警部補は、その件を捜査中のはずだ」

渡瀬は一気にそこまでしゃべり、相手がちゃんと話を聞いていたかどうか様子を見た。巡査部長の表情は変わらない。だが少なくとも巡査部長は何も言い返さなかった。渡瀬は続けて言った。「だから、安積警部補に連絡を取ってくれと言ったんだ。相手のふたり組が何者かも知っている。『平成改国会議』という暴力団の組員だ。名前は小田島と大谷。さあ、どうするかはあんたの判断次第だ。ついでに、もうひとつ言っておく。あんたの態度はとても民主的とはいえない。私はそういう扱いには今後黙っていないことに決めたんだ。そういうわけで、弁護士を呼んでもらいたい。滝川という名だ。電話番号は……」

巡査部長は、片手を上げて渡瀬を制した。

「じゃあ、あんたは、これが殺人事件に関係しているといいたいのか？」

「殺人事件かもしれない事件に関係していることは確かだ」

巡査部長は、ちょっとの間考えてから言った。

「まあ、治療をしてから、また話を聞くよ」

それから、彼は若い巡査のほうを向いて言った。「おい、そっちと代わろう」

若い巡査は小田島から話を聞き出そうというむなしい努力を続けていた。彼はさっと立ち上がって、渡瀬たちのほうへやってきた。入れ替わるように巡査部長が立ち去ろうとする。

渡瀬は念を押すように言った。

「安積警部補と滝川弁護士」

巡査部長は何もこたえなかった。

渡瀬は、今夜、またひとつ学んだ。警察官というのは決して謝まらないものだということを知ったのだ。

「渡瀬さん!」

舞が渡瀬の顔を見て、飛び出すほどに目を大きくして叫んだ。渡瀬はそれほどにひどい恰好をしているのだと、ようやく気づいた。目蓋は腫れ、鼻血やら唇を切った血やらで、ワイシャツは血だらけだ。おそらく、目のまわりにはあざができているだろう。

「だいじょうぶだ」

渡瀬は言った。だが、舞はショックのため泣き出していた。渡瀬は意外に思った。舞は気《き》丈《じょう》な娘だと思っていたのだ。

「あたし、渡瀬さんに何かあったらどうしようかと……」

あとは言葉にならなかった。

渡瀬は、舞の肩をやさしく叩いた。こういう類の出来事は、人間関係までも変化させることがあるようだ。——彼はそう思っていた。

二台の救急車と前後して、警察のバンが到着した。略式の出動服を着た警官と刑事がやってきて、現場の捜査を始めた。殺人未遂ともなると、後々の公判のことを考え、証拠となりそうなものをかき集めておかなければならないのだ。

渡瀬は救急車で病院に運ばれた。舞が付き添うといってきかないので、来てもらうことにした。もしかして、小田島と同じ救急車に乗せられるのではないかと心配したが、そんなことはなく、別々の救急車で病院まで運ばれた。病院でも小田島の姿は見なかった。

坂本の姿も見ていない。警官が現場に駆けつけてからこれまで、坂本と口をきくチャンスはまったくなかった。事件の当事者というのはひとりひとりばらばらにされるものなのだと渡瀬は思った。

治療が終わると、例の巡査部長がまた話を聞きに来るものと思っていた。しかし、三十分ほど待たされた後に、渡瀬と舞のまえに現れたのは、安積警部補だった。

22

「話は赤坂署の連中から聞きました」

安積警部補は言った。「無茶をやったもんです」

安積にそう言われると、渡瀬は素直に反省する気持ちになった。安積には、そういう不思議な人間的魅力がある。

渡瀬は、照れを感じながら言った。

「なりゆきでこうなっちまったんです」

「相手がどういう連中か知っているのに？」

「いたぶられるのはもうたくさんだったんですよ。彼らは、今夜も、私が酒を飲んでいるところにやってきた。ああいう場合、どうすればいいんです？　ただ黙って殴られていればいいんですか？　私はもうごめんだ。困ったことが起こったとき、常にすぐ近くに警官がいるわけじゃない。駆けつけた警官は私を犯罪者のように扱うし……」

「残念なことに、私たち警察官は、一般市民は皆犯罪者と同じであると教えられます。一般市民と犯罪者との違いは、犯罪を実行したかどうかという点だけなのです。それが、現場の刑事政策というものです」

渡瀬はその言葉を聞いて驚いた。内容に驚いたのではない。現職の警察官がそういうことを語った事実に驚いたのだ。

安積はさらに言った。

「自力で戦わねばならない。あなたはそう感じたわけですね？」

「正直言って、ひとりならそうは思わなかったかもしれませんね。バーテンの坂本さんが助けてくれたのです」

「小田島は膝を折っている。大谷も膝の筋を傷めています。ふたりをやったのは坂本という男ですね」

「小田島がドスを抜いたのですよ。『こういう場合は手加減などできない』——坂本さんはそう言いました」

安積はうなずいた。

舞が安積に尋ねた。

「あの……、社長はどうなるのでしょう？」

「今夜の件で、という意味でなら、別にどうということはない。あとで必要な書類に目を通してもらい、拇印をいただければお帰りいただいてけっこうです」

「今後は……？　ヤクザと喧嘩しちゃったわけでしょう？」

安積がこたえるまえに、渡瀬が言った。

「私は軽率なことをしてしまったのでしょうか？」

「軽率なこと？」

「刑事さんたちの捜査にマイナスになるような……」

安積はかぶりを振った。

「われわれの捜査がどう進んでいようと、あなたがヤクザに殴られるのを耐え続ける必要はありません。今夜のことで、実のところ、われわれの方針もはっきりとしました」

「どういうふうに？」

「どうやら七塚組とうしろで糸を引いている人間と、一網打尽《いちもうだじん》というわけにはいかないようです。私たちは、その黒幕の手足をもいでいく手段に出ます」

「まず、七塚組に対して手を打つというわけですか？」

安積の顔つきが、ふと警察官らしくなった。つまり冷ややかで秘密主義的な顔になったのだ。

「この先は申し上げられません。ただ、あなたの会社やあなた自身に、七塚組の直接的な圧力がかかるのを、できる限り阻止しますよ」

渡瀬は、滝川弁護士が言っていたことを思い出した。安積警部補は、やると言ったら、徹底的にやる男なのだ。渡瀬は何も言い返さず、何も訊かなかった。

安積が言った。

「もうひとつだけ、訊いておきたいことがあります」

「何です？」

「今日の午後、あなたは東大の辻鷹彦助教授をお訪ねになりましたね？」

渡瀬は、警察の捜査能力というのはたいしたものだ、と、半ば気味悪くなりながらこたえた。

「行きました」

「訪問の目的は何です？」

「『蓬萊』ですよ」

「『蓬莱』……？」

「大木と辻助教授が知り合いだということをひょんなことから知りましてね……」

「どういういきさつで？」

警察は、こういう曖昧な言いかたを許さないのだということを思い出した。

「ゲーマーという職業があるのをご存じですか？　いってみれば評論家のようなものです。以前から、大木と付き合いのあった、梶岡というゲーマーが今日社を訪ねてきて、話をしているうちに、そういう話題が出たのです」

「それで……？」

「辻助教授というのは、歴史学者です。以前、わが社の沖田が言ったことがありますね。『蓬莱』を作るには、数学と歴史の専門家が必要だ、と。まあ、沖田というのは、われわれが考えもつかないようなことを言い出すことがあるので、話半分に聞いていたような節もあるのですが……」

「われわれ……？」

「その……、一般的な意味です。私も含めた普通の人間……。自分の会社の人間をつかまえて、こういうのも変ですが、沖田は間違いなく天才だと私は思っています」

安積は無言でうなずき、話の先をうながした。

「……でも、沖田の言ったことが本当だったのかもしれないと私は思い始めたのです。大木の身近に、実際に歴史学者がいた、ということになりますからね。それで、私と沖田のふたりで訪ねることにしたのです」

「なぜ？」

「私と沖田は『蓬莱』に何か秘密が隠されているのではないかと考えているのです。本郷征太郎が『蓬莱』の発売を妨害する理由は、『蓬莱』そのものにある、と……」

「それで、何かわかりましたか？」

「辻助教授は、自分は『蓬莱』とは何の関係もないと言っていました。ただ……」

「ただ……？」

「いや……、これは、警察のかたにはあまり興味のない話でしょうから……」

「私たちは興味のあるなしでお話をうかがうのではありません。どんな話からどんな事実が浮かび上がるかは誰にもわからないのです」

渡瀬はその一言で話す気になった。

「社を訪ねてきたゲーマーの梶岡という男は、『蓬莱』が徐福伝説を題材にして作られたのではないかと考えていました。そして、うちの沖田も同じことを考えていたのです。それで、私たちは、辻助教授に徐福のことを尋ねてみました。徐福については、ご存じですか？」

「秦の始皇帝をだまして不老不死の薬を求めて航海に出た。まあ、それくらいのことは……」

渡瀬は、余分な説明は不要だと判断した。その程度の知識でも充分話は理解してもらえるはずだった。

「辻助教授は、徐福などには興味はないし、徐福のことを大木に話したことはないと言いました。でも、その言いかたが、あまりにきっぱりしていて、かえって、奇妙な印象を受けたのです。私と沖田はさりげなく徐福という人物について掘り下げようとしました。辻助教授は、たいへん詳しく教えてくれました。私の印象では、辻助教授が徐福に興味がないというのは嘘でしたね。彼は人一倍、徐福のことを知っている。少なくとも、真剣に徐福のことを調べた一時期があるような気がします。となると、不自然な気がするんですよ」

「不自然……？」

「『蓬萊』は確かに徐福の時代を舞台にしたゲームです。国を造るという発想も、徐福に通じるものがあります。一方、辻助教授は歴史、特に東アジアの古代史が専門で徐福のことにも詳しい。ふたりは確かに付き合っていたのです。なのに、辻助教授は大木と徐福について話し合ったことなどないと言い切る……」

安積は話を聞くだけで、何もコメントを発しなかった。

渡瀬は話を続けるしかなかった。

「沖田は、かつて、『蓬萊』の主人公に徐福伝説どおりのデータを打ち込んだことがあったそうです。でも、その結果はあまりうまくいきませんでした。彼は、辻助教授から話を聞いて、徐福像そのものが間違っていたのだと言いました。彼は新しい――おそらくは正しい徐福像を作り上げ、そのデータで『蓬萊』を試してみると言っていました。今夜、おそらく、自宅で試しているでしょう。ひょっとしたら、『蓬萊』の秘密に一歩近づけるかもしれません」

「辻助教授にお会いになった甲斐《かい》があるというわけですね」

「結果が出れば、ですがね……」

安積警部補は、しばらく何事か考えていた。そこに、別の刑事がやってきた。安積とのやりとりで刑事とわかったのだが、そうでなければ、渡瀬はその男をヤクザだと思ったに違いなかった。

「紹介します。本庁捜査四課の前原部長刑事です」

安積が言った。「ご面倒でも、彼の質問にもこたえていただきたいのですが……」

「必要なら」

渡瀬は言った。

安積はうなずいた。彼は立ち去りかけて、ふと振り向き、言った。

「沖田さんの実験ですが……。よろしければ結果を知らせていただけますか?」

渡瀬はもう一度同じことを言った。

「必要なら」

今度の安積のうなずきかたは、さきほどより曖昧だった。

渡瀬は前原部長刑事に、今夜のいきさつを始めから話さねばならなかった。同じことを二度説明することになる。そこへ、弁護士の滝川がやってきた。彼はまったくあわてた様子もなく、いつもどおり堂々と歩み寄ってきた。

滝川は、ちょっと離れたところに立っていた舞にほほえみかけ、言葉を交したあと、渡瀬と前原部長刑事に近づいてきた。

「弁護士の滝川です」

滝川は、前原に向かって挑むような調子で言った。渡瀬は、そういう態度が滝川の立場上必要なことなのだと理解した。

「捜査四課の前原です」

前原部長刑事は負けずに、値踏みするような眼で滝川の上から下までを眺めながら言った。ヤクザ者がよくやる眼つきだった。

滝川は、渡瀬に向かって言った。

「あんたが俺に会いたがっているという電話を受けた」

渡瀬はまた反省するはめになった。

「現場に来た警官が、ちょっとばかり横暴な態度を取った。そのとき、俺は興奮状態で、あんたの名前を出しちまったというわけだ」

「俺はそんな用でこんな時間に呼び出されたのか」

言われて渡瀬は時計を見た。すでに十二時を回っている。

「すまない」

「まあいい。こういう場合、俺のような人間は役に立つことがあるもんだ」

「ふたりきりで話し合いたいことがあるかね？」

ふたりのやりとりをじっと辛抱するように見つめていた前原が言った。

滝川弁護士は首を横に振った。

「ただし、あなたが尋問する間、ここにいてかまわないかね？」

前原部長刑事は、もう一度値踏みするように滝川弁護士を見た。

「いいよ。何があったのか話を聞いているだけだ」

前原部長刑事は質問を再開した。質問の内容は出来事に関するきわめて一般的なものだった。彼にとっては、ヤクザが何を言い、何をやったかが最も大切なのだ。滝川も口をはさまなかった。

前原は、職業的な態度で渡瀬の話を聞いていたが、坂本健造の名前を聞いたときに、興味を露わにした。

「坂本健造という人だね、そのバーテン」

「ええ。間違いありません」

前原部長刑事は、睨むように渡瀬を見つめた。相手を威嚇するような眼差しだった。渡瀬は責められているような気分になったが、すぐにそうではなく、前原が何か考えているのだということに気づいた。

前原が言った。

「七塚組のふたりは、膝をけがしている……」

それは質問というより、自分で確認するような言いかただった。

渡瀬はうなずいた。

「そう。坂本さんがやったのです。でも、いずれも、相手がかかってきたときです。片方はドスを持っていたし……。身を守るためにやったことです」

前原が渡瀬から眼をそらし、滝川弁護士のほうをちらりと見た。滝川は職業意識を発揮して、じっと前原のほうを見ている。やがて前原はつぶやくように言った。

「ま、そうだろうな……」

前原は質問を再開した。渡瀬がすべてを話し終えると、あっさりと前原が言った。

「安積警部補に何か言うことはあるかい？　なけりゃ、帰っていいよ」

渡瀬は安堵すると同時に、拍子抜けするような気分になった。滝川を見ると、滝川は、小さくかぶりを振っている。どういう意味か渡瀬にはよくわからなかった。何も言わず、おとなしく引き上げろと言いたいのかもしれない。

渡瀬は前原に尋ねた。

「ヤクザと喧嘩をしたりすると、後々、面倒なんでしょう?」

「そう。おとなしくやられている分にゃ、いい。だが、万が一、ぶちのめしたりすると、女房子供、親兄弟にまで害が及ぶ。しかしな……」

前原はきっぱりと言った。「俺は安積警部補と相談して、七塚組を徹底的に叩く。あんたや、あんたの身内にゃ手を出させねえよ」

その言葉は確かに心強かったが、百パーセント信用すべきではない、と渡瀬は思った。当分の間、用心するに越したことはないのだ。相手は普通の人間ではない。社会の規範を全面的に否定し、自分の欲得と面子のためだけに行動する連中なのだ。

「わかりました」

渡瀬は言った。「でも、坂本さんはどうなんです? 店にいやがらせがあったりするんじゃないですか?」

前原は、ちょっと迷ったような様子を見せてから言った。

「坂本はだいじょうぶだよ」

前原は呼び捨てにした。

「知ってるんですか？」

「あんた、坂本と親しいんだね？」

「ええ。そして、今夜から、彼は私の恩人になったと言ってもいいでしょう」

「その言葉を信じて教えるんだが……。坂本は、かつては名の通った極道だった。地回りでな、広域暴力団の進出を、体を張って阻止しようとしていたひとりだ」

渡瀬は、その話を聞いてもあまり驚かなかった。坂本にはその話を裏付けるような雰囲気が確かにあった。そして、かつてヤクザだったことを知っても、彼に対してまったく嫌悪感を感じなかった。渡瀬にとって坂本は、あいかわらず、『サムタイム』の信頼すべきバーテンダーだった。

「その過去が、今回の件に悪い影響を及ぼしますか？」

渡瀬は尋ねた。

前原は、渡瀬を見ずに、天井のほうを眺めてあっけらかんとした調子で言った。

「ああ……、いや、そういうことはない」

「本当ですね？」

前原は渡瀬に視線を戻した。

「坂本はね、喧嘩の天才だった。どんな相手でも一撃でしとめた。得意だったのは膝折りだよ。武闘派は、やつに一目置いたもんだ。そういうわけで、若いはねっかえりは坂本のことを知らんが、今でもやつは幹部や親分クラスにゃ顔が利くこともあるんだ。むしろ、今回のことでは、俺たちが坂本に協力願うことがあるかもしれない」

渡瀬は、前原が信じられる人間かどうか見極めようとしていた。そして、信頼を裏切らずに済むくらいの実行力と組織内での力量があるのかどうかを考えた。安積と前原の関係はどうだったろう。そうしたことすべてを考えた上で、渡瀬は前原を信用することに決めた。

渡瀬は言った。

「今夜は坂本さんに会えませんか？」

前原は首を横に振った。

「会えないだろう。坂本にゃ、まだ訊くことがある」

渡瀬はうなずいた。前原は、渡瀬のまえから去って行った。坂本はおそらく赤坂署へ連れて行かれたのだろうと思った。前原は赤坂署へ向かうつもりなのだ。

渡瀬は舞に言った。

「すっかり遅くなったな」

「平気です。明日は土曜日ですし……」

原則的に『ワタセ・ワークス』は、土日が休みだった。舞は、土曜日を休日と心得ている。しかし、プログラマーたちにとっては、土曜も日曜もなかった。

渡瀬は言った。

「今日から立場が少し変わったと言ってたんじゃなかったか？」

「そうか。プログラマーは年中無休ですね」

「勘違いするな、強制しているわけじゃない」

渡瀬は滝川弁護士を見て言った。「休日出勤は社員の自主的な判断だ」

「知ったことか」

滝川は言った。「労使問題は専門じゃない」

渡瀬は舞に言った。

「送ろう」

「ついでに俺も送ってほしいね」

滝川が言った。「帰りのタクシーのなかで、どういういきさつになっているか、すべて話してほしい」

「それは、職務として？　それとも、個人的興味で？」

「そうだな……。両方だ」

23

舞は渋谷区笹塚《ささづか》に住んでおり、滝川は世田谷区成城《せいじょう》に住んでいる。渡瀬はタクシーを拾い、まず舞を送って行き、次に滝川を降ろして三軒茶屋へ戻ることにした。

車に乗ると、さっそく『蓬萊』を巡る出来事の一部始終を滝川に話した。運転手に聞かれてもさしさわりのないように、固有名詞には注意を払った。舞は、確認するように話を聞いている。

滝川は、黙って前を見つめたまま話を聞いていた。笹塚で舞がタクシーを降りると、滝川は言った。

「それで、あんたはマイちゃんや沖田くんを巻き込んで、危ない橋を渡ろうというわけだな」

「そういうことになるな」

「利口とはいえないな」

「意地で会社を危機に陥れているように聞こえるだろうな。経営者として、社会的な責任を果たしていないと思うか?」

「常識的にいうと、そうだね」

「銀行が無茶を言ってきた点についてはどうだ?」

「他にやりようはある。法的措置がいくらでもあるんだ。俺はそのためにいる」

「時間がかかり過ぎる。手続きをしているうちに、会社は倒産するよ」

「死ぬのと倒産とどっちがいい?」

渡瀬は運転手の様子を見た。運転手は何の反応も示さない。「死ぬ」という言葉を比喩と思って聞き流したようだ。もちろん、滝川は本来の意味で言ったのだ。滝川は、すでに大木の死が事故や自殺でなく、殺人だと信じているようだった。

「沖田が同じようなことを言っていた」

「あの人は賢い」

「だが、結局、あいつも俺の方針に同調してくれた」

「方針に同調……」

滝川は小さな目を丸くして、横眼で渡瀬を見た。

「ひかえ目な表現をしたんだよ。あいつも腹をくくったってことさ」

滝川は小さく溜め息をついた。

「殴られたところが痛むだろう? そんな目にあっても気持ちは変わらないのか?」

「あんたに、連中のことを初めて相談したとき、俺は確かにびびっていた。だが、今はまったく違う気分だ。今夜のほうが傷はずっとひどいのにな……。バーテンの坂本さんが言ったよ。どんな人間も必死になったときはそれほど違いはないもんだって。俺は反撃してみてよかったと思っている。やられているままじゃ何も変わりはしない」

「あんたが歯向かおうとしている相手はでか過ぎるよ」

「だが、弱点があるはずだ」

「『蓬萊』か？」

「そう。やつは、『蓬萊』が発売されると困るわけだ。『蓬萊』の秘密が俺たちの切り札になるはずだ」

「そううまくいくかね？」

「やらなきゃならないと俺は思う」

滝川は考え込んでしまった。渡瀬もそれ以上話そうとはしなかった。タクシーは成城に近づきつつあった。自宅が近づくと、滝川は言った。

「俺が何を言っても気は変わらんようだな……」

「たぶんね……」

「社会の良識からすると、とても認められん話だ」

「法律の専門家としては当然の意見だな」

「だが、俺も、社会の良識なんぞくそくらえと思うことがある」

「ああ……？」

「法は何のためにあると思う？　社会のシステムを維持するためだという学者もいる。だがね、俺はあくまで正しい人間を守るためにあるんだと信じたい。おっと……、おまえさんの蒼臭さがうつっちまったかな……」

「何が言いたい？」

「あんたの言葉を借りれば、俺も沖田くんみたいに腹をくくったってことさ」

渡瀬は驚き、言葉を呑み込んだ。

滝川は言った。

「そうだな……。俺にできることといったら、これまでに培《つちか》ったこの顔を生かして、警察との連携をスムーズにすることかな……。警察というところは、なかなか面倒なところだ。付き合いかたにもコツがいる」

タクシーが自宅のそばまできて、滝川は止めてくれるように運転手に言った。滝川は、降りるときに言った。

「いいか、これからはいっそう慎重に行動するんだ。勝負に負けないためにはそれが必要だ」

滝川は車を降りると、さっさと歩き去った。渡瀬が何か言う暇を与えまいとしているようだった。

タクシーが走り出すと、渡瀬はある種の思いに胸を満たされていた。殴り合っていたときとはちょっと違う血の熱さを感じた。

戦おうとしない者に味方はできない。渡瀬はそのことをしみじみと感じていた。

沖田に任せっきりにしておくわけにもいくまい。渡瀬はそう思って、帰宅すると、さっそくパソコンの電源を入れ、『蓬萊』を立ち上げた。

人物設定の画面を呼び出し、沖田が言っていた「学者」のウインドウを開け、そこを検討した。確かにそのウインドウをゲームプレイヤーとして開いたのは初めてだった。沖田の記憶はまったく正確だった。

学者のウインドウのなかには、十一の選択肢があり、そのうちふたつを選択することができる。つまり、何を専門とした学者かを設定することができるのだ。

その十一の選択肢というのは、土木・工学系、呪術・医学系、錬金・化学系、占術・天文系、兵法・政策系、思想・哲学系、語学・文学系、算術・数学系、記録・歴史系、地誌・地理系、博物・理学系となっている。

沖田は、呪術・医学系と占術・天文系のふたつを選んだといっていた。だが、それはうまくいかなかったのだ。徐福は方士だった。方士というものがどういう存在か、渡瀬はよく知らなかったが、沖田と話し合ったことや、辻助教授から聞いた話で、おぼろげながらイメージがつかめてていた。

そのイメージにそって、どれとどれを組み合わせようかと考えていた渡瀬は、ひとつ重大なことを思い出した。思わず彼は声を上げていた。

パソコン用の『蓬莱』を、スーパーファミコン版に作り直す際に、いくつかの手直しを行っていた。デザインなどの他に、プログラムも一部変更した。その際に、大木は、ウインドウをひとつけずると言い出したのだ。その部分のプログラムは、大木自身が手がけたはずだった。

今、思えば、大木がけずったのは、この学者の項のウインドウだった。大木は、この部分をけずる理由として、『蓬莱』を、より一般ユーザー向けにするためだと言った。人物設定にあまり手間取っていては、プレイヤーはうんざりしてしまう。ゲームプレイヤーというのは、一刻も早くゲームを始めたいのだ――それが大木の主張だった。もともと『蓬莱』は大木が作ったものだったし、誰も反論しなかった。渡瀬はそのときの会議の模様まで ありありと思い出した。

これまで思い出さずにいたのは、それがたいしたことだとは思わなかったからだ。『蓬莱』の面白さをそこなうものだとも考えなかった。だいいち、人物設定に「学者」という項目が必要かどうかも疑わしいと思っていたのだ。国を造る人物が学者とは考えにくい。

しかし、『蓬莱』が、徐福を描いたゲームだとしたら、「学者」という項目はたいへん重要になってくるはずだった。

渡瀬は時計を見た。午前二時を過ぎている。こんな時刻に電話をするのは非常識だと思った。しかし、沖田に電話せずにはいられなかった。

電話をすると、すぐに沖田本人が出た。渡瀬はほっとして言った。

「こんな時刻にすまんが、重大なことを思い出してな……」

「かまわないよ。まだ起きてたから」

「おまえさん、パソコン版『蓬莱』からスーパーファミコン用『蓬莱』のマスターにリメイクしたときのことを覚えているか？」

「学者のウインドウをけずっちまったことだろ？」

沖田はあっさりと言ってのけた。

「気づいていたのか……」

「ああ。でも、そのことの本当の重要性に気づいたのは今夜のことだ」

「俺もそうだ。スーパーファミコン用『蓬莱』では、徐福のキャラクターを選択肢のなかから選び出そうとしてもできない」

「それが、実は逆なんだよ」

「逆……？」

「パソコン版『蓬萊』では、徐福のキャラクターを充分に表現できない」

「なぜだ？」

「学者のウインドウのなかから選べる選択肢はふたつだけだ。僕は呪術・医学系と占術・天文系を選んだ。だけどね、調べてみたら、方士というのは、医者でもあり天文学者でもあり化学者でもあり、物理学者でもあったわけだ。さらに、方位によって建て物の建て方や村の造りかたまでを考えた土木技術者でもあったそうだ。中国では今でも町を造るときに風水士に竜の通り道を見てもらうといわれているけど、方士というのはそういう仕事もしていたんだな。わかるかい？　パソコン版『蓬萊』のすべての選択肢が方士にあてはまるんだ」

「ふたつだけじゃ不足だというわけだな」

「スーパーファミコン版で学者のウインドウを消すとき、大木は、十一の選択肢をすべてパラレルにしてつなげた」

「つまり、スーパーファミコン版で学者の項を選択すると、自動的に十一の選択肢すべての条件が与えられるということだな……」

「そう。つまり、スーパーファミコン版では、学者イコール方士ということになっているんだ。方士というのは、いうまでもなく徐福のことだろうね」

「どうやら……」

渡瀬は考えながら言った。「大木が考えていたのは、人物設定の簡素化だけではないようだな……」

「そう。パソコン版『蓬萊』には、つまり、最大の攻略法が封じられていたわけだ。ゲーマーや僕たちが苦労するはずだよね」

「大木はスーパーファミコン用『蓬萊』でいわば正解を付け加えた……」

「それで考えたんだけどね……」

「何だ？」

「やっぱり、『蓬萊』には何か元になったソフトがあるね。そいつは、ゲームなんかじゃなく、本格的なシミュレーションソフトだ。大木ひとりじゃとても作れないような……」

「なぜそう思う？」

「あんたが言った正解を、大木は知っていたからさ。なぜか、パソコン版『蓬萊』のときは、その正解を絶対に選べないようにプログラムしていた。そして、スーパーファミコン対応の『蓬萊』でそれを復活させた」

「なぜ復活させたんだろう」

「攻略法のないゲームはヒットしないと思ったのかもしれない。だけどね、むしろ、僕は、どうしてパソコン版のときに、わざと正解を封じていたのか、ということのほうが気になるね」

渡瀬は、その言葉を吟味した。その結果、何も言わないことにした。

「おまえは、パソコン版でやってるんだろ？　つまり、徐福のキャラクターは打ち込めないわけだ」

「今、スーパーファミコン用のマスターのコピーでやってるよ。立ち上げに時間食っちまって、こんな時間になったけど……」

「コピーなんて持ち帰っていたのか？」

「制作者の特権だろ？」

「そいつで、学者を選択したわけだな？」

「そう。そして、持ち込みアイテムでは、男女を同じ比率にし、農業、土木、その他の技術を同行者に与えた。おかげで、人数は半分に減らさなきゃならなかった。目的は、宝探しではなく、開拓にした。おそらく徐福はそのつもりだったろうからね」

「開拓……？」

「僕が思うに、徐福というのは、始皇帝の圧政を逃がれて、新天地で理想郷を作ろうと考えていたに違いないんだ。童男女大勢と百工を連れて出航したんだ。そういう目的だったとしか思えない」

『蓬莱』には、その他年齢や性別などいくつかの設定項目があるが、それについては尋ねなかった。沖田のことだから、抜かりはあるまいと判断したのだ。

「それで、具合はどうなんだ？」

「五十年の壁なんて、あっという間だよ。国はどんどん繁栄している」

「明日は会社に出てくるか?」

「ああ」

「そのときに、また詳しく教えてくれ」

「セーブして持って行くよ」

渡瀬は電話を切った。興奮してとても眠る気分ではなかった。

しかし、けがというのはひどく体力を奪うものだ。ベッドに倒れたとたん、動けなくなった。痛みと疲労感が体のなかで交差している。渡瀬は服も脱がずに眠りに落ちた。

24

土曜日の朝、安積が署にやってくると、待ち構えていたように須田と黒木が駆け寄ってきた。何かよくないことが起こったのだ。安積にはそれがすぐにわかった。

「どうした?」

安積が尋ねると、須田がこたえた。

「辻助教授が死亡しました」

　刑事の日常は悪い知らせの連続だ。いちいち驚いたり落ち込んだりしていては身がもたない。だが、さすがにこの知らせにはショックを受けた。

　須田が説明した。

「津田沼《つだぬま》にある自宅近くの路上で轢き逃げにあったんです。病院に運ばれたんですが、けさ早くに亡くなったそうです」

　須田と黒木は、じっと安積の言葉を待った。ふたりの眼は、この轢き逃げ事件をどう思うか、と問うていた。

「轢き逃げした車は発見されたのか？」

「近くの路上に乗り捨てられていました。盗難車だったそうです」

「犯人は？」

「千葉県警と津田沼署が捜査中ですが、まだ……」

「こいつは偶然だと思うか？」

　安積は、彼の判断を求めているふたりの部下に、逆に訊いた。須田と黒木は顔を見合った。まず、須田が言った。

「いや、チョウさん。そうは思いませんね」

「では……」

安積は冷静に指示した。「本庁捜査四課の前原部長刑事と連絡をとって、『平成改国会議』を徹底的に洗うんだ。組員全員の昨夜の足取りを洗い出して、裏を取る。きっと辻助教授を殺した人間が浮かび上がるはずだ。組員でだめなら準構成員にまで捜査を広げる」

「どういう令状で？」

「昨夜の、小田島と大谷の傷害および殺人未遂だ。渡瀬社長に対する害悪の告知もあったそうだから、暴対法違反もくっつけられる。銃刀法違反もあるな。小田島はドスを持っていた。その辺は、捜査四課の前原がうまくやってくれるはずだ」

令状とは別の件を捜査するというのは、厳密にいえば違法捜査なのかもしれないが、ごく一般的に行なわれている。いわば方便なのだった。必要なら警察は別件逮捕という手段まで取るのだ。

「わかりました。それから、前原部長刑事で思い出しましたけど……」

須田が言った。

「何だ？」

「小田島と大谷に、できるだけ揺さぶりをかけたいので、大木氏の死亡に関するできるだけ詳しい資料が欲しい――そういう連絡を受けたんで、報告書を送っておきました」

「ふたりの身柄は赤坂署がおさえているんだったな？」

「そうです」

「あとで、私が赤坂署へ行ってみよう。さ、かかるんだ」

須田はすぐさま席に戻って、捜査四課の前原部長刑事に電話をかけた。

安積は考えた。

目黒署管内で起きた大木氏死亡の事件。神南署管内の『ワタセ・ワークス』の脅迫。赤坂署管内で起きた傷害・殺人未遂事件。そして千葉県警津田沼署管内で起きた轢き逃げ事件。それら、すべてが『蓬萊』で結びつけることができる。

合同捜査本部が必要だと思った。物的証拠はとぼしいが、状況証拠だけで大木氏の死は殺人だったと断定していい――彼はそう判断した。小田島か大谷が口を割れば……、あるいは、大木氏が死んだ時刻に、小田島か大谷が都立大学駅にいたことが立証できれば、容疑を固めることができそうだと思った。

捜査本部が作られれば、当然、マスコミも注目する。もし、渡瀬の言うとおり、事件の裏に本郷征太郎がいるとしたら、当然、捜査本部ができたというニュースが彼の耳にも入るだろう。そうなれば、彼はまたあの手この手で捜査に圧力をかけようとするかもしれない。

しかし、どんなに秘密に捜査を進めても、相手が本郷征太郎だったら同じことだと安積は思った。どんなに秘密にしても情報は洩れるものだ。合同捜査本部を作るメリットのほうが大きい。

安積は課長にすべて説明することにした。上司というのはこういうときのためにいるのだと安積は思った。

須田が電話を切ると、黒木が立ち上がった。黒木はすでに出入口に向かっている。須田が、それを追った。おいていかれるのを恐れる子供のようだった。ふたりは出かけて行った。

安積は捜査の手が本格的に動き始めたのを実感していた。

『ワタセ・ワークス』の社員は全員出社していた。休日というのは名目だけのものとなった。

村井は、せっせとプログラム作業をしており、戸上舞はその手伝いをしていた。沖田も仕事をしているように見えるが、実はそうではなかった。スーパーファミコン版『蓬莱』のマスターコピーをロードしているのだ。

彼は、家で進めた分をセーブしてきたと言った。会社ではその続きが見られるというわけだ。

渡瀬はディスプレイをのぞき込んでみた。画面上には立派な国ができ上がっていた。彼がまだ見たことのない光景だった。

「なるほどね……」

渡瀬が言った。「攻略法を見つければ、こんなに国が発展するわけだ」

「これだけで驚いてもらっちゃこまる」

沖田はカーソルを動かして、画面の一部を拡大するモードにした。すると画面上で、船が出入りする様子が見られた。別の部分を拡大すると、山に向かって行軍する様子が映し出される。

「地図の外へ勢力が拡大しているということか？」

「さらに驚くなかれ」

沖田はカーソルを右端に寄せた。そこでカーソルは止まるはずだった。少なくとも、渡瀬が『蓬萊』をやってみたときはそうだった。しかし、カーソルを端に寄せて、さらに矢印ボタンを押し続けると、地図がスクロールし始めた。

「何だ、これは……」

「勢力がある程度広がると、見ることのできる地図の範囲も広がるんだ。見事なプログラムだね。大木はやっぱりたいしたもんだよ」

飛行機の窓から眺める景色のように、地図が画面上を流れていく。

「ここに海があるだろう？」

沖田は画面の上端を指差した。そして、画面を上下左右にスクロールさせた。「何だかわかるか？」

「さあてね……。待てよ、瀬戸内海か？」

「そう。わが国の軍団は瀬戸内海を渡って対岸の大和に向かった。そして、その軍団は大きく南下して、山を目指す」

さらに画面をスクロール。縮尺の具合で画面に対して地形が大き過ぎ、全体の形は見えない。だが、それが紀州であることは渡瀬にも理解できた。

「つまり、これは……」

「徐福の東征だ」

「徐福が直接出かけているのか？」

「いや、僕のゲームでは、初代の徐福はもう老齢でとても長旅に耐えられないと判断した。僕は二代目に後を継がせた」

「徐福の息子？」

「いや、血縁相続じゃない。最も軍事的にすぐれ人望の厚い人物——徐福が大陸から連れてきた童男女のなかのひとりが成長したんだが、その人物に後を継がせた」

「なぜ血縁にしなかった？」

「徐福の合理性だ。彼は、秦王朝の圧政を逃れて日本にやってきた。そこでユートピアを築こうとしたんだ。中国の王朝はもちろん血族で王位を継承する。徐福はそういう継承のしかたを嫌うに違いないと僕は思ったんだ。考え過ぎかもしれないが、確かにそのほうがゲームがスムーズに進む。さらに、こっちを見てくれ」

沖田は画面を左斜め上にスクロールさせた。

「こんなに地図が広がっているのか？」

「これは日本海だろうと思う」

「ということは、これは出雲《いずも》のあたりか……」

「正解。見てよ。ここにもわが国の子孫たちが繁栄している。そして、どうやら、出雲と紀州熊野《くまの》とで互いに連絡を取り合っているようだ」

「出雲と……？　待ってくれ、この徐福集団の東征は神武東征じゃないのか？」

「違うね。僕のゲームでは、違う。おそらく神武東征はもっと後のことだ。むしろわが国の子孫は神武に抵抗した長髄彦なのかもしれない」

「なんだって……？」

「それについては面白い話を読んだことがある。長髄彦のナガというのは、インドの蛇神ナーガと同じく蛇や竜を表しているというんだ。つまり、竜神や蛇神をトーテムにしているんだ。出雲族も同じトーテムだったといわれる。スサノヲのヤマタノ大蛇《オロチ》退治の神話は、牛をトーテムとする民族と、竜蛇をトーテムとする民族の戦争のことだという説もある。スサノヲのことを牛頭《ごず》天王と呼ぶだろう。そして、『東日流外三郡誌《つがるそとさんぐんし》』には、長髄彦の一族が古代に津軽で一大文明を築いていたと書かれている。覚えているだろう？　青森や秋田にも徐福伝説が飛び火したような形で残っている」

「『東日流外三郡誌』っていうのは偽書だろう？」

「偽書だからって、内容すべてが嘘だとは限らない。いいかい、徐福は秦系大陸民だ。トーテムはおそらく竜だったんだ。それを考えるとうなずけるだろう？　津軽には今でも竜の伝説が多い」

「いつそんな説を練り上げたんだ？」

「この『蓬萊』をやっているうちにそんな気がしたんだ。こいつはそうとしか思えない展開をするんだよ」

「『蓬萊』をやっているうちに……？」

「初めて『蓬萊』をやったときから、僕は数え切れないほどの試行錯誤を繰り返している。それで学んだこともある。この国の最大の問題は国の外の敵をどうするか、ということなんだ。それは村の時代から、大きな連合国家になっても変わらない。プログラムの基本は閉鎖的な村、あるいは国の場合に最も有効に働くような気がする」

「戦えば国はそれだけ消耗するからだろう？」

「もっと根本的な問題のような気がする。このプログラムは、戦って相手を滅ぼす場合より、和合、あるいは習合という政策を取ったほうがすんなり運ぶような気がする。つまり、異民族と混血して、文化も取り入れていくんだ」

「実際に徐福もそうしたと思うか？」

「思う。中国の王朝は征服王朝だ。流血の歴史なんだ。徐福はその中国王朝から逃がれ、ユートピアを築こうとしていたんだからな」

「なるほどな……」

「僕は、この『蓬莱』をやり、徐福について調べたり話を聞いたりしているうちに、徐福が何者かわかったような気がする」

「何だ？」

「僕らと同じさ」

「同じ？」

「プログラマーさ。徐福は偉大なシステムエンジニアであり、プログラマーだった」

「『徐福』がプログラマーだって……？　どういう意味だ？」

「彼は、新天地で新しい国をシステム開発したかった。そのために、方士としての知識を総動員した。最大の功績は、日本人をプログラムしたことだね」

「日本人をプログラム……？」

「そう。日本の国を造るもととなる、日本人をプログラムしたんだ。国民性みたいなものをね……。そう考えれば『蓬莱』がよく理解できる。日本人のかなり奇妙な特質も理解できる」

渡瀬は、沖田が何かの比喩で今のような言いかたをしたのかと思ってみた。しかし、沖田はそういうものの言いかたをするような男ではない。ロマンチシズムとは縁の遠い男だ。彼は考えているとおりのことを語ったのだ。渡瀬が完全に沖田の言ったことを理解するのには、多少の時間が必要なようだった。

沖田は、小さく右肩をすくめて見せると、『蓬萊』をセーブした。初期画面に戻すと、フロッピーディスクを抜き取った。

「さて、仕事をしないと、村井におこられちまうよ」

渡瀬は沖田が手にしたフロッピーを見つめて言った。

「スーパーファミコン版『蓬萊』でなければ、今、おまえが言ったようなことは決してわからなかったはずだな……」

「そうだね。パソコン版『蓬萊』じゃ、ここまで国は発展しないはずだからね。まあ、ゲームとしては充分に遊べるけど……」

「本郷征太郎が、スーパーファミコン版『蓬萊』を発売させたくないと考える理由は、そのへんにあるようだな」

「そう思うよ、でも……」

沖田は、さっと肩をすくめた。「徐福や彼の集団が日本でどんな役割を演じたか——そんなことがわかったから、何だというんだろう。僕には理解できないよ」

「何かあるに違いない。本郷征太郎を困らせる理由が何か……」

そのとき、ドアが開いた。

安積警部補が現れた。

「お知らせしたいことがありましてね」

渡瀬は悪い知らせだと思った。

「何でしょう」

安積警部補は、渡瀬だけをまっすぐに見て言った。

「辻助教授がお亡くなりになりました」

渡瀬は言葉が出てこなかった。沖田は、じっと安積警部補を見つめている。舞も安積警部補の次の言葉を待つように、彼の顔を見ていた。さすがの村井も手を止めていた。

安積は続けて言った。

「昨夜遅くに、轢き逃げにあったのです。轢いた車はすぐに発見されました。乗り捨てられていたのですが、盗難車でした」

「殺されたんだね？」

沖田が訊いた。

「今、千葉県警が轢き逃げ事件として捜査中です。暴走族か何かが車を盗み、乗り回している最中に辻助教授を轢いてしまったのかもしれない……」

警察はあくまでも手の内を見せようとしない。渡瀬は、辻助教授の死が偶然だとはとても思えなかった。彼は自分と、『ワタセ・ワークス』の社員の身の危険をひしひしと感じた。

渡瀬は言った。

「私たちが会いに行ったその日に辻助教授が死んだ……。私には、本郷征太郎の手が回ったとしか思えませんね」

安積はあくまで無表情だった。

「とにかく、あなたがたの身近で、相次いでふたりの人間が亡くなったのは確かです。会社のまわりのパトロールを強化します。あなたがたも、行動には充分注意してください」

「警察は、本郷征太郎の行動をチェックしているのですか？」

「いいえ」

「一連の事件の背後に、本郷征太郎がいるということを信じていないのですね？」

「判断できずにいるのです。『蓬萊』と『盛和会』のプリンスといわれる政治家のつながりはまったく不明です。しかも、ベンツのなかにいた男が、本郷征太郎だったというのはあなたの思い込みかもしれない。確証が何ひとつないのです。あなたも、本郷征太郎だと確認したわけではない……」

「しかし、『平成改国会議』を動かし、工場で妨害工作を行い、警察や銀行に圧力をかけられる人間……。そう考えると、本郷征太郎がぴったり当てはまると思いますが……」

「『平成改国会議』と本郷征太郎が何らかの関係があることは、私も確認しています」

「だったら……」

「しかし、それだけのことです。保守系政党の政治家と暴力団がつながっているのはよくあることです。誰でもそれは知っていることですよ。何も証明したことにならない」

「あなた自身はどう思っているのですか？」

「私自身の思惑《おもわく》は関係ない」

「捜査上の秘密は認めますよ。しかし、私たちは協力し合っているんじゃないのですか？　少なくとも、私は警察に協力しているつもりです。探偵ごっこをしているつもりはない。あくまでも警察の捜査の参考になれば、と思い、私たちができることをやっているのです。しかし、警察は……」

「私は、本郷征太郎が黒幕だと思っています」

安積は、渡瀬をさえぎるように、きっぱりと言った。

渡瀬は言葉を呑み込んで、安積を見すえた。安積も渡瀬を見ていた。渡瀬の言葉を封じたことを確認すると、おもむろに安積は言った。

「警察は法にのっとって動かねばなりません。捜査能力を充分に発揮するためには、組織だった動きも必要です。相手が相手だけに慎重な配慮も必要です。警察はあらゆる可能性を考えて捜査を進めます。思い込みだけで捜査をするわけにはいかない。その点は理解していただけますね？」

「それをご理解いただいた上で、なおかつ、私個人の見解を聞きたいといわれるのなら、おこたえします。私は本郷征太郎が殺人教唆《きょうさ》、脅迫、威力業務妨害その他の容疑者であると考えています」

「確証が必要だ、と……」

「そういうことです。さらに言っておきますと、大木守氏、辻鷹彦氏のふたりの死は関連のある殺人事件である可能性が強いと判断され、合同捜査本部が設置されることになりました。本格的な捜査が始まるのです。そして、裁判所から令状が下り次第、『平成改国会議』に徹底的な家宅捜索をかけます。身柄を拘束している小田島と大谷のふたりも、徹底的に締め上げるつもりです。捜査本部を中心に、すべてのことが連携して行なわれます」

渡瀬は気まずい思いをした。

「申し訳ありません。辻助教授が死んだと聞いて取り乱してしまったようだ……」

安積は、じっと渡瀬を見すえたのちに、かすかにうなずいて見せた。

「本郷征太郎っていうのは、ＰＫＯやＰＫＦの推進論者で有名だったよね……」

突然、沖田が言った。

彼は、渡瀬と安積のやりとりなど本気で聞いておらず、別のことを考えていたようだ。渡瀬は、テレビのニュースショウを思い出しながらこたえた。

「それは、まあ……」

「そう。国際的責任論を強調している」

「確か、日本が国連常任理事国に仲間入りすることにも意欲的だったはずだ」

「党の政策だったからね……。しかし、今や彼の党は野党だ。彼の主張にどれほどの意味がある？」

「野党っていったって、たった一党で連立政権に対抗できる党だぜ……」

「それはそうだが……、何が言いたいんだ？」

「わかんないんだよ……」

「何が……？」

「『蓬萊』と本郷征太郎の関係。あるいは、『蓬萊』のもととなったシミュレーションとの関係……」

その場から立ち去ろうかどうかを考えていたらしい安積が、沖田の言葉に反応した。

「『蓬萊』のもとになったシミュレーション？　何のことです？」

渡瀬がパソコン版とスーパーファミコン版の『蓬萊』の違いを説明した。「そのことから考えて、『蓬萊』には原型となる本格的なシミュレーションがあるはずだと沖田は考えているんです」

「必ずあるよ。コンピュータゲームソフトなど足もとにもおよばないほど大がかりで精密なシミュレーションソフトがね。大木はそのダイジェスト版を作ったんだ。それがふたつの

『蓬莱』だよ」

安積が思わず尋ねていた。

「それは何のシミュレーションですか？」

「徐福が日本人という民族を作り上げるまでのプログラムだと思う」

安積は、眉根にしわを寄せて、渡瀬を見た。渡瀬は言った。

「つまり、沖田は『蓬莱』をやることによってそういう結論にたどりついたわけです。必要なら詳しく説明しますよ」

安積は首を横に振った。

「いや、それよりも、今は別に訊きたいことがある。そのシミュレーションはどこにあり、大木氏はどうやってそれを知ったんです？」

渡瀬は言った。

「それは知る由《よし》もありませんね」

「いや」

沖田があっさりと言った。「わかるさ」

渡瀬は沖田を見つめた。

「わかるって……」

「そんなシミュレーションを作るのは、大学か、政府の諮問《しもん》機関くらいなもんだ。プログラムを組むまでに、膨大な資料と時間と手間が必要だ。何種類もの専門知識も必要だ。民間の企業や民間の研究機関にそんな予算が許されるとは思えない。民間企業にはそんなシミュレーションを作る必要もない」

「つまり……？」

渡瀬が言う。「本郷征太郎個人か『盛和会』の諮問機関……？」

「そう思うよ」

沖田が平然とうなずく。「大木も辻助教授も、その諮問機関のメンバーだったのかもしれない」

安積は、じっと沖田の話を聞いていた。

沖田が安積に言った。

「辻褄《つじつま》が合うでしょう？」

安積は考え込んだ様子で、何もこたえようとしなかった。

渡瀬が沖田に尋ねた。

「それで、わからないというのは？」

「ああ……」

沖田はどうやって話したらいいかを考えているようだった。彼が話し出そうとしたとき、電話が鳴った。舞がすぐに取った。

「はい、『ワタセ・ワークス』です」

舞の表情が奇妙な変化を見せた。彼女は信じがたいことを聞いたように、困惑の表情をしている。

それに気づいた渡瀬が尋ねた。

「どうした？」

舞は、電話を保留にして、言った。

「本郷征太郎の秘書からです……」

25

「紀尾井町《きおいちょう》に福島屋という料亭があります」

本郷征太郎の秘書と名乗った男は、きわめて事務的な口調で言った。「上智大学の正門の脇に入り口があるので、すぐにわかると思います。今夜七時に、そこで本郷がお待ちしております」

渡瀬は言った。

「私に来いということですか？」

「そうです。なお、余計なことかもしれませんが、こういう場合、おひとりでおいでになるのが礼儀だということはご存じですね？」

渡瀬はそんな礼儀など知らなかった。渡瀬がどう返事をしようかと考えていると、相手は「では、お待ちしております」ともう一度言って電話を切った。

受話器を置くと、渡瀬は、その場にいた全員の顔を見回してから言った。

「本郷征太郎が会いたいと言ってきた。午後七時、福島屋……」

「どうするつもりです？」

舞が尋ねた。

「行くしかないだろう」

「そんな……。危険だわ」

「ああいう人間を相手にしたら、どこにいたって危険さ。呼び出しておいて、その場で殺すなんてこともあるまい」

「殺されたとしても、その場合は、犯人が本郷征太郎だとはっきりしている」

沖田が平然と言った。「警察の人も、本郷が渡瀬を呼び出したことは知っているんだから」

沖田は安積の顔を見た。安積は何も言わなかった。

渡瀬が言った。

「沖田の言うとおりだ。とにかく、話を聞いてみる価値はある。ねえ、安積さん。この電話で事件の背後に本郷征太郎がいることははっきりしたと思うのですが……」

安積はうなずいた。

「そう考えていいだろうね……」

彼は頭のなかで素早く段取りを組み上げたようだ。「七時ですね。警察の車で迎えに来ましょう。会談の間、私たちは料亭の外で待機しています」

「そうしてもらうと心強いですね」

渡瀬は皮肉に聞こえないように注意して言った。安積が言った。

「私は署に戻って捜査本部に顔を出さねばなりません。そのまえに――」

沖田の顔を見た。「中断していたお話をうかがっておきたいのですが……」

「シミュレーションのことね」

沖田が言った。「本郷征太郎がそのシミュレーションで何を探ろうとしていたかっていうのが問題だと思うんだ。彼の政策決定に役立てようとしたのなら……」

沖田は、軽く肩をすぼめた。「このシミュレーションはあまり役に立たなかったと思うよ」

「どうしてです？」

安積が思慮深さを示すおだやかな口調で尋ねた。

『蓬莱』が最もスムーズに進むのは、閉鎖された状況の場合であることははっきりしてるんだ。村のレベルのときもそうだし、国に発展してからもそうだ。これは僕の想像だけどね、徐福はそういうプログラムをしたんじゃないかと思う。つまりね、閉鎖的なユートピアを理想としていたのかもしれない。日本というのは風土的には理想的だよね。地続きの中国大陸やヨーロッパと違って、島国だから、ある程度閉鎖されている」

「外敵もいたはずだ。つまり、先住民とか、大陸から新たに渡ってきた民族とか……」

渡瀬が言う。

「そう。でも、中国のように辺境民族に、常におびやかされていたわけじゃない。中国はたいへんだよ、北狄《ほくてき》、南蛮《なんばん》、東夷《とうい》、西戎《せいじゅう》という呼び名が残っているとおり、四方の異民族と常に戦わなければならなかった。おそらく、徐福たちの場合、もっとのどかだったろうね……。もちろん戦うこともあっただろう。だが、多くの場合、和合政策を取ったんだと思う。和合というとおだやかに聞こえるけど、威しをかけて嫁をぶん取り、混血して習合していくというようなことは当然やっただろうね。そうして、倭人が生まれていったんだ。倭人というのは、中国人とよく似ていると『魏志』の倭人条にも書かれている。でも中国人そのものではない。おそらく、縄文時代の原日本人と、徐福集団の中国人が混血した新しい民族だと思う。そういえば、古事記なんかには、女陰《ほと》を突くという表現が何度か出てくる。スサノヲが高天原で大暴れをするときも、女性が機織りのシャトルか何かを女陰に刺して死ぬ。オオモノヌシがセヤダタラヒメを嫁にするときも、オオモノヌシは丹塗矢《にぬり》に姿を変え、便所にひそんで、セヤダタラヒメの女陰《ほと》を突いたとある。これ、強姦による習合のことを表現してるんだと思うよ」

「おそらく、安積さんは急いでるんだと思う」

渡瀬は言った。「なるべく簡潔にたのむよ」

「待ってよ。僕だって考えをまとめながらしゃべっているんだから……。ええとね、つまり、殺戮せずにあの手この手で和合する。これが徐福集団の方針だ。つまり、このときから日本人の『和』の思想はプログラムされているんだ。それは宗教の上でも現れている。日本人はどんな宗教も受け入れるんだ。しかし、根本にあるのは、原日本人、つまり縄文人の霊魂不滅の宗教観——霊魂があの世に集っていて、時々降りてくるという考えと、徐福集団による道教が合わさったものだ。縄文人の宗教はアイヌの祭りを見ればよくわかると、梅原猛は指摘している。日本人は、先祖供養にうるさいが、もともと仏教にも神道にも先祖供養の思想はなくってね。それは、縄文人の思想と徐福集団の道教の両方の思想から来ているはずなんだ。日本人は無宗教のわりには迷信深く方角などにこだわったりするけど、これも道教が根強く痕跡を残しているせいだと思う。でね、こういう和の思想というのは、外へ攻めて出ようとするときには機能しないんだ。だから、日本が外へ出て行こうとすると必ず失敗する。日本は歴史上、何度も朝鮮半島に進出しようとするけど結果的には失敗している。七、八世紀にもあったし、太閤秀吉ももくろんだ。幕末から明治にかけてもそういう動きはあったし、第一次大戦、第二次大戦でもそうだった。でもうまくいかなかった。これは、日本人の血にプログラムされた結果なのかもしれない。それをプログラムしたのは徐福なんだ」

「飛躍しすぎちゃいないか？」

渡瀬は言った。「反証はいくらでもできそうな気がする」

「日本人の特質は、閉鎖された国内で特にうまく機能するんだ。そういうふうにできている。僕は『蓬莱』をやってみて、それがよくわかった。そして、日本人の特質を考えたとき、いちいちうまく当てはまるんだ。日本人の最大の特徴は『和』の思想と、『シンボル化』だと思う。これは、閉じられた世界で争わずにうまくやっていく最大の知恵なんだ」

「わかった。それで……？」

渡瀬は言った。「本郷征太郎の件だ」

「ＰＫＯ推進論と、国連常任理事国参加」

沖田は言った。「これは、日本人を、その特質から正反対に導こうとする主張のように思う」

渡瀬は、言葉を呑んだ。安積も何も言わない。今や、舞も村井も仕事の手を止めて、沖田の話に聞き入っていた。

「ＰＫＯ、あるいはＰＫＦは、日本人がどんどん外へ出て行き、外的な要素に触れることを意味している。常任理事国になれば、責任上、ＰＫＯ、ＰＫＦの活動を増やさざるを得ないだろう。これは、幕末の開国にも等しいほど画期的な動きなんだよ」

「ばかな……。日本の商社マンは今や世界中にいるんだ。国際化時代といわれてずいぶん経つ。海外旅行者だって年間莫大な人数にのぼる」

沖田は首を振った。

「商社マンも海外旅行者も、日本から出かけ日本に戻ってくる。海外文化を持ち帰るわけでもないし、海外に移住して骨をうずめるわけじゃない。日本は今でも閉鎖的なのさ。東京に外国人の姿が急増すると、とたんに拒否反応を示すだろう？」

「そりゃそうだが……」

「本郷征太郎は、徐福のシミュレーションで導き出される結論と、正反対の主張をしていると、僕には思える。それがどうもわからないと言ったんだ」

しばらく、誰も何も言わなかった。

やがて、安積が言った。

「しかし、『蓬萊』をやっただけでそんなことがわかるのですか？」

「『蓬萊』を攻略しようと、いろいろ調べたからね」

「でも、たかがゲームだ……」

「徐福が単なる侵略者だったら、彼の考えはわからなかったと思うよ」

沖田は言った。「でも、徐福は間違いなくプログラマーだった。僕はプログラマーの考えならソフトを見れば手に取るようにわかるんだよ」

福島屋の表には看板も出ていない。一般の民家と同様の表札がかかっているだけだった。

渡瀬は、安積と須田が乗った覆面パトカーのマークⅡから降りた。驚いたことに、彼はあまり緊張していない自分に気づいた。

「気をつけてください」

須田部長刑事が、心配そうに言った。安積の平静な顔つきとは対照的だった。渡瀬を不安にさせる要素は、今のところ、その須田の表情だけだった。

門をくぐり、玄関で本郷征太郎の連れだというと、丁重に奥へ案内された。廊下は幅の広い檜を使っており、黒々と磨かれて光っている。踏むと独特の乾いた音が響く。部屋に何者かが近づいたとき、すぐにわかるように音が出るように造ってあるのだと聞いたことがあった。

屋敷は思ったより小造りだった。

部屋にはすでに、本郷征太郎がいた。彼が上座にすわっている。別の男がひとりいた。渡瀬はその男と向かい合い、本郷を右手に見る恰好になった。渡瀬が出入口に最も近い。つまり、下座だ。

向かい側の男は、なかなか貫禄《かんろく》があった。茶色の三揃いスーツを着ており、白髪だった。

伏眼がちで、遠慮深い男のように見えた。よく見ると、額から右の頰にかけて、一筋の傷跡があった。

「よく来てくれました」

本郷征太郎が言った。その声は、あの夜、メルセデスのなかから聞こえた声とまったく同じだった。静かだが威圧的な声だ。

渡瀬は部屋に入り席についても、それほど緊張していなかった。彼は自分の度胸のよさにあらためて気づいた。渡瀬はこれまで、自分は気の弱い人間だと信じていた。だが、今、気が強いとか弱いとかいうのは、ほんのささいな差でしかないことに気づいた。

本郷征太郎が言った。

「まず、紹介しましょう。こちらは、『平成改国会議』の七塚肇《ななつかはじめ》さんです」

七塚組の組長ということだ。貫禄があって当然だった。七塚が頭を下げた。

「初めまして、七塚です」

頭を下げたが、渡瀬から視線はそらさなかった。渡瀬も七塚肇の眼を見つめていた。眼をそらした瞬間に気圧《けお》されてしまうと感じていた。

本郷征太郎が言った。

「まずは、一杯、いかがですか」

彼は、銚子を持って差し出した。渡瀬は盃を持って酒を受けた。その酒を乾《ほ》す。今は、相手の出かたを見るしかない。

「あとは気楽に手酌《てじゃく》でいきましょう」

本郷征太郎がにこやかに言った。彼には政治家的な尊大さはまったく感じられなかった。『盛和会』のプリンスの名は伊達《だて》ではないと渡瀬は思った。その人当たりの柔らかい物腰に、女性を中心とする支持が集まるのも当然と思えた。

「お呼びたてして申し訳ない。だが、どうしても、七塚さんがあなたと会いたいと言ってね」

七塚肇は、幾多の修羅場をくぐったことを想像させる寒々と底光りする眼を渡瀬に向けていた。その眼は一見おだやかだが、決して本当になごむことがないように思われた。ぎらぎらと鋭い眼など、まだまだ本物でないということを実感させる眼差しだった。

本郷征太郎は、わずかに恥じらうように言った。

「いや、人間というのは愚かなもので、つい過ちを犯してしまうものだ。このところ、あなたに対して、失礼があったことを、ここでお詫びしたい」

「それは、私に対する暴力のことを言っているのですか」

渡瀬は言った。

「たいていはね……」

七塚肇が口を開いた。嗄《しわが》れた声だった。確かにしゃべるだけで凄味があった。「私らのやりかたはうまくいく。膝折りの健造は計算外だった……。あなたの反撃もね……」

小田島と大谷はまだ警察に勾留《こうりゅう》されているはずだった。しかし、七塚肇は昨夜の出来事を知っている。暴力団の情報収集能力はやはりたいしたものだと渡瀬は思った。どうやって昨夜のことを知ったのかはわからない。小田島と大谷の他に見張りがいたのかもしれないし、考えたくないことだが、警察内部に内通者がいるのかもしれない――渡瀬はそんなことを考えていた。

「七塚さんはね、あなたのことを、たいしたものだと言ってるのですよ。私もそう思う。威しで『蓬莱』の発売をやめさせようと考えた私が愚かだった」

本郷征太郎は言った。「お互い、忙しい身ですから、単刀直入にお話ししましょう。私は、威しや圧力で『蓬莱』の発売をやめさせようとするのは無駄だという結論に達しました」

「そう。私や他の社員を皆殺しにしてしまえばそれで済む。事実、あなたは、もうふたり殺している」

本郷征太郎は、心外だという表情をして見せた。明らかに演技だった。心の中ではおもしろがっているのがわかった。

「私は殺してなどいない」

「役割分担でしょうからね」

渡瀬は七塚肇のほうを一瞥した。七塚肇は平然と渡瀬を見返している。その目は、調子に乗るなと戒めているようだった。

本郷征太郎は言った。

「まあ、一般論として、あなたが言った方法がないわけではない。だが、私はそんなことを考えてはいない。取り引きしようと思うのですよ。私がなぜ『蓬莱』を発売してもらいたくないと考えているのか――それをちゃんと説明して、あなたにご理解いただく。そして、発売を中止した際に生じる損害を、私たちで肩代わりさせていただく。どうです？　これは、あなたにとって、悪い取り引きではないはずです」

本郷征太郎の考えは、だいたい理解できた。懐柔策《かいじゅうさく》に出たのだが、それは、渡瀬たちが手強いからというよりも、手間取り過ぎて、警察が動き出したからだろう。

ここは慎重に振る舞わなければ、すべてがぶちこわしになると渡瀬は思った。人間は、威された後の懐柔には弱い。有力政治家と暴力団の組長が顔を並べて懐柔してくるとなればなおさらだ。特に、大きな組織を維持していかなければならない一流企業の責任者などは、こういう状況では、たやすく相手の条件を呑んでしまうだろうと渡瀬は思った。

しかし、渡瀬は一流会社の社長に比べれば失うものは少ない。そして、殺された大木は単なる社員ではなく、ともに激しい競争を生き抜いてきた戦友でもあった。

渡瀬は、酒を注いで飲んだ。

「お話をうかがいましょう」

本郷征太郎は、おだやかにうなずいた。

「『蓬萊』は、もともと、私のものだったのです。言ってみれば、おたくの大木さんが盗み出したようなものだ。だから、それを返していただく。まあ、言ってみれば、そういうことです」

渡瀬は、沖田の推理を思い出して言った。

「あなたの諮問機関で、シミュレーションソフトを開発したのですね？」

本郷征太郎は、ふと慎重な表情になった。

「それを誰から聞きました？」

「聞かなくたってわかります。大木は二種類の『蓬萊』を作った。先にパソコン版を作り、それをリメイクして、スーパーファミコン版を作ったのです。そのリメイクのしかたが問題でした。彼は、パソコン版で封じていた攻略法を、スーパーファミコン版で復活させたわけです。つまり、彼は正解を知っていて、一度はそれを隠していたということになります。そのことから、私たちは『蓬萊』にはもとになるソフトが存在するはずだと考えたのです。そして、そのソフトには、あらゆる種類の専門知識が動員されている。歴史学者とか数学者とか……」

「やはり、あなどれない人たちですね……」

本郷征太郎はかすかに笑って見せた。「そう。あなたの言うとおり、私はある理想のために、シミュレーションソフトを作らせたのです」

「徐福のシミュレーションを？」

「徐福にはすでにお気づきのことと思っていましたよ。辻くんは、できるだけ隠したつもりだと言っていましたが、私はそれが裏目に出るような気がしていた……」

「辻助教授は、あなたの諮問機関の一員だったのですね」

「そうです」

「大木も？」

「そう」

渡瀬は今さらながら沖田の頭脳に敬服していた。

「あなたの理想というのは何です？」

「日本をね」

彼は生真面目に言った。「救うことですよ」

26

「本郷先生はね……」

七塚肇が口を開いた。「よく日本のことを考えていらっしゃる。だから、私らも、欲得抜きに本郷先生と手を組むことに決めたんだ」

七塚肇は、本郷の思想に共鳴したということだ。政治家と暴力団が欲得抜きに付き合うなどというのは信じがたかったが、渡瀬は、それを口に出さなかった。

本郷征太郎は言った。

「日本は、重大な危機に直面している。それは、あなたにもよくおわかりでしょう。第一には経済危機。景気の冷え込みは当分回復しそうにない。これは構造的な不況だからです。にもかかわらず、国際社会においては、日本一国だけが稼ぎ過ぎると批判の的になる。世界の国々は日本を打ち出の小槌《こづち》と考えているんです。つまり、叩けば叩くだけ金が出てくる……。さらに、先進国の役割として、人的な国際貢献をしろと言ってくる。アメリカに至っては、米軍の日本基地での費用を負担しろと言っている。ウルグアイ・ラウンドでは米を始め農産物の市場開放を要求してくる。世界中で日本を食い物にしようとしているのですよ」

「現実に貿易黒字が突出しているのだから、しょうがないでしょう」

「貿易黒字もね、現在の構造不況も、もとはといえば、アメリカを中心とする国際為替レートのせいだと私は考えています」

「会社の経営者としては興味深い話ですね……」

「一九七三年」

本郷征太郎は、有権者向けのインタビューにこたえるような口調で言った。「この年からすべてが変化します。戦後、日本の経済は順調に回復して、やがて高度成長を迎えます。労働生産性と労働者賃金はともに伸びていったのです。しかし、一九七三年を境に、生産性は伸びているが、賃金がその伸びに追いつかなくなります。賃金が伸びないので個人消費がとどこおる。つまり、品物を作っても売れなくなるわけです。企業はさらにコストの削減をはかります。賃金はカットされ、合理化で人の首も切られる。そうするとますます消費は鈍る――これが現在の底なしの不況に至った理由です。では一九七三年に何があったか――。ドルショックです。ドルが変動相場制となり、円高が始まったのです。この円高がまず不況を呼び、生産者はコストダウンを強いられたのです。これが現在の底なしの不況の元凶なのですよ。つまり、日本はアメリカなど外国の不況のせいで、構造不況に陥ったわけです」

「今は国際化社会だ。当然でしょう」

「それは誤解ですよ。国際化社会だのという言葉やＧＮＰだのといった数字だけがひとり歩きして、さまざまな誤解を生んでいる。日本は今、確かに世界一豊かな国です。しかし、国民が世界一豊かかというと、そうでもありません。都市に住むサラリーマンは一生働いても庭つきの家など持つことはできない。違いますか？」

「でも、日本は住むのに安全だ。そして、おそらく世界一清潔だ。これは目に見えない財産なんじゃないのですか？」

「あなたは愛すべき典型的な日本人だ。自分の置かれている境遇に甘んじて生きている。私が言いたいのは、日本はあるときから大きな過ちを犯したということです」

「別に珍しいことじゃないでしょう。どの国だって歴史上愚かなことを繰り返している」

「問題は、現在、われわれがその過ちの延長線上にいるということです」

「戦争のことを言っているのですか？」

「やはりあなたは典型的な日本人だ」

本郷征太郎はどこかうれしそうに言った。

「世界中で日本人ほど戦争が嫌いな民族はいない。これは事実なのですよ。日本人が団体スポーツ競技に弱いのは、単に体格や体力が劣っているからではないのです。その国民性なのです。戦闘に向いていないのです。話がそれた……。過ちというのは戦争のことではありません。むしろ、戦争も過ちの結果、起きたことなのです」

「その過ちというのは？」

「明治維新です」

渡瀬は、本郷の真意を計りかねた。

「明治維新が過ち……？」

「もっとはっきり言えば、開国したことが過ちだったのです」

「ばかな……。日本の近代化はそこから始まったのですよ」

「そう。明治はまさに日本の行く末を大きく変えていったのです。私は、徳川三百年が終わったことが悪いと言っているのではない。誤解しないでいただきたい。幕藩体制は廃止されるべきでした。しかし、開国して以来、日本は、西欧の合理主義を無条件で受け入れようとしました。ヨーロッパに約一世紀遅れて産業革命の波が日本を襲います。鉄道が敷かれ交通が飛躍的に発展する。文明開化です。日本はどんどん西欧化していったのです」

「それは悪いことではない」

「そう。私たちは歴史の時間にそう習いました。明治維新は日本の近代化の出発点だ、と……。だが、そういう教育制度が作られたのも明治維新にそった誤った流れのなかでのことなのです」

「民主化、憲法、選挙制度……」

「そう。それは認めます。しかし、西洋の真似をしただけだったので、国民にその精神が根づいたわけではなかった。そして、日本の国土は徐々に病んでいった。西欧合理主義によって、生産性だけが追求されていった結果、現在のように環境破壊が進むことになったわけです。明治政府によって、多くの山の多様な植物種は失なわれ、杉に植え替えられたのです。その結果、多くの動物の種も失なわれる結果となったのです。知っていますか？　明治になるまで、日本では、動物のただの一種も絶滅したことはなかったのです。余計なことははぶきましょう。いいですか？　明治になるまでも豊かな日本の文化はあったのです。文明開化という言葉でそれを一蹴し、すべてを西欧合理主義に塗り替えようとした。その結果、われわれは、豊かな環境を失った。経済原則だけが優先され、世の中は競争社会となり、人々の絆《きずな》は失なわれ、子供たちの夢も失なわれた。今、教育の現場は八方ふさがりです。子供たちも教育者も教育に絶望している。そして、合理主義の結果として、今、豊かな経済活動すら失なわれようとしている。そう。この大不況も、もとをただせば明治以来の政策のツケなのです」

渡瀬は沖田が言ったことを思い出していた。『蓬萊』は閉鎖された状況で最もうまく進行するのだ。

本郷征太郎は続けた。

「私は今、正直に話している。日清・日露、そして、さらに絶望的な、ふたつの大戦。これらも、明治維新の誤った路線の帰結なのです。西欧合理主義は戦うことを求めている。個人の利益を追求するために、他人と戦う。快適さのために自然と戦う。そして他の国と戦う。あらゆる戦いを認めるのです。明治という時代はその戦いの論理である西欧合理主義を全面的に受け入れた。そして、日本は国内ではなく海外に目を向け、富国強兵策を取り、列強と肩を並べようとした。確かに明治政府の眼は外に向いていた。西洋ばかりを見ていた。その点が最大の問題なのです」

渡瀬は、沖田の推理をもとに質問した。

「徐福のシミュレーションから、そういう結論を引き出したのですか？」

「端的に言えばそういうことになる。日本は今のままだと、欧米とともに心中だよ。そこまで来ているんだ。このどん底の景気を一気に回復する手段はひとつしかない。世界大戦を起こすことだ。アメリカはそれを本気で考えているかもしれない。そのとき、アメリカは日本を金庫として利用しようとするだろう。私は、日本をそんな目にあわせるわけにはいかない。何とかしなくてはいけないと考えた。そして、解決の方法は、外を見るのではなく内を見つめることにしかないと考えたのですよ。日本人をまず帰納的に分析してみよう。そう考えたのです。あまりうまくいきませんでしたね。どの研究者の出す結論も陳腐なものでした。そこで、私は、逆に、演繹《えんえき》的に日本人を組み立ててみようと考えたのです。そこで専門家を集めて、検討を始めました。何度かの試行錯誤の結果、私の研究機関は徐福にたどりついたのです。そして、徐福来日の時点から日本民族を構築してみたのです。それが、あなたもご存じのシミュレーションなのです」

沖田の推理は的中していたのだ。

「『蓬萊』は、閉じられた状況で、最もうまく国が発展するようでしたが……」

「さすがに専門家だ。……。そこまで気づきましたか。そう。私の研究機関が立てた仮説とシミュレーションの結果は一致しました。そこから導き出された結論は、今後の私の政策となります」

「どういう政策なのです？」

「鎖国です」

「ほう……。鎖国ね……」

「あまり驚かれないようですね」

「机上の空論なら、何だって言えます。今の世の中で鎖国といっても、誰も本気にしないでしょう」

「本気にする人間もいる」

七塚肇が言った。「私はね、先生の話を聞くうちに、日本を救うためには、もうそれしかないと、本気で考え始めましたよ」

「なぜ鎖国が不可能だと思います？」

本郷征太郎は、議論することが楽しそうにすら見えた。

渡瀬はこたえた。

「日本が貿易立国だということは小学生だって知っている」

「なぜ、貿易で生きていかなければならないのだと思います？」

「日本には資源が少ない。日本は工業国だから、資源がなくなればたちまち産業活動が停止してしまう。国民が生きていけなくなる。さらに、食料の自給率も低い。私たちが日常食べているものは、ほとんどが、輸入されたものじゃないですか」

「国民はそう信じ込まされています」

「違うというのですか？」

「国連の統計月報によると、一九九一年の日本の輸入依存度は、国民総生産比七・一％なのです。これは、国民ひとりがどれだけ輸入に頼っているかを表す数字です。日本は資源が少ない、食料自給率も低い——こう言われましたね。では、アメリカはどう思われますか？」

「アメリカはもちろん資源の豊富な国だと思います」

「ところが、同じ統計で、アメリカの輸入依存度は九・〇％。日本よりも多いのです。オーストラリアでも一三・一％。ヨーロッパの諸国はほとんどが二〇％以上で、ベルギーにいたっては六〇％を超えています。つまり、世界の先進国のなかで日本は、貿易依存度の低い国なのですよ」

「数字のマジックじゃないんですか……」

「違いますね。事実です。日本は明治になるまでは、自給自足の国だったのですよ」

「その当時とは人口も違えば産業のありかたも違うじゃないですか？」

「けっこう。それでは、食料の自給率について考えていきましょう。現在、自給率は総合で六五％です。米はつい最近まで一〇〇％自給していました。野菜も九〇％が自給、果実は六〇％、肉類は六七％、牛乳および乳製品が七七％、鶏卵は九八％が自給です」

「六五％という数字は充分に低いように感じますね」

「ところがね、日本人が洋食をやめて日本食に戻せば、すぐにでも自給率一〇〇％を達成できるという試算があるのですよ。日本人は、外圧によって余計なものを食わされているといってもいいでしょう。例えばね、牛肉・オレンジの自由化が問題になった。そのとき、北海道の農家の人は言うんですよ。牛肉はあるのに、競争力がなくて売れなくなると……。肉もあるのです。米、野菜、果物……、すべて国が本気で見直せば、自給はできるのです。農業政策をちょっと見直せばいいのですよ。今の農業政策もすべて外圧によって決定されているといっていい。いいですか？　国民の生活ではなく外圧を考慮しているのですよ」

「金属はどうなんですか？」

「鉄は、毎年一億二千万トンを輸入して、粗鉄換算で約一億トンを消費しています。現在輸入した鉄の五割以上を再利用するシステムがあります。さらに、現在までに鉄だけでも約三十億トンの備蓄があるといわれています。廃車や鉄骨などの建材の再利用をはかれば、輸入せずとも、何とかやっていけるだけのたくわえがすでにあるというわけです。アルミニウムは年間、二百四十二万トンを消費しています。主な用途はアルミ缶とアルミサッシです。アルミ缶の再利用率は四二％で、年間捨てられるアルミ缶だけでも七十万トンにおよびます。アルミサッシも再利用するようになれば需要のほとんどはまかなえるようになります。特にアルミ缶は電気の缶詰といわれるほどアルミニウムの生産は電気を食う。ところが新しい地金を作るより、アルミ缶を再生すると、消費電力は二十分の一で済む。アルミ再生利用は、電力の節約にもなるんですよ」

本郷征太郎は、話の内容がよく理解できるように間を取った。渡瀬は、何も反論できなかったが、数字にだけはごまかされまいと考えていた。

本郷征太郎は続けて言った。

「鉛も、年間三十一万トン消費していますが、蓄電池を再利用すれば、自給も可能だと、専門家は言っています。その他、金、銀、錫《すず》といった自給率の低い金属は、それだけを輸入に頼ればいいのです」

「電力や石油といったエネルギーはどうなんです？　石油に関しては、日本は致命的なはずです」

「電力については、やはり、外圧にともなう制度のゆがみが表面化しています。政府は貿易黒字軽減の方策のひとつとして、ウランを買い込んだ。ウランの輸入はいわば義務づけられているわけです。買ったからには使わなければいけない。それで原子力発電を推進するのです。電力はあまってもしかたがないので、需要をどんどん作り出す。誰も見ていない看板、必要のない自動販売機、自動ドアなど……。本当は水力と火力だけで電力はまかなえるといわれています。さらに、電力事業法という法律があり、電力の売買は一般にはできないことになっているのですが、これを見直し、地方自治体レベルで電力を自給するようになれば、燃料を輸入しなくても充分やっていけるのです。ゴミを焼却して発電するシステムはすでに開発されているのです」

「いくら何でも石油はお手上げでしょう」

「私はその点を現実的に考えています。鎖国といっても、すべての貿易をストップするわけではありません。江戸時代も、長崎に出島を作りオランダとは貿易をしていましたし、清とも貿易は続けていました。私は、鎖国後もロシアとの貿易だけは続けるべきだと考えています。ロシアの油田を共同開発するのです。それで、石油その他の地下資源の問題は解決します」

「今でも日本の市場は閉鎖的だという批判を海外から受けているんです。鎖国などしたら、いったいどういうことになるか……」

「自由貿易というたてまえで、保護貿易をするから批判が集中するのですよ。孤立という意味でなら、今のままだと、日本は今後ますます孤立していくことでしょう。面白い話がありましてね、私は、これを事実だと思うのですけれど……、西側先進国のなかで、二国だけ、絶対に他国から信用されない国があるといわれているんです。どこだと思います？」

「日本と……」

「イスラエルです。この二国だけがキリスト教国ではないのですよ。西欧諸国にとってキリスト教原理というのはたいへん根強く、正義もキリスト教原理によって定義されます。彼らは国際的な会議でもフェアとかアンフェアという言葉を使う。日本人にとっては、何がフェアで何がアンフェアなのかわからない。しかし、キリスト教原理に従う人々にとっては、あらかじめわかっていることなのです。日本は黙っていても孤立するのですよ。孤立を恐れず、むしろ孤立政策を取ったほうがいい。かつて、アメリカがモンロー主義を唱えたようにね……。私は、モンロー主義というのは一種の鎖国だったと考えています」

「商社は仕事がなくなり、海外旅行へも行けなくなる……」

「ささいなことです。今のまま放っておけば、日本経済が破綻《はたん》して商社はつぶれ、海外旅行などはできなくなるでしょうからね」

渡瀬は、ようやく本郷が本気であることを理解した。となると、沖田の疑問が浮かび上がってくる。

渡瀬は尋ねた。

「あなたは、常々、日本の国際的責任を強調していますね。ＰＫＯについても推進論者だった。国連の常任理事国入りについても積極的でしたね。そうした姿勢と、鎖国とは正反対なのではないですか」

「そう。現在、私は支持者たちをあざむいています」

本郷征太郎はあっさりと言った。「日本を救うという大義のためです。そういう意味で、わが党が野に下ったのは好都合でした。与党に身を置いていたら、思い切った政策を考える余裕はなかったでしょうからね……。連立与党に、対症療法でてんてこまいをしていてもらい、その間に、こうして新政策の準備を着々と進めているわけです」

「PKO推進論は嘘っぱちなのですね……」

「日本人は、何か大きなショックを受けないと物事を真剣に考えないのです。日本を変えるにはショック療法が必要です。私はそのためにPKOを利用しようとしている。自衛隊のPKO部隊には犠牲になってもらうつもりですがね……。カンボジアで、選挙運営を監視に行った文民警察官がひとり死にました。日本ではちょっとした騒ぎになったのを覚えているでしょう。今後、紛争地帯にPKO部隊が出かけていくと、もっと重大なことが起きるでしょう。いやもおうもなく、戦闘に巻き込まれることもある。そのとき、小火器の携帯しか許されていない自衛隊はなす術《すべ》もない。死傷者が大勢出るでしょう。他国の人々は、紛争地帯に軍隊が出かけるのだから死ぬのは当たりまえと考えています。しかし、日本国内ではたいへんな騒ぎになるはずです。国連常任理事国になったら、今よりさらに国際貢献を求められるはずです。金も人も出せといわれるのです。当然、それだけ危険も増える。そのときになって、初めて日本人はＰＫＯを見直すのです。そして、そうなれば鎖国論もリアリティーを持ってくるわけです」

「大木を殺し、辻助教授を殺し、自衛隊員たちを殺し……。それがあなたのやりかたなのですか？」

「改革には犠牲がついてまわるのです」

「大木や辻助教授を殺したことを否定しないのですね」

「何度も言うが、私は殺してなどいませんよ。私の考えを理解し、共鳴して、邪魔な人間を消すような連中はいるかもしれませんがね……」

本郷征太郎は、意味ありげに、かすかな笑いを浮かべた。「大木さんは、私の研究所で作ったシミュレーションをもとに『蓬萊』を作った。これは明らかな裏切り行為です。そうした裏切りを許せないと考える人々もいるわけです」

「それは、あなた自身のことなのではないのですか？」

「どう思われようとご自由です」

「では、大木を殺した連中は、どうして辻助教授を殺したのでしょうね？」

「さあ……。どうしてでしょうね？」

本郷征太郎は、面白がっているようにすら見えた。「辻助教授は、あなたがたや警察が訪ねてきたことで、ひどくおびえていた。臆病な男でした。ああいう男が生きていては後々面倒なことになる——そう判断したのかもしれませんね」

「では、あなたは、どうしてスーパーファミコン版『蓬莱』を発売させたくないのですか？　あれが世に出ることが、そんなに重要なことなのですか？　人々はたかがゲームとしか思わないはずです」

「純粋に政策上の問題でしてね……」

「政策上の問題……？」

「事実、あなたたちは、『蓬莱』は徐福のシミュレーションであり、鎖国を示唆《しさ》していることに気づいたじゃないですか。当然、そういう人間が何人も出てくる。そして、『蓬莱』が私の機関で開発したシミュレーションだと、万が一報道されたら……。政治はね、手の内を見せたら終わりなんです。もちろん、鎖国論は充分な検討の末に練り上げたものです。徐福のシミュレーションはその判断材料にしたに過ぎない。しかし、そのことがマスコミに洩れたら、国民はどう思います？　政策決定にコンピュータゲームを使った？　徐福をもとに鎖国論を作った？　充分に検討された政策が、一笑に付されてしまうのですよ。そのとき、何万語をもって説明しても取り返しがつかない。いいですか？　大事を成すためには逆に小事にこだわらなければならないのです」

渡瀬は、じっと考えていた。大木は本郷征太郎が持つ潜在的な危険に気づいたのかもしれない。それで『蓬莱』を作った。最初は当たりさわりのないパソコン版を出し、その流れで、本命を出そうとしたのかもしれなかった。しかし、それだけだろうか、と渡瀬は思った。大木はそれだけのために命を奪われたのだろうか――。

本郷征太郎が言った。

「さて、私の考えをご理解いただけましたか？」

「理解できましたよ、充分にね……」

「是非ともご協力いただきたい。取り引きの話です。『蓬莱』の発売を中止していただけますね？」

「すべてを知った私に、選択の余地はあるのですか？」

「もちろん、断わることもできます」

本郷征太郎は言った。

だが、その選択は大木や辻助教授のような死を意味しているに違いなかった。渡瀬にはそれがはっきり理解できた。七塚組組長がその場にいることが、それを物語っているのだ。

「考える時間はいただけますか？」

「どれくらい？」

「そうですね。一週間ほど……」

本郷征太郎は首を横に振った。

「三日、さしあげましょう。それ以上は待てない」

「わかりました」

渡瀬はそう言うしかなかった。「火曜日にお返事します」

27

福島屋を出ると、渡瀬はまっすぐ安積と須田が乗っているマークⅡに戻った。安積と須田はじっと渡瀬のことを観察しているようだった。渡瀬がけがをしていたり、殴られたような痕跡を残していたりするのを発見するのは、彼らにとって大切なことなのだ。

だが、渡瀬の顔には、昨夜のひどい痕跡がいたるところに残っており、その観察はあまり意味を成さなかった。

渡瀬は言った。

「本郷征太郎と、七塚肇という男がいました。『平成改国会議』の代表だということでしたが……」

安積はうなずいた。

「七塚組の組長ですよ」

須田が好奇心を露わにして尋ねた。

「それで、どんな話だったんです？」

「警察が動き始めたので、むこうもあせり始めたのかもしれません。私を抱き込みにかかりましたよ」

「なるほど……」

「彼と七塚組が大木や辻助教授を殺したことを暗に示唆しました。もちろん、はっきりと認めはしませんでしたがね……」

安積は言った。

「警察の手が自分まで及ぶことはないと高をくっているのです。七塚組だけでくいとめられると考えているのでしょう」

「本当にそうなのですか？」

安積は否定も肯定もしなかった。

「向こうがそのつもりなら、こちらも頭を使わないと……」

須田が渡瀬に尋ねた。

「どこへ送りますか？」

「事務所までお願いします。社員たちが待っているはずですから……。そこで、本郷征太郎が何を言ったか、詳しくお話ししますよ」

須田はうなずいて、ゆっくりと車を出した。


『ワタセ・ワークス』のオフィスでは、村井、沖田、舞の三人が作業を続けていた。渡瀬は、滝川弁護士が手持ち無沙汰の様子で椅子に腰かけているのを見て驚いた。

滝川は言った。

「マイちゃんが知らせてくれたんだ。無事帰れてよかったな……」

沖田と舞は作業の手を止めた。舞は立ち上がり、渡瀬に駆け寄った。

「心配してたんですよ」

渡瀬はオフィスに帰り着いたとたんぐったりとした気分になった。張りつめていた神経がゆるんだのだ。

「取り引きを持ちかけられたよ」

渡瀬は言った。それから、彼は、詳しく何があったのかを説明した。本郷征太郎の鎖国論、大木が本郷征太郎の研究機関のメンバーだったこと、取り引きの条件——すべてを話した。

「驚いたな……」

まず口を開いたのは須田部長刑事だった。

「本郷征太郎は革命を起こす気なんだ」

沖田が言った。

「逆維新だね……。リサイクル社会を作るという発想は悪くない」

滝川が沖田に言った。

「本郷征太郎の政策を支持するのかね？」

「政策の本質は支持するね。だけど、運営のしかたは気にくわない。彼の政策を実行するためには、ずいぶん多くの血が流れるだろうね。渡瀬に言ったことは、ほんの氷山の一角さ。それこそ、一度国をひっくり返すくらいの大騒ぎをやらないと……。大木はたぶん、それに気づいたんだ」

「問題は――」

渡瀬は言った。「三日後――火曜日には俺は敗北を認めなければならないかもしれないということだ」

滝川が言った。

「あんたが法廷で証言する気になりゃ、何とかなるかもしれない」

安積は慎重に考えていた。

「どうかね。立場を変えて、あんたが本郷征太郎の弁護士ならどう考えるね？」

滝川は言われて考えた。それほど長く考える必要はなかった。彼は肩をすくめると言った。

「楽な裁判だね」

「そう。起訴できるだけの材料があれば、とっくに逮捕令状を取っている」

舞が言った。

「隠しマイクか何かつけて行けばよかったのに……」

滝川弁護士は言った。

「証拠能力は無視されるだろうね。逆に捜査方法に問題があると突っ込まれるのがオチだ」

「じゃあ、あたしたち、何もできないんですか？　本郷征太郎の罪ははっきりしているのに……」

滝川は苦い顔で言った。

「刑法というのはね、基本的に直接罪を犯した者を処罰する性質の法律だ。もちろん教唆犯《きようさ》というのはある。しかし、それを証明するのはたいへん難しい。暴力団の抗争があっても、その幹部や組長が逮捕されることはない。つかまるのは鉄砲玉と呼ばれる下っ端だ。わかるだろう」

「三日のうちに、七塚組に家宅捜索をかけ、七塚組の動きを封じますよ」

安積は強硬に言った。「実動部隊がいなければ、本郷征太郎も渡瀬さんには手を出せません」

「銀行の取り引きを止めたり、工場で火事を起こしたりされたら、私は殺されたも同じなのです。本郷征太郎本人に手が届かなければ何をしても同じことです」

安積は黙った。

渡瀬は静かだが、決意を示すようなはっきりとした口調で言った。

「私は、本郷征太郎の申し出を断わろうと思います。取り引きには応じないのです」

一同が渡瀬のほうを見たが、誰も何も言わなかった。

渡瀬はさらに言った。

「本郷征太郎本人にプレッシャーをかけるのです。直接本人に」

全員が安積と渡瀬に注目している。

安積はじっと考え込んでいたが、やがて顔を上げ、言った。

「捜査当局としては、何とか三日以内に、本郷征太郎を検挙すべく努力すると言うしかありません」

滝川弁護士は言った。

「本郷征太郎にプレッシャーをかけるというのはいいかもしれん。何か不自然な動きをするかもしれない」

刑事たちは何もこたえようとしなかった。

「でも……」

沖田が言った。「取り引きを断わるだけで、本郷征太郎にプレッシャーがかかるかな?」

「彼は『蓬萊』が世に出ることを恐れているんだ」

渡瀬は言った。「充分なプレッシャーだと思うよ」

「断わることぐらい予期しているかもしれないぜ。そのときは、殺して終わりだ。何か、もっとあいつをやりこめないと、意味がないような気がする」

「どうやって……」

「さあね……」

安積が言った。

「さきほども言ったように、まず七塚組を彼からもぎ取ります」

沖田がうなずく。

「それも重要だ。尻に火がついたような気分になってくれるかもしれない。でも、本郷征太郎だったら、七塚組をトカゲの尻尾と割り切れるような気がする」

「迷惑な話だな、まったく……」

突然、村井が言って、皆を驚かせた。

「迷惑ってどういうこと?」

舞が村井に厳しい口調で言った。「他人事じゃないのよ。みんな、真剣なんじゃない」

「聞きたくなかったのに、話が聞こえちまった。俺まで巻き込まれちゃった」

「ばかだな」

沖田が言う。「はなっから巻き込まれてんだよ。『ワタセ・ワークス』の社員というだけで
……」

村井は溜め息をついた。

「『蓬萊』なんか、何の役にも立ちゃしないってこと、見せてやりゃいいじゃないか」

一同は、村井に注目した。

「しかし……」

渡瀬は言った。「実際に、沖田は、『蓬萊』が徐福のシミュレーションだということを言い当ててしまったし、鎖国で国が栄えるということも読み取った。『蓬萊』は、本郷征太郎の主張をサポートしている」

村井はかぶりを振ってから言った。

「社長。俺たち、いったい何なんです？　沖田さん。あんたもだよ。プログラマーだろ？　探偵じゃないんだ。できることはひとつしかないでしょう」

「そうか……」

沖田が言った。「どんなシミュレーションだって完全じゃない。欠点は必ずある」

「そうです。その欠点を見つけりゃいいんですよ」

「しかし、三日しかない」

渡瀬が言うと、村井がこたえた。

「三人でやりゃあ、何とかなりますよ」

「シミュレーションの欠点？　どういうことなんです？」

安積が尋ねた。渡瀬は、こたえた。

「徹底的に『蓬萊』を洗い直してみるということです。考えてみたら、私たちの役割はそれしかないのです」

「もしかしたら」

沖田が言った。「何か新しい発見もあるかもしれない。僕はその可能性に賭けるね」

その日から、渡瀬、沖田、村井の三人は『ワタセ・ワークス』に泊まり込んだ。翌日は日曜日だが、舞も出勤して三人の食事の世話などをした。渡瀬は、時間がまたたく間に過ぎていくように感じていた。

月曜日、裁判所の窓口が開くと、すぐに七塚組事務所の家宅捜査令状、および、小田島、大谷両名の正式な逮捕令状が申請された。

その日の午後、赤坂署管内にある『平成改国会議』の事務所が家宅捜索された。容疑は、小田島と大谷の傷害および殺人未遂、そして脅迫などだったため、赤坂署が中心となる形をとった。しかし、実際は、大木と辻助教授の連続殺人事件の合同捜査本部から捜査員が大勢駆けつけていた。そのなかには、須田と黒木も混じっていた。

捜査員たちは、帳簿からゴミ箱のなかのメモまでを持ち帰り、子細に調べた。ロッカーのなかにあった拳銃一挺と匕首三本も押収した。

安積警部補は、合同捜査本部に陣取り、次々と入るそうした報告を聞いていた。

夜の八時過ぎ、須田と黒木が本部に戻ってきた。黒木は颯爽《さっそう》としており、そのせいで須田はことさら不器用そうに見える。須田は額に汗を浮かべていた。彼は安積の姿を見つけると小走りに近寄ってきた。

「チョウさん。七塚組ですがね、銃刀法違反や公務執行妨害なんかで、三人を逮捕しました。そのほか、幹部を任意で引っぱって尋問しています。事実上、七塚組の動きは封じたと見ていいでしょうが……。でも……」

「組長か？」

「ええ。姿が見えないんです」

「……だろうな……」

「それとね、チョウさん」

彼はひどく深刻そうな顔つきになった。疑問を共有しようとするとき、よく彼はそういう表情をするのを安積は知っていた。「暴力団なんてところは、もう金の稼ぎかたや使いかたがでたらめで、使途不明金だらけなんですがね。特に巨額な金がどこからか流れてきて、七塚組傘下のリゾート開発会社に投下されているんです」

「リゾート開発？」

「ええ。フィリピン周辺の島なんかを開発しているようなんですけど……。このご時勢にリゾート開発なんてね……。それで、捜査四課で調べたところ、どうやら出資元は都内にあるユーレイ会社でね、そのユーレイ会社は誰のものだと思います？」

「本郷征太郎か？」

須田は目を丸くした。

「よくわかりましたね」

「おまえの言いかたから判断したんだ」

「これ、本郷征太郎と七塚組を結びつけるはっきりとした証拠になりますよね」

「そうだな……。しかし、フィリピン周辺のリゾート開発とはな……」

「何かひっかかりますよね……」

「現時点では何も言えないな……。轢き逃げのほうはどうだ？」

「組員の当日の足取りを調べてますが……。千葉県警と津田沼署が目撃者でも見つけてくれないと……。鑑識で何か発見される可能性もありますがね……。残された車を徹底的に洗っているはずですから……」

「目黒署で、目撃者の洗い直しをやってくれている」

安積は言った。「大木氏がホームから落ちたところを目撃した人は何人かいる。そのうちのひとりでも、不審な人間を見たと言い出してくれれば……」

須田は言った。

「不審な人間でなくてもいいんです。小田島か大谷の写真を見せて、見覚えがあるかどうかを確認すれば……。当日、現場に、小田島か大谷のどちらかがいたとなれば、起訴まで持っていけます。きっと、覚えている人、いますよ、チョウさん」

この楽観的な意見は、またしても安積の気持ちを心持ち楽にした。

黒木が言った。

「『ワタセ・ワークス』の周囲を警戒しなくていいんですか?」

「警らの連中にまかせるんだ」

安積は言った。「俺たちは、俺たちのやるべきことをやる。それでいい」

28

須田の楽観的な見解がまた的を射たようだった。

火曜日の午前中には、目黒署の捜査員が、小田島の目撃者が見つかったと報告してきた。大木がホームに落ちたところを目撃していたひとりで、小田島の写真を見せたところ、確かにその時間、ホームにいたと言ったそうだ。

その知らせを受けて、本庁捜査四課の前原部長刑事が小田島を再度取り調べ、もう一押しするという。安積は同席するために、小田島が入院している病院へ向かった。

小田島は明らかに強がっていた。彼は、外では誰もが道をあけるようないっぱしのヤクザだ。しかし、監視付きの病室のなかでは彼を恐れる者はいない。彼の凄みも通用しない。

小田島のベッドの脇に前原部長刑事がすわった。安積はその横にすわる。その他に、記録係の制服警官がいた。

小田島は、外で何が起こっているのかをまったく知らない。彼は不安でたまらないはずだった。それが緊張となって現れている。緊張が小田島をぴりぴりさせている。

そう長くはもたないはずだ、と安積はそれを見て思った。職業柄、彼は、ヤクザ者がどういう連中か知っていた。度胸だ男気《おとこぎ》だと、声高に強調したがる彼らだが、大半が見せかけでしかないのだ。本当に辛抱強く、俠気を持っているのなら、暴力団員になどなるはずはないのだ。彼らは、若い警察官たちが受ける術科の訓練——柔道や剣道の訓練に、一日だって耐えられない。安積はそれを知っていた。

前原部長刑事は言った。

「小田島ァ。俺たちゃ、七塚組に家宅捜索《ウチコミ》かけたよ」

彼は、それ以上の説明はしなかった。相手にあれこれ想像させるのが手なのだ。小田島は虚勢を張って黙っている。つかまったときは何もしゃべるなと組で教えられているのだ。だが、小田島が落ち着きをなくしたのは明らかだった。

「帰るところがなくなっちまったかもしれねえな……」

前原部長刑事は巧みに攻めている。「逮捕状、見せたよな。傷害、殺人未遂、銃刀法違反、暴対法違反、脅迫……。いろいろついてるな……。それに、どうやらひとつ加わりそうだ……」

小田島は、無表情を保っている。安積は、じっと小田島を見つめていた。その視線もプレッシャーとなっているのは明らかだった。

前原部長刑事は言った。

「大木さんが死んだ朝ね、あんたの姿を都立大学のホームで見たという人が現れてね……。ま、当初、事故だと思ってたからなあ……。聞き込みにもそれほど熱が入らなかったんだ。いろいろあって、聞き込みをやり直してね……。小田島、今さら、駅にいたのは偶然だ、なんて言わねえよな。そりゃ納得できねえ……」

それでも小田島は何も言わない。

「なあ、小田島。俺ァ、どっちでもいいんだ。どうせ、今のままでもおまえを送検できる。法は平等だがよ、最近は人権伸縮論てえのがあってな……。おめえらみたいな犯罪者集団裁くのに情けはいらねえっていう考えかただ。少しでも、検察の心証をよくしておいたほうがいい。大木さんを殺《や》ったことを認めちまいなよ。そのほうがいい。なあ、駅で見たおまえの顔を覚えていた人がいたんだ。もうどうしようもねえ……」

「偶然だ」

小田島が言った。

口を開いたということは、落ちるのもそう先のことではない――安積は思った。反論であれ言い訳であれ、容疑者が口を開くというのは動揺が大きいことを意味している。

「膝折りの健造――こう言っても、おまえらは知らんだろうがな……。有名な極道だった。そう。その膝折りの健造のせいで、おまえはこうして膝をギプスで固め、足を吊られているわけだ」

小田島は、前原部長刑事を睨みつけている。これもいい兆候だと安積警部補は思った。感情が揺れ動いている証拠だ。

前原部長刑事が言った。

「『サムタイム』のバーテンダーだよ。相手が悪かったな。あいつが教えてくれたよ。あんた、渡瀬に向かってこう言ったそうだな？　――人を殺すのは自分たちにとってはたいしたことじゃない。電車のホームでちょいと強く背中を押せばいい――」

小田島は、追いつめられていった。

「忘れたとは言わせねえ」

前原部長刑事はさらに言った。「いや、おまえが忘れていても、バーテンの坂本ははっきり覚えている。渡瀬さんも覚えている。それで充分だ。突っ張ってて得はひとつもねえ」

小田島は感情に左右されやすい男だ。どちらかといえば直情型で、こらえ性がない。つまり、たやすくかっとなって人を傷つけるのだ。普段の無気味な静けさは、研究した末の演技でしかない。

小田島に比べれば、前原部長刑事は忍耐の人だ。優秀な警察官というのは、皆そうだ。すでに、安積は、この勝負は前原のものだと見切りをつけていた。

あとは時間だけが問題だ。

小田島が、大木を殺したことを認め、それを命じたのが本郷征太郎だとしゃべれば、すぐさま裁判所に部下をやり本郷征太郎の逮捕状を請求することができる。

勝負を決定するために、もうひと押し必要だった。その要素がない。時間はもうないはずだ。渡瀬は、今日中に返事をしなければならないと言っていた。会談は今日、行なわれる。安積は最後の最後まで諦めてはいけないと思っていた。


午後三時ちょうどに、電話が鳴った。舞が電話を取った。『ワタセ・ワークス』のオフィスでは、三人の男がまだコンピュータのディスプレイに向かい格闘していた。

舞が言った。

「渡瀬さん。本郷征太郎の秘書からです……」

渡瀬は立ち上がり、受話器を取った。

「渡瀬です」

「お約束は今日です。お忘れではないでしょうね」

渡瀬は、沖田と村井の様子を眺めた。村井の早打ちが今日ほど頼もしいと思ったことはない。

「私は、今日中に返事をすると言った。午前零時までは時間があるはずだ」

「それは認められません。議員は、今日一番に返事が聞けるものと考えていたのです」

「では、こう伝えてくれ。お見せしたいものがあるのだが、その用意に時間がかかっている。夜まで待ってほしいと……」

「見せたいものというのは何です？」

「より完全な『蓬莱』だ」

「少々、お待ちを……」

秘書は、電話を保留にした。本郷征太郎におうかがいを立てに行ったのだろう。たっぷり五分は待たされた。電話がつながって、また秘書が出た。

「議員はそんな必要はないと申しております。返事だけを聞かせろ、と……」

「冗談じゃない。こっちは命が懸かっているんだ。直接、議員と交渉させてくれ」

「議員は多忙で電話には出られません。私が一任されております。

「では、あんたに交渉すればいいというわけだな。夜の八時まで待ってくれ。それまでは返事できない」

「こちらは、最大限、あなたの立場を尊重しているのです。これ以上の譲歩は……」

「大切なことなんだ。私にとっても、議員にとっても……」

しばらく間があった。

やがて秘書は言った。

「いいでしょう。七時です。それ以上は待てません。場所はここ、つまり、議員の個人事務所です」

秘書は永田町にあるビルの一室だといい、住所を言った。渡瀬は、その条件を飲むしかないと思った。

「わかった。そこにコンピュータはあるかね？　二台必要なんだが……」

「あります」

「機種は？」

秘書はある上位機種の名を言った。

「その二台のコンピュータを使わせてもらう」

「かまいませんよ。では七時に……」

電話が切れた。

渡瀬はすぐ安積に電話をした。席を外しているという。至急連絡を欲しいと伝言して電話を切った。

彼は、沖田と村井に言った。

「タイムリミットは午後七時……、いや、六時半だ」

沖田は時計を見た。

「三時……、あと三時間半か……」

村井は何も聞かなかったかのように、キーを叩き続けていた。

沖田は、ふと手を止めた。そのままじっとディスプレイを見つめている。

「あれ？　何だこりゃあ……」

彼が声を上げ、渡瀬、村井、舞の三人は思わず彼のほうを見た。

「どうした？」

渡瀬が尋ねる。

「見てよ。大木はこんな画面を隠してたんだ」

渡瀬たちは沖田のコンピュータのディスプレイをのぞき込んだ。見たことのない画面だった。

それは、地図の一部を拡大したサブ画面だった。

「どうやってこんな画面を呼び出したんだ？」

村井が尋ねると、沖田は言った。

「年号が一九九九年までくると、一度メイン画面がストップするんだ。あれっと思っていろいろ打ち込んだんだ。ずっと触っていなかった対戦コマンドを打ち込んだら、しばらくして、こいつが現れた。対戦コマンドなんて古代や中世のとき以来、あまり使ってなかったもんなあ……」

村井が言う。

「裏画面か……。プログラムを見てもこいつはわからない。コマンドひとつでどっかへ飛んじまうんだからな……」

画面にウインドウが開き、文字が流れ始めた。

一同は、じっとその文字を読み始めた。

小田島と前原部長刑事の睨めっこはまだ続いていた。安積はあせりを表情に出すまいとつとめていた。こちらがあせっているのが小田島に伝わったら、小田島が形勢を戻すかもしれない。

そこへドアをノックする音が聞こえた。ドアがさっと開き、制服警官が入ってきた。彼は安積警部補に耳打ちした。

「渡瀬さんが、至急連絡してほしいと……」

安積は、うなずき、ことさらにゆっくりと立ち上がった。すべての行動で小田島に圧力をかけなければならない。またひとつ、警察にとって有利な材料が手に入ったと思わせたかった。

病室を出ると、安積は小走りに公衆電話に向かった。『ワタセ・ワークス』に電話をかける。舞が出た。名乗ると、すぐに渡瀬に代わった。

「本郷の秘書から、催促の電話がありました。何とか七時まで返事を引き延ばしました」

「どこで会うのですか？」

「本郷征太郎の個人事務所です」

「それはまずい……」

罠を張ろうにも、相手の陣地では何かとやりにくい。「ホテルかどこかにできなかったのですか？」

「相手に油断させたかったのです。こちらが指定した場所だと、彼もことさらに慎重になる」

「事務所の住所を教えてください」

渡瀬はこたえ、安積はそれをメモした。渡瀬は付け加えるように言った。

「私たちは、本郷征太郎をあわてさせるものを見つけましたよ」

渡瀬は安積が興味を示すのを期待しているようだった。安積にはそれがよくわかった。しかし、安積の頭の中は、今や現実的なことでいっぱいだった。

「ほう、そうですか」

安積は言った。「しかし、私たちも努力しています。何とか、あなたが本郷征太郎とお会いになるまえに、彼を検挙できるに越したことはないと思っているのです。いいですか。あとは時間の勝負となっています。連絡を密に取るようにしてください」

「時間が勝負なのは、こちらもいっしょです」

「また連絡します」

安積は電話を切った。

彼は、渡瀬たちがいったい何をやっているのか理解できなかった。渡瀬たちの努力の結果が本郷征太郎に対して効を奏するかどうかも疑問に思っていた。さらに、会見場所が本郷の事務所となると、どう考えても条件が不利だった。

安積は徐々に追いつめられた気分になってきた。追いつめられているのは、小田島だけではないのだ。彼は絶望的な気分を何とか追い払い、捜査本部に電話した。電話番をおおせつかっている若い刑事が出た。

「いいか。今から大急ぎで、本郷征太郎事務所の家宅捜査令状と、本郷征太郎の逮捕令状を請求する準備をするんだ。いっさいがっさいの資料をかき集めて、裁判所の窓口で待機しろ。小田島の供述が取れたら、裁判所にすっ飛んでいく」

「わかりました」

「須田と黒木をつかまえてくれ。七時には、何が何でも本郷征太郎事務所に行けと伝えるんだ」

「はい。あ……、安積警部補、ちょっと待ってください……」

若い刑事は他の電話に出たようだ。段取りの悪いやつだ。珍しく、安積警部補は心のなかで罵《のの》った。こちらの用は済んだんだ。こっちの電話を切ってから、別の電話に出ればいいんだ……。

彼は電話を切ろうとした。

　そのとき、相手の声が聞こえてきて、受話器を耳に戻した。

「安積警部補、聞こえますか？」

「ああ、聞いている。だがな、別の電話に出るまえに……」

「千葉県警から連絡が入り、辻助教授が轢き逃げに会った夜、『平成改国会議』の組員のひとりが近所で目撃されたのを確認したそうです。名前は呉木田《ごきた》一郎《いちろう》。年齢、二十三歳。本部でも、その男が組員であることを確認しました。現在、足取りは不明です」

「課長に言ってくれ。私の帰りなど待たんでいいから指名手配してくれと」

「わかりました」

　安積は、若い刑事を叱りつけなくて本当によかったと思った。彼は、病室のまえまで駆け戻り、そこで、深呼吸をした。落ち着きを取り戻すと、おもむろにドアを開けた。

　小田島と前原部長刑事の戦いに進展はなさそうだった。安積は、前原を病室のすみまで連れて行き、ひそひそと事情を話した。ことさらに意味ありげに見えるようにした。安積は芝居気のあるほうではないが、こういう場合の演出は大切だと心得ている。

　前原部長刑事は重々しくうなずいた。ふたりはもとの席に戻る。小田島はふたりを無視しているが、動きを気にしているのは明らかだった。今や、小田島には不安の兆候がいくつも見られた。

　眼球の動きは落ち着きがなかったし、無意識に指を動かすことも多くなった。顔色は明らかによくないし、ひんぱんに唾を飲み込むのがわかった。

前原は落ち着きはらった口調で言った。

「呉木田一郎ってのは、おまえの弟分か？」

小田島の髪の生え際が動いた。驚いたのは明らかだ。

前原部長刑事は続いて言った。

「呉木田一郎は指名手配されたぞ。辻鷹彦という東大の助教授を殺した容疑でな……。この辻助教授が、大木守氏と知り合いだったことは知ってる。本郷征太郎の諮問機関のメンバーだったんだってな、ふたりとも……。辻助教授殺しも、おまえが指示したのか？」

小田島は何も言わない。

「おまえが、呉木田に命じて殺させたんだな？」

それでも小田島は無言だ。

前原部長刑事は、安積警部補に向かって、あっさりとした口調で言った。

「よし、もういいだろう。供述がなくったって送検できらあ。充分だね、安《ヤス》チョウさん」

「そうだな……。大木守氏、辻鷹彦氏殺害の容疑もくっつけて送っちまおう」

ふたりは、席を立つ。ぎりぎりの演技だった。安積は、ドアに向かって、一歩踏み出した。

「やってねえよ」

小田島が言った。

前原部長刑事は、無視するふりをして言った。

「今さらしゃべろうなんて、虫がいいぜ」

「俺は、辻助教授は殺《や》ってない」

前原はちらりと安積を見た。安積は小田島を見つめていた。小田島の緊張のたがが外れた。彼は絶望に勝てなかった。

「大木って男を殺ったのは俺だ。だが辻助教授は関係ねえ……」

前原は、記録係をさっと見た。記録係はちゃんと役割を果たしていた。安積警部補が初めて小田島に質問した。

「おまえの判断で大木守氏を殺害したのか？　大木守氏に怨みでもあったのか？」

「仕事でやったことだよ」

「誰かに命じられたということか？」

「組に言われた……」

「なぜ、七塚組が大木氏を……？」

「わかってるだろう？　本郷征太郎のためにやったんだよ」

「本郷征太郎に殺人を指示されたということだな？」

「組長《オヤジ》に聞いてくれ……」

「おまえに質問してるんだ」

「そうだよ。本郷征太郎にいわれたんだ」

「何を言われた」

「大木ってやつを消すようにだよ」

安積は、記録係から紙をひったくるように受け取り、小田島の指を、特製の黒いロウのようなインクに押しつけた。紙に小田島の拇印を押す。

そのとき、小田島は言った。

「ちくしょう……。俺ひとり、臭いメシを食わされてたまるか」

安積は、小田島の供述書を懐に、裁判所へ急いだ。前原部長刑事が覆面マークIIの運転をした。

「安《ヤス》チョウさんよ。派手にサイレン鳴らしていいか？」

「好きにしろ」

口ではそう言ったが、安積も同じ気分だった。

裁判所の窓口のまえでは、若い刑事がふたりを待っていた。すでに申請書の書式をととのえてある。疎明資料もいっしょだ。窓口が閉まるぎりぎりの時刻だった。

安積は申請を済ませて、前原部長刑事に言った。

「今、令状《オフダ》が下りれば、危ない橋を渡らなくて済む」

「危ない橋……？　何のこった？」

「今日の七時、『ワタセ・ワークス』の渡瀬さんが本郷征太郎と会うことになっている。『蓬莱』の発売を諦めるかどうかの返事をするわけだ。そこで、渡瀬さんたちは、本郷征太郎に一矢《いっし》報いようなどと考えている」

「そりゃ、本当に危ない橋だ。ぎりぎりだったな……」

ところが、窓口が閉まったが、令状が発行されない。安積は、ふと不安を覚えた。ずいぶんと待たされてから、窓口が再度開き、安積が呼ばれた。

「担当官がお会いになります」

「くそっ！」

安積は小声でつぶやいた。

29

裁判所の担当官は前置きなしに言った。

「現職議員の本郷征太郎ですね」

彼の机の上には、捜査令状と逮捕令状のふたつの申請書と、資料が広げられている。安積はうなずいた。

「そうです」

「社会的影響が大きい。充分な検討を必要とします」

「疑いのない事実です」

「資料を読んだ限りでは、逮捕や家宅捜索をするだけの根拠が薄いように感じられますが……」

これが、社会的な影響力というわけだ。もちろん、裁判所の担当官も、身分によって法的措置を差別しているわけではない。慎重にならざるを得ないのだ。

だが、安積としても、ここで引き退がるわけにはいかない。時間もないのだ。

「殺人を実行したと思われる被疑者の供述もあります。さらに、事件全体の因果関係は報告書をお読みいただければ……」

「誤認逮捕は絶対に避けなければなりません」

「それは今回に限ったことではありません」

担当官は、もう一度報告書に眼を通した。安積は時間が気になっていた。ぐずぐずしていたら、渡瀬の身が危険にさらされることになる。本郷征太郎を逮捕するために、渡瀬に犠牲になってもらう——安積は、そういう考えかただけは絶対にできなかった。彼にとってそれは敗北と同じことなのだ。

「よろしい。私の質問に口頭でこたえてもらえますか」

「はい」

結局、事件の全容を説明せねばならなかった。『蓬莱』の説明までした。担当官の質問をはさんで、何度か同じことを説明し直さなければならないこともあった。

一時間近く、彼らは話し合っていた。担当官は、小田島の供述書をじっと見つめていた。安積は壁の時計を横眼で見た。六時半を過ぎている。

担当官はついに判断を下した。彼は、令状二枚に判を捺《お》した。

安積は本郷征太郎の逮捕令状と、彼の個人事務所の捜査令状を確認し、一礼すると急いで退出した。


六時に作業は終わっていた。『ワタセ・ワークス』のオフィスでは、ひどいありさまの三人の男が、ぐったりと椅子に体をあずけている。

「予定よりも、三十分、早く終わるなんて……」

渡瀬が言った。沖田が言う。

「村井の早打ちのおかげだ。いや、今回はアイディアから打ち込みまで、すべて村井のおかげだな……」

村井は言った。

「まったく迷惑な話だ……」

「さて、作業が終わったからといって安心してはいられない。これを本郷征太郎に見せて納得させなければならない」

渡瀬が言うと、沖田が肩をすくめた。

「納得してくれるかね？」

「やってみるさ。プログラマーの俺たちにはこれしか戦う術《すべ》はなかったんだ」

「あんたひとりじゃ行かせられないな……」

沖田が言う。

「俺だけでいい」

「だめだよ。任せられない。『蓬萊』の修正ポイントについては、あんたより、村井のほうが詳しい。歴史的解釈については、あんたより僕のほうが詳しい。本郷征太郎にショックを与えるためには、ちゃんとした説明が必要なんだよ」

「何だか、自分がひどく役立たずのような気がしてきたな……」

「役割があると言いたいだけだよ。三人で行くべきだ」

「本郷征太郎がひとりで来いと言ったら？」

「交渉決裂で、仕切り直し。それだけさ」

渡瀬は納得した。慎重になるのはいいが、相手を恐れる必要などないのだ。

「あたしはどうすればいいのよ」

舞が言った。

「いっしょに行くかい？」

沖田が言う。

「権利、あると思うわ」

「危険だよ」

渡瀬が言った。舞はかぶりを振った。

「危険はどこにいたって同じことでしょう？」

「そうだな……。『ワタセ・ワークス』全員が雁首《がんくび》を揃えるのもいいかもしれない」

渡瀬はうなずいた。「安積さんに電話してから出かけよう」

彼は、神南署に電話をかけた。安積は出かけているといわれた。七時に、本郷征太郎事務所へ行くということはすでに伝えてある。渡瀬が名乗っても、相手は何も言わないので安積からの伝言もないということだと判断した。渡瀬は電話を切った。

「さて、では、出かけるか」

渡瀬は二組のフロッピーディスクの束を手にして立ち上がった。

村井がまた、何かぶつぶつとつぶやいていた。

永田町にあるいくつかのオフィスビルのひとつだが、そのビルには『盛和会』の息がかかっていた。本郷征太郎の個人事務所はそのビルのなかにある。

今、須田と黒木が、玄関近くに車を止めてじっと待機していた。

「あれ、チョウさんだ……」

須田がつぶやくように言った。黒木がさっと反応した。

覆面パトカーのマークⅡが、須田と黒木が乗っている車の後方から近づいてきた。須田はバックミラーを見ていたのだ。マークⅡが静かに停車した。須田と黒木は車を降りた。

安積と前原部長刑事がマークⅡのなかから現れた。

「令状《オフダ》が下りた」

安積は須田と黒木に言った。「渡瀬さんはまだ来ていないな?」

「まだです」

須田がこたえた。「へえ……。これでチョウさんの考えていたとおりになりますね。でもね、チョウさん。俺、正直言うと、渡瀬さんたちと本郷の勝負を見たかったような気がしますよ」

「私だって、話を聞いてみたいとは思う。だがな、これが正しい手続きなんだ」

「そうですね……」

「さて、行こうか」

安積は、先頭に立ってビルの玄関に向かった。

一階ロビーの受付には人がいなかった。すでに帰ったあとなのかもしれない。エレベーターの前から制服姿の守衛が近づいてきた。職務に忠実な初老の守衛は、厳しい顔つきで言った。

「どちらにご用ですか？」

言葉は丁寧だが、何者も自分の許しなしにはそこを通さないという覚悟が見て取れた。安積は警察手帳を出して、そのかたくなな忠誠心を打ち砕いた。

「警察です。本郷征太郎さんの事務所に用があります」

守衛は、口をあんぐりとあけていたが、すぐさま、職務を思い出した。

「今、連絡を取ります」

彼は受付のカウンターに行こうとした。そこに館内電話があるのだ。

安積は言った。

「その必要はありません。何階かを教えてくれればいいのです」

守衛は驚いた表情のまま立ち尽くしていた。

「五階です。五〇一号室。しかし……」

安積は、守衛が何か言おうとするのを無視して、エレベーターに向かった。警察官のこういう態度が一般人に嫌われるのだということを、安積は充分に承知していた。だが、好かれる必要などないのだ。そういう仕事なのだ——そう心のなかでつぶやいて自分を慰めた。

事務所では、二人の男性の秘書と、ひとりの女性秘書が、立ったまま安積たちを出迎えた。守衛から連絡が入ったのだ。警察官がやってくるのを予期した態度だった。

男性秘書のひとりが声高に言った。

「何だ、何だ。何の用だ」

彼は、本郷征太郎と同じくらいの年齢だった。

「あなたは？」

安積は尋ねた。

「第一秘書の青山《あおやま》といいます」

安積はうなずき、まず、家宅捜査令状を出して広げた。

「青山さん。捜査令状です」

「何だって……」

青山は令状をしげしげと見つめた。安積は彼が一字一句を充分読み取れるように掲げていた。青山が安積の顔に眼を戻すと、捜査令状を畳んで懐にしまった。

「本郷征太郎議員にお会いしたい」

「しかし、ただ今、議員には来客中で……、これからまた、別の客も来る予定ですし……」

「用はすぐに済みます」

「待ってください……」

青山は、ドアのひとつに歩み寄った。そのドアをノックする。

「失礼します」

青山がドアのノブを回す。安積は、すでに青山のすぐうしろへ来ていた。安積はかまわず、ドアをぐいと引いた。そこは応接間だった。

刑事たちは、応接間に入った。ただひとり、黒木が秘書たちの動きを監視するように残っていた。

本郷征太郎が不愉快そうに眉をひそめて、言った。

「何事だね、これは……」

本郷征太郎の向かい側に腰を降ろしているのは、七塚肇だった。七塚は、ただ寒々とした眼で、刑事たちを眺めているだけだった。

前原部長刑事が言った。

「おや、七塚さん。こんなところにいらっしゃいましたか……。事務所のほうでお会いできないので、どちらにおいでかと思っていましたよ」

七塚肇は、つまらない冗談でも聞いたように顔をそむけた。

本郷征太郎が再度言った。

「何だね。君たちは、……。失礼だろう」

安積警部補は、今度は、逮捕令状を取り出した。それを本郷征太郎のほうに突き出して言った。

「あなたを逮捕します」

本郷征太郎は、ほとんど表情を変えなかった。

「ほう……」

安積はきわめて事務的な声で言った。

「大木守、辻鷹彦両氏の殺害を教唆した容疑、『ワタセ・ワークス』に対する脅迫および威力業務妨害の容疑です」

本郷征太郎は落ち着きはらっていた。彼はかぶりを振ってから言った。

「早まったんじゃないかね、君。それとも手柄をあせったかね……」

「あなたには黙秘する権利があります」

安積は耳を貸さなかった。「これから発言することがらは、法廷で使用されることがあります。あなたは弁護士に相談することができます……」

「安積さん」

そのとき、背後から声がした。安積は振り向かなくても誰の声かわかった。渡瀬がやってきたのだ。

渡瀬が本郷征太郎の事務所へやってきて、目にしたのは、開いたドアの向こうで、安積が本郷征太郎に紙を突き出している光景だった。逮捕の現場だということがすぐにわかった。近づくと、さらに開いたドアのなかが見え、ソファに七塚肇がすわっているのがわかった。

本郷征太郎はまったく慌てていなかった。逮捕状は安積の切り札のはずだ。その切り札にも本郷征太郎は動じない。彼は一流の弁護士を何人も知っているのだろうと渡瀬は思った。彼は公判に自信を持っているのかもしれなかった。

安積が言った。

「さあ、署までご同行いただきます」

「まあ、待ってくれ……」

本郷征太郎は言った。彼は、渡瀬のほうを見た。「私は、この人と話をしなければならない」

安積は渡瀬のほうを見なかった。渡瀬は、独特の冷酷さを感じた。安積は今、法の執行をしている。もう渡瀬の出る幕ではないと考えているのだ。それがよくわかった。

本郷征太郎は、ゆっくりと視線を安積に戻した。

「あなたが来るまえに、約束していたことだ。私は逃げも隠れもしないよ。そうあせる必要もないでしょう」

安積は何も言わない。

「安積さん」

渡瀬が言った。「私たちは、彼と話し合うために準備をしてきました。話をさせてください」

「そう……」

本郷征太郎は思い出したように言った。「何か面白いものを持ってきてくれたようだね」

渡瀬はうなずいた。

「完全な『蓬萊』ができたと私は思っています」

「それも見てみたいしな……」

本郷征太郎は安積を見すえた。おだやかな表情だが、眼だけは威圧的だった。安積はうなずいた。

「いいでしょう。だが、われわれも立ち合わせていただきます。そして、ここで交される会話も、公判で使用されることがあります。それをご承知の上でしたら……」

本郷征太郎は、それでも余裕を失なわなかった。

「かまわんよ」

彼は、渡瀬のほうを見た。「さ、返事を聞かせてください。そのために来たのでしょう」

渡瀬は言った。

「そのまえに、うかがっておきたいことがあります」

「何だね？」

「あなたの思い切った政策は、コンピュータのシミュレーションによって検討されたものですね」

「まあ、そう言っていいだろう」

「そのシミュレーションというのは、基本的に、私たちが発売しようとしているスーパーファミコン版『蓬莱』とまったく同じですね」

「『蓬莱』はかなりの縮小版だが、同じ結果が得られると、うちの研究スタッフは判断しました。だが、今さらそんなことを確認して何になるんだ？」

「その点が大切なのです。返事はノーです。私たちは『蓬莱』の発売をやめる必要などないと判断しました」

「ほう……。私が逮捕されると知って強気になったかね。しかし、私は必ず釈放される。そのときに、後悔することになるかもしれませんよ」

「あなたが政策を検討するために使ったシミュレーションには欠陥があったのです」

「つまらぬ言い逃がれを……」

「私たちは、プロのゲームプログラマーです。その誇りに誓って、嘘いつわりはありません。コンピュータを拝借できますか?」

「私の部屋のを使えばいい」

本郷征太郎は安積を見た。「移動してかまわんかね?」

安積はうなずいた。本郷征太郎、渡瀬、安積、須田の四人が移動した。前原は七塚肇を監視するために残り、黒木は相変わらず秘書たちの動きに眼を光らせている。

渡瀬が言った。

「コンピュータが二台必要です。あちらの事務所にあるのを一台運んでかまいませんね。うちの社員にやらせます」

本郷征太郎は言った。

「かまわんよ。だが、おかしな細工をしないように、こちらも青山を同席させる」

「どうぞ」

沖田、村井、舞、それに秘書の青山が部屋に呼ばれた。沖田と村井がコンピュータを運んできた。本郷征太郎の部屋にあるのと同じタイプだった。ふたつのディスプレイが並べて置かれた。八人の人間が部屋に集まったことになる。それでも、それほど窮屈に感じないほど、部屋は広かった。

渡瀬は、村井と沖田に一セットずつフロッピーディスクを手渡した。

「これは、スーパーファミコン版『蓬萊』をコピーしたものです」

彼は沖田に手渡したフロッピーディスクを差して言った。次に、村井に渡したほうを指差した。「そして、これが、より正確なシミュレーションを期して我々が手を加えたものです」

沖田と村井はほぼ同時にふたつの『蓬萊』を立ち上げた。

「両方に、まったく同じ条件を打ち込みます。つまり徐福です」

渡瀬は説明した。「ゲームの進行を、通常のスピードでやっていると夜が明けてしまうので、大幅に早めてやることにします」

渡瀬が言うと、沖田と村井は、同時にキーボードを叩いた。画面の上で、どんどん年月が過ぎていく。

「病気、台風、旱魃《かんばつ》などには両方ともまったく同じ対処をしていきます」

渡瀬が言った。「さらに、最大の問題である異民族との遭遇においては、基本的には和合・習合という方針で対処します」

ふたつのディスプレイのコマンド画面では、渡瀬が言ったように、まったく同じコマンドが選択されていった。

本郷征太郎は、渡瀬の意図がわからないらしく、わずかに困惑の表情だった。

ふたつのディスプレイのなかで、まったく同様に村が、そして国が発展していった。やがて、強大な敵がやってきて、それとも和合していった。

「騎馬民族が大陸からやってきたことを示しているようですね」

沖田が解説した。「よく出来たシミュレーションだ」

画面上では猛スピードで年月が経っていく。やがて、戦乱が地図上に広がり、どこをスクロールしても戦いの光景が見られた。それが過ぎ、平和がおとずれる。

「戦国時代を経て、徳川の世が来たようですね」

渡瀬が言う。「さらに、明治を経て、現代へやってきます。さて、ここからは未来のシミュレーションとなります。基本的に『蓬萊』には交易を現わす要素がないので、自然と鎖国状態となります」

「そのためのシミュレーションだからな……」

つぶやくように本郷征太郎が言った。

ふたつの画面に、差がはっきり表れてきた。これまでも多少の差は認められていたのだが、それは無視できるほどの差だった。

片方は、停滞しているといっていいほどおだやかだが、もう片方は、さかんに戦いを繰り返している。やがて、そちらは、明らかな内乱状態となった。

「何だこれは……」

本郷征太郎が言った。

渡瀬がこたえた。

「こちらが正確なシミュレーションの結果です」

村井と沖田はそこで画面をストップさせた。表示は二〇五〇年となっていた。

30

本郷征太郎は苦笑した。

「おもしろいおもちゃを作ったじゃないですか。だが、何も証明したことにならない。勝手にプログラムをいじって、こういう結果になるようにしただけでしょう」

渡瀬はかぶりを振った。

「いくらプログラマーだって、短時間にそんなものを打ち込めやしません。この両方の結果が『蓬莱』には内包されていました。私たちは、ごくわずかな欠点に気づき、それを修正しただけです」

渡瀬は村井を見た。

村井は面倒臭げに話し始めた。

「より、現実的に修正したんですよ。いいですか？『蓬莱』には確率と統計の理論が応用されていました。より実際の歴史に近づけるように、ある数式がいたるところに導入されていたのです。カオス理論と呼ばれるんですが、量子力学の不確定性理論から出発して……」

村井は一同の顔を眺めて説明を中断した。

「とにかく、一種の波動方程式が使われていたんです。サインとかコサインとかいうやつです。でも、どうしてもふたつの波動方程式を使わねばならず、その干渉をおさえるために、変数に操作した形跡があったのです。まあそれでも、シミュレーションは作動しますが、正確ではないと思います。おそらく、誰かが、議員の望ましい方向にシミュレーションを持っていこうと考えたんじゃないですか？　僕らは、それをもとに戻し、ふたつの方程式を干渉させるままにしたのですよ。おそらく、こっちのほうが自然なはずです」

本郷征太郎も安積も、眉をひそめている。村井の言っていることが理解できないのだ。

沖田が続いて言った。

「それがどんな差になったかというとね。一言で言えば、民族闘争というか、第二の戦国時代というか……。閉鎖された状況で、何かそういうことがクローズアップされちまったんだね。騎馬民族がやってきたのを覚えているでしょう。その他、さまざまな民族が日本には住んでいた。嘘か本当か知らないけれど、源氏の源はモンゴルの元《げん》、平家の平はペルシアの平《ペい》などという説をとなえる人もいる。もちろん、徐福のプログラムはすべての日本人に生きている。でもね、僕たちが作った修正版『蓬萊』は、いってみれば『ゆらぎ』を再現したんだ。歴史のゆらぎは、徐福の『和』のプログラムにも作用してね、一時的に日本人をひどくエキセントリックにしたりする。戦国時代や数々の戦争、特に第二次大戦のときなんかがそうだ。その『ゆらぎ』はまたひどくのんびりした時代も作り出す」

沖田は言った。「結論としてね、『ゆらぎ』のはけ口がないと、こういう内乱状態になっちまう。上古・古代は、『ゆらぎ』を日本の国土の内側で受け止められた。日本の中に村や国があったわけだからね。戦国時代でもそうだった。国というのは領土と同じ意識だった。でも、人口がこれだけ増え、情報化によって国がひとつになっている現在、『ゆらぎ』を国内でおさめることはできない。鎖国は命取りになるよ」

「何を言ってるんだ……」

本郷征太郎は、あくまでも本気にしようとしない。「上古・古代からさまざまな民族が日本へやってきているのは知っている。もともとは、縄文人が住んでいた。縄文人は古モンゴロイドで、大陸からやってきた人々は新モンゴロイドだった。この二つのモンゴロイドが日本で混血した。その後、百済系、新羅系、漢民族など多様な人種が交錯した。しかしね、徐福の『和』の思想が、それらの多様な民族を、日本人というひとつの民族にしたんだよ」

「そうだよ。それが徐福のプログラムだよ。でもね、日本人というのは、他国と比較して日本人たりえるんだよ。日本の国を閉鎖したらそこは日本人しかいなくなる。すると、同じ民族の中での差異がクローズアップされるの、あたりまえでしょう。修正版『蓬莱』がそれを証明してるよ」

「君たちが、内戦状態になるようにプログラムを変えただけだろう」

本郷征太郎は言った。「私をだまそうとしても無駄だよ」

渡瀬はきっぱりとかぶりを振った。

「私たちが修正したのは、村井が説明した数式だけです。『蓬萊』をバラして、その数式を探し出し、いちいち修正していったのです。私たちにはそれだけで精いっぱいだったし、また、それ以上のことをやる必要はありませんでした。そして、私たちの修正版のほうがより現実に近いという自信があります」

「話にならんよ」

「この二組のフロッピーディスクはさしあげます。専門家に調べてもらえば、私たちの言っていることが嘘でないとわかるはずです」

「そんなことをする必要はない。これは、まやかしに過ぎない」

「すぐにわかる方法がありますよ。あなたの研究機関の数学の専門家に尋ねてみればいいのです。徐福のシミュレーションを作るのに参加した数学の担当者です」

「何をどう尋ねればいいんだね？」

この質問には村井がこたえた。

「ふたつの波動方程式の干渉をなくすために変数を操作したかどうか……」

本郷征太郎は考えていた。このままでは結論が出ないと思ったのか、青山に命じた。

「電話をかけてみなさい」

青山は、本郷征太郎の机の上にある電話に手を伸ばした。何度か掛け直した後、目的の人物をつかまえたようだった。

青山は言った。

「議員の質問です。徐福のシミュレーションについて……。あなたはあのシミュレーションを作るときに、ある数学の理論を応用しましたね」

青山は、村井を見た。村井は、もう一度、青山に教えた。

「ふたつの波動方程式。干渉をなくすための変数の操作」

青山は電話の相手に言った。

「そのときに、ふたつの波動方程式の干渉をなくすために変数の操作をしましたか？」

一同はじっと青山に注目している。方程式の干渉などというのはどういうことか理解できた者は少ないが、数学者の返事がどういう意味を持つかは全員が理解していた。本郷征太郎にも理解できたはずだと渡瀬は確信していた。

青山はいら立ったように言った。

「いや、責めているわけじゃない。……操作をしても、シミュレーションには影響ないはず？　……そういう説明を聞きたいわけではない。実際に操作をしたのかどうかを聞きたい」

本郷征太郎は、手を伸ばし、電話のあるボタンを押した。会話の内容が、スピーカーから流れてきた。

相手の声が言った。

「……そのほうが、先生が満足なさるはずだと思った。シミュレーションがわかりやすく進むからね」

青山が言う。

「操作をしたのですか？」

「そう……。確かに、あなたの言うとおりの操作をした。しかしね……」

「もういい」

本郷征太郎は言った。青山は電話を切った。

その場にいた全員が、今の会話の持つ意味をそれぞれに考えたため、長い沈黙が続いた。

だが、本郷征太郎は平然としていた。

「なるほど……。シミュレーションの欠点をわざわざ指摘してくれたわけだね」

彼は微笑さえ浮かべていた。「礼を言うよ。だが、徒労だったね。私は、シミュレーションを参考にしたに過ぎない。言ったはずだよ。私は自分が練り上げた政策とゲームを、マスコミが面白がって同レベルで取り上げることが迷惑なのだ、と」

渡瀬は言った。

「政策の不備を認めたくない気持ちはわかります。でも、私たちのシミュレーションではあなたの政策はうまくいきません」

「君たちは何も証明してはおらんよ」

「私たちの発見はこれだけではありません」

「ほう……」

「これは沖田が言ったことですが、政治家というのは、政策を実現させるためのシナリオを持っているはずですね」

「そうだよ」

「でも、あなたは鎖国に至るまでの計画を私に話してくれませんでした」

「特に話すほどのことはなかった」

「私たちはそれを見つけたのです」

本郷征太郎の表情から、微笑が消えた。

「何の話だ」

「今、『蓬萊』の年号表示は二〇五〇年を差しています。それを見て、あなたはほっとされたことでしょう。大切な年を通り過ぎてしまったのですから」

本郷征太郎がわずかにだが落ち着きをなくしたようだった。

渡瀬は言った。

「通常のゲームではできませんが、わが社のプログラマーがいるので年をそのままさかのぼることができます。つまり、プレイバックですね。では、『蓬萊』を一九九九年まで戻します」

その言葉を合図に沖田はキーボードを叩いた。沖田は、修正前のスーパーファミコン版『蓬萊』のほうを担当していた。

「待て」

本郷征太郎が言った。「君は取り引きに応じるかどうかの返事だけすればいいんだ」

「ここまで話を聞いたんです」

安積が言った。「先を聞きましょう」

本郷征太郎は、さっと安積を見た。安積は渡瀬にうなずきかけた。

渡瀬は説明した。

「一九九九年で、一度画面が止まります。何かコマンドすると、また進み始めるのですが、ここで対戦コマンドを打ち込み、しばらく待つと、別の画面が現れます。これです」

ディスプレイに裏画面が現れた。

それは、地図の一部を拡大したサブ画面だった。明らかに国会議事堂とわかる建て物の周囲を、軍服を着た兵士たちが取り囲んでいる。

兵士たちは、さまざまな肌の色をしているように見えた。見ていると、ウインドウが開き、映画の字幕スーパーのように文字が流れ始めた。

渡瀬は、それを声に出して読み始めた。

「難民、不法残留者、不法入国者などによって組織されたスル諸島旅団上陸。国会と放送局を占拠。自衛隊の治安出動で、東京都内は内乱状態に。自衛隊鎖国派謀反、スル諸島旅団に付く。鎖国派およびスル諸島旅団勝利……」

渡瀬は本郷征太郎の顔を見た。「大木はこの画面をこっそりと隠していた。気づかれずに済むと考えたのかもしれません。でも、あなたがたのスタッフはそれに気づいた……」

沖田が説明した。

「これ、クーデター計画だよ。おそらく、『蓬莱』とは別に、クーデターの戦略シミュレーションもあったんだろうね。大木はさすがにそれは織り込めず、概要を記録するしかなかった。これ、単純な記録だから、プログラムではそれほどのスペースを取らない。だから、プログラムだけ見ても気がつかなかった……」

「ばかな……」

本郷征太郎は、吐き捨てるように言った。

「たかがゲームだ……」

渡瀬は言った。

「そのたかがゲームを、あなたは手間暇かけてつぶそうとした。私たちは、この裏画面が何を意味してるのか話し合いました」

沖田が言った。

「これ、思いつきとしては悪くないよ。つまり、日本の難民および移民受け入れ策と抱き合わせだからね。ベトナムや中国難民のなかには軍隊経験者もいる。そういう連中を中心に軍隊を作るわけだ。彼らだって日本が自分たちの国になると思えば本気で戦う。それにね。日本人同士だとクーデターはなかなか起きない。おそらく反日感情があるアジアの外国人を使うところがミソだね。もちろん自衛隊その他、政府諸機関にはいろいろと根回しをしておく。あなたがPKO論争に熱心なのも、そのせいなんだろうね。そして、徐福のシミュレーションは、そうした外国人を受け入れた後、日本人化していくためのシミュレーションでもあったはずだ。そうした二重の意味があったんだろう？」

渡瀬が続いて言った。

「スル諸島旅団というのが、その外国人部隊の名前なんでしょうね。スル諸島というのは、フィリピンの島だそうですね。わが社の戸上舞がフィリピンを旅行したことがあるので知っていました」

「悪い冗談だ」

本郷征太郎が言った。「それくらいにしておきたまえ」

「そうかな」

そう言ったのは、安積警部補だった。本郷征太郎は安積を見た。

安積警部補は続けた。

「あなたは七塚組傘下のリゾート開発会社に巨額の投資をされている。そのリゾート開発会社は、フィリピン周辺の島々を手がけているそうですが……。調べてみればどういうことかはっきりするはずです」

本郷征太郎は、唇を噛んで、安積を睨んでいた。顔色が失せていた。

渡瀬は言った。

「大木は彼なりに、無茶な計画を告発しようとしたのです。そのために、あなたは大木を殺したのですね。そして、それを知っておびえた辻助教授をも殺した……。それが動機なのです」

本郷征太郎は、ますます顔色を失っていった。彼は、渡瀬を見ると言った。

「正しいシミュレーションでは、鎖国が失敗するというのは本当なのか？」

「ごらんになったとおりです」

本郷征太郎は、ゆっくりとうなだれていった。彼はしばらく無言でいた。

やがて、本郷征太郎は、力のない声で言った。

「青山。弁護士を手配しなさい」

本郷征太郎は連行され、七塚肇も任意で署に同行した。

31

『ワタセ・ワークス』のなかは殺気がみなぎっており、雰囲気がぴりぴりとしている。

安積警部補はそれを肌で感じ取っていた。村井、沖田、舞の三人が、コンピュータのキーをものすごいスピードで叩き続けている。三人の眼は血走っていた。

「修正版『蓬莱』に三日も取られましたからね」

渡瀬は言った。「仕事のペースを取り戻すのに必死なんですよ」

「『蓬莱』、発売のメドがついたそうですね」

安積が言った。

「ええ、何とか予定どおりいけそうです。銀行も、今までどおり取り引きをしてくれることになって、ひと安心です」

「銀行は何か言ってきましたか?」

「何も……。ただ、再検討の結果、今までどおりのお付き合いをすることにした——それだけです。だが、こちらは文句も言えない。まあ、そんなものです」

安積はうなずいた。

「正直言って、私は驚きましたよ。プロというのはたいしたものだ。三日で『蓬萊』の欠陥を発見し、修正してしまうなんて……」

「ああ、あれ……」

渡瀬は、意味ありげな笑いを見せた。

「ありゃ、嘘ですよ」

作業の手を止めぬまま、沖田が言った。安積は沖田のほうを向くために、上体をひねらなければならなかった。

「嘘……？」

「いや、嘘というのは言い過ぎです」

渡瀬が説明した。「村井は、数学に明るくってですね……。確かに、あのとき説明したような数字の操作を発見したんですが、それを、そのまま元に戻しても、あのときやったような差は現れなかったかもしれません」

「では、プログラムをいじったのですか？」

「内乱になりやすいようにはしました」

安積は複雑な表情をした。

「では、本郷征太郎をだましたわけですね」

「人聞きが悪いな」

沖田が言う。「あのね、シミュレーションソフトなんて、使う人次第なの。ちょっとバイアスをかけてやれば、違った結果が出てくるもんなんだよ。それを証明してやっただけさ」

「彼の言うとおりです」

渡瀬は言った。「条件の設定、運用のしかたで結果は変わってきます。シミュレーションはひとつの可能性を示すに過ぎないんですよ。私は、それを本郷征太郎に理解させたかったのです」

「でも……」

沖田は言った。「『蓬莱』は実によくできている。徐福のプログラムを再現した点がすぐれているんだ。やっぱり、徐福は天才プログラマーだったと、僕は思うね」

「私たちを非難しますか?」

渡瀬は尋ねた。

安積はかぶりを振った。

「いいえ。今回のご協力に感謝します。私はそれだけを言うためにここへ来ました。その気持ちは今も変わりません」

いつもは静かな乃木坂の『サムタイム』が今夜は少しだけにぎやかだった。

「少しはおさえてくれ」

渡瀬が言った。「この店は、一定の音量を超えると、自動的に客を吐き出しちまうんだ」

「いいじゃない」

赤い顔をした沖田が言った。「今夜は『蓬莱』のヒット記念パーティーなんだ」

発売されたスーパーファミコン版『蓬莱』は、またたく間に売り上げ上位にランクされた。『ワタセ・ワークス』の代表的なヒット作となった。

「これで経営も少しは楽になるだろう？」

沖田が言う。

「おまえ、こんなに陽気な酒だったのか？」

「今日はね、ハイなの」

「ねえ、社長」

村井が言った。「儲かったのなら、人、増やしてくださいよ」

「儲かったって言ったって、相変わらずうちは自転車操業なんだよ。プログラマーならひとり増えただろう？」

「いや、もっと戦力になる人材が必要だ」

「ま、何てこと言うの？」

舞が言う。「デスクの仕事を村井さんが半分やってくれりゃ、あたしだって、もっと戦力になるわよ」

村井は黙ってしまった。今、気づいたのだが、自分も含めて、『ワタセ・ワークス』には、舞に口ごたえできる男がいないのだな、と渡瀬は思った。

社員たちがはしゃいでいても、『サムタイム』のなかは静かな感じがした。かすかにコルトレーンとデューク・エリントンの『インナ・センチメンタル・ムード』が流れている。厚い一枚板のバーカウンターが、軽薄な雑音をすべて吸い取ってしまうような感じだ。ほの暗いライトの光が、心のざわつきを静めてくれるのかもしれない。そして、棚に並ぶさまざまなボトルの上品な輝きが、安らぎを感じさせる。

だが、店の静かな雰囲気の最大の理由はバーテンダーの坂本だった。

坂本は、事件のことは何も言わなかった。まったく何事もなかったようにおだやかなほほえみで渡瀬を迎えた。渡瀬は何か話しておくべきだと感じていた。

「すまんね、やかましくて」

渡瀬は坂本に言った。

「とんでもない。酒場は活気があるに越したことはないんですよ」

渡瀬は空のグラスを差し出した。坂本は黙って受け取り、違った模様のカットグラスを取り出した。それに氷を入れ、ブッシュミルズを注いだ。そのグラスを、静かにカウンターに置き、渡瀬のまえまでスライドさせた。渡瀬はアイリッシュウイスキーを一口飲むと言った。

「いろいろあったな……」

坂本は、グラスを拭き始めた。

「はい……」

「何か言いたいんだが、実は何を言っていいのかわからない」

「ほう……？」

「あんたに礼も言いたいし、人間は変わるものだという意味のことも言いたい。その他いろいろ……」

「では、ブッシュミルズを一杯、ごちそうしてください。それで充分です」

「もちろんだ」

坂本は新しいグラスにブッシュミルズを注いだ。そのグラスをかかげる。

渡瀬は無言で自分のグラスを軽く合わせた。

かすかな音が響いた。

〔参考文献〕

「ゲーム用語事典」アスキー出版局
「ゲーム業界就職読本'93—'94年度版」平林久和著　アスキー出版局
「メイキング・オブ・ランドストーカー——天才プログラマー内藤寛の世界」小学館
「女神転生IIのすべて」ＪＩＣＣ出版局
「徐福伝説考」逵志保著　一季出版
「徐福ロマン」羽田武栄著　亜紀書房
「徐福伝説の謎」三谷茉沙夫著　三一書房
新訂　日本民族秘史」川瀬勇著　出手書房新社
「江上波夫の日本古代史」大巧社
「妖怪の民俗学」宮田登著　岩波書店
「日本人の『あの世』観」梅原猛著　中公文庫
「アイヌは原日本人か」梅原猛・埴原和郎著　小学館
「日本の深層」梅原猛著　佼成出版社
「魏志倭人伝」山尾幸久著　講談社現代新書
「謎の出雲帝国」吉田大洋著　徳間書店
「古事記おもしろ読本」木屋隆安著　泰流社

「柳田国男の民俗学」福田アジオ著　吉川弘文館
「新文芸読本　柳田國男」河出書房新社
「平成鎖国論」たいら弘春著　芸文社

解説

関口苑生
（文芸評論家）

短篇でも長篇でも同様なのだが、一篇の小説を読んでいて、ときに思うことがある。それは、作家の「想像力」とは、どのように働き、いかなる形で発揮されるのかということだ。といっても、ここで言うのはありきたりの想像力の意味ではない。もっと深い、作家の価値観と密接にかかわりあっている想像力のことである。

それをどう説明すればいいだろう。

たとえば、まずごくごく当たり前のことから考えてみようか。普通、わたしたちが想像力というときに——それも、作家の想像力というと最初に思うことは、ひとつには実在していない人物の造形や、物のイメージを脳裡《のうり》に描き、その情景を作品の上に投影していくという作業が考えられる。けれども、この場合の想像力とは、どちらかといえば現実社会のコピー、もしくは現実を敷衍《ふえん》させたところから出発するものである。そういう意味では創意力と言い換えてもいいかもしれない。

かのコリン・ウィルソンは、その種の想像力を、

「これは、いわば、想像力というものの『社会主義リアリズム的』定義である」(『夢見る力』河出文庫・中村保男訳)

と述べたものだ。もちろん、小説を書く上ではこのことは基本中の基本であり、作家の資質としては欠くべからざるものでもあるだろう。ところが、もうひとつ(あるいはふたつ、いや三つかもしれないが)想像力には別な意味もあって、単純に国語辞典をひいてみても、また違った解釈が書かれてある。

ちなみにわたしが持っている辞書には、

「すでに知っている事実・観念を材料として新しい事実・観念をつくるはたらき」

などとある。なんだ、結局は同じことを言っているにすぎないではないか、と思われるかもしれないが、これは相当に違う。

そもそも、想像力――イマジネーションとは、語源的には模倣すること、再生産することの意味であるらしい。誰もがすでに知っていることを、角度を変え、見方を変え、あれこれと作り直し、このような捉え方もあるんですよと再構築してみせるのである。

この解釈は、十八世紀イタリアの社会・歴史哲学者で、螺旋的社会進化説を唱えたヴィーコの言う、

「想像力とは拡大され組み立てられた記憶以外の何ものでもない」

とする説と共通するものがある。だが、それはそれとしても、わたしが思う想像力はあくまで作家とその作品についてのことで、小説には必ず読者という存在がついてまわることを忘れてはならない。作者の身勝手な想像力を、読者がすんなりと理解するとは決して限らないのだ。作者は、自分の想像したものを読者にも共感をおぼえさせ、納得させる形で描いてみせなければならないのである。つまり、そこには明らかなる目的意識が含まれるということだ。

別言すれば、作者が強くなにごとかを伝えようとするときにこそ、想像力が行使されると言ってよい。

それゆえに、想像力はその作家の価値観と密接にかかわりあっているものだ、と先に書いた。もっと突きつめて言うと、究極的には人間存在の意味と目標についての、作家の考えが密接に関連している、ということだ。

そして本書『蓬萊』は、作者である今野敏が真剣に想像力を駆使した、おそらく初めての意欲作であったとわたしは思っている。

そう思う理由はいくつかあるが、とりあえず結論から先に書いてしまえば、本書における想像力の結露は——徐福集団渡来伝説に仮託した〝日本人論〟を訴えることにある。誰もが、漠然とではあってもひとしなみに知っている日本と日本人について、これもまた誰もが知っている材料をもとにして、独自の日本論を展開していくのである。問題は、そのときに読者が何を思うか、なのだ。

　わたしがつくづく感心したのは、今野敏は読者に「なんだ、こんなことは知っていたはずなのに、自分が知っていたことに気づかなかった」と知らずのうちに思わせるのである。いわゆる〈暗黙知〉の表現だ。

　決して押しつけがましくはなく、こんな考えがあるのは知ってますか？　われわれ日本人はこんな性格を持っているんですよ、ということを「そうそう、そうだよなあ。よくわかる。いや俺も知ってるよ」といつの間にか思わせていく。この手法は見事としか言いようがない。作者が想像したものを、読者の心に自分のものとして植えつけていく、これは物書きとしては最高の境地だろう。

　だが、その問題はまた後述するとして、まずは本書についてのデータ的なことから記していこう。実際、本書『蓬萊』（初刊は一九九四年七月講談社、ついで一九九六年八月講談社ノベルス）は、いろいろな意味において今野敏にとっては、記念碑的な作品となるものであったのだ。そのひとつめは、本書は今野敏の著書六十三冊目にして、初めてのハードカバー単行本となったものであった。

　今野敏の作家デビューは一九七八年、問題小説新人賞を受賞した「怪物が街にやってくる」である。最初の著書『ジャズ水滸伝』が一九八二年。それから十二年の間、六十冊以上もの著作を刊行しながら、これが初のハードカバーであったことのほうが驚きだ。

ハードカバーという体裁の本が、作家にとってどれほどの意味を持つものか、正直言ってわたしには分からない。が、読者側の思いからしてみれば、確かに、新書ノベルスよりは高級感は漂う。もちろん、それだけ値段も高くなるわけだから当然といえば当然のことなのだろうが、作家の側にしてみても、やはり嬉しいには違いない。それはまた、それまで年間平均五冊ほど書き下ろしの仕事をしていた今野敏が、本書ではほとんど一年間かかりっきりで取り組んでいたことからも、いかに力を入れていたか容易に想像できる。いわば、本書は今野敏にとっては第二のデビュー作と言えるようなものではなかったか。

そうしたことが伝わらないはずがない。初刊本の帯には、大沢在昌絶賛の推薦文が寄せられてもいた。

「ゲラを読み始めたのは、ゴルフの前夜だった。早く寝たい。適当でやめよう、そう思いながら読み始めた。そしてやめられなかった。

ゴルフ前夜の睡眠時間を削られる作品に、久しぶりに出会った。

『蓬萊』は、今野敏の大勝負作だ。仲間・今野敏は、あの晩から嫌な商売敵になった。

こんなエールは、本当は送りたくない。が、書いてしまおう。

面白い。文句なく、面白い」

仲間から商売敵へという、こんな素晴らしい推薦文を送られた作家も、ほかにいないのではなかろうか。

さらには、本書は単独で読んでも傑作であるのは間違いないが、それまでの今野ファンに対しての心配りも忘れてはいない。サブ主人公である安積警部補の存在がそれだ。

安積警部補は、今野敏の数あるシリーズ作の中でも、ひときわ輝いているメイン・キャラクターなのである。具体的には『東京ベイエリア分署』（改題して『二重標的《ダブルターゲット》』ケイブンシャ文庫）、『虚構の殺人者』『硝子の殺人者』（ともに大陸ノベルス）があり、本書以降でも『イコン』（講談社）、『警視庁神南署』（ケイブンシャノベルス）（注・出版社はいずれも一九九七年当時）と、今なおシリーズは続いている。そんな、ファンにとっては馴染《なじ》みある人物が、突然登場してくる予期せぬ驚き、楽しみが本書にはある。

さて本書の物語だが、コンピュータゲームソフトを開発している主人公が、ひとり酒場で飲んでいるときに、いきなりヤクザらしき男たちに恫喝されるという場面から幕が開く。彼の会社が開発しているゲーム――蓬莱の制作を中止しろというのだ。だが、そのゲームはパソコン版で出したときには何ら問題は生じていなかった。それが、スーパーファミコンへと移植することになって、突然この事態となったのだ。単純なゲームであるはずなのに、脅迫者たちの狙いがまったくわからないまま、物語は一気に進んでいく。

その中心にゲーム「蓬萊」の背景となる、徐福伝説があった。

徐福伝説の詳細については、ここでわたしがくどくどと説明するよりも、本文を一読されたほうがはるかに理解は速い。秦の始皇帝に上書し、不老不死の薬を求めてはるか東方の海を渡って日本に辿り着いた（朝鮮半島とする説もあるが）といわれる。伝説の人物である。だが、この人物に関してはまだまだ謎の部分のほうが多く、それだけに小説の題材としては恰好のものとなる。

徐福が出航したとされる場所にしても、贛楡《かんゆ》県、竜口、琅邪台の三候補地があるし、到達地となると日本では二十数ヵ所、ほかに済州島、南海島などいくつもの地が伝説地として知られている。しかし、余談にはなるが到達した場所はともかくとして、出航した場所にはなるほどなと思わせる要素がある。たとえば琅邪台という場所からは、今なお、時としてはるか東の沖合にぼうっと島のようなものが見えることがあるというのだ。

蜃気楼《しんきろう》である。

古代の人たちは、その島の幻影を見て、あれが不老不死たる仙人の住む島であるかもしれない……そう思ったとしても、なんら不思議なことではない。

がまあ、それはともかく、この徐福という人物を媒介にして、今野敏は画期的な〝日本人論〟を展開していくのである。伝説上の人物と日本人論が、どこでどう繋《つな》がっていくのか――ここに彼の想像力の働き、驚くべき飛躍のさせ方がある。ゆえに、冒頭でわたしは作家の想像力とは、どのように働くのかを不思議に思うと書いたのだった。

福田恆存は「日本および日本人」の中で、「日本人のことを、よく秘密ずきだとか、表現が下手だとかいひますが、けつしてそんなことはありません。元来、日本人は開放的で、秘密がない。みんな仲間うちなのです。ですから、表現が下手なのではなく、表現の必要がなかつたのです。つまり島国で異民族と接触する機会がほとんどなかつたといふことになります。封建的といふことばひとつでかたはつきません」

と述べている。今野敏が、こうした福田の言葉に刺激されたのかどうかは知らない。けれど彼は、本書において日本人の閉鎖された〈場〉における帰属意識を問題にしていくのである。その一方で、日本人には真の意味での〈民族〉意識があるかどうかを問うていくのだ。だが、この場でその多くを語るわけにはいかない。それにまた、本書はそんなことなどまったく考える必要のない、単純に楽しめる娯楽作品ともなっている。

読もうとする人間だけ読めばいい。想像力のある人間だけ読めばいい。そうした二重構造を持つ作品なのだ。

そこに今野敏のしたたかさも感じる。

わたしが今野敏を尊敬する所以である。

（一九九七年六月）

解説追記　～新装版刊行によせて～

旧版の文庫解説を書いてから、早いものでほぼ二十年が経つ。過ぎてしまえばあっという間だったような気もするが、この間、世の中では当然のことながらいろいろな事件や出来事が起こっている。政治や経済など社会状況にも（バブルの崩壊から始まる泥沼の不況やら、政権交代劇など）随分と変化が見られたし、これが個人の問題となると、やはり二十年という歳月はズシリと重くのしかかってくる。

それは本書の作者である今野敏を取り巻く環境にも言えることで、この二十年、彼ほど生活が様変わりした人物もそういないのではなかろうか。中でも一番の〝事件〟は、二〇〇六年『隠蔽捜査』で吉川英治文学新人賞を受賞し、二〇〇八年に『果断』で山本周五郎賞と日本推理作家協会賞をダブル受賞したことだろう。これにより今野敏は、それまでの日々の生活全般すべてが一変したという。

本書『蓬莱』の単行本が刊行されたのは一九九四年のことだった。

当時を振り返ってみると、出版業界においてもバブル崩壊の影響は計り知れないほど深刻なものがあった。目に見える形であれ、見えない形であれ、さまざまなところで影響を受けていたように思う。

あの当時の今野敏は、ノベルスの書き下ろしが仕事の中心であった。小説誌の連載などは（失礼ながら）もちろんない。ところが、そのノベルスの初版発行部数が極端に少なくなってきたのだ。さらには、付き合っていた出版社そのものが倒産するという事態まで起こっていた。それと同時に、各社ともノベルスから文庫主導の路線へと徐々に移行し始めていったのだった。また売れ筋の人気作家の本は、ノベルスよりもハードカバーで出すようにもなっていた。

　書店でのノベルスの売り場面積が、訪れるたびに減っていくと思ったのは、決して気のせいだけではなかったのだ。だが、そういう中で今野敏はまだまだ頑張っていたほうだと思う。コンスタントに年間六、七冊は書いていたのではなかろうか。作家は作品を書くことが仕事であり、書き続けることでしか生活と収入を維持する方法はなかったからだ。しかし、その先はまったく見えない状況にあったのは間違いない。

　自分はもうこのまま駄目かもしれない、と諦めの境地になったことも一度や二度ではなかったという。まさにそんな時期に『蓬莱』が、しかも初めてのハードカバーで出版されたのだ。

　きっかけは、驚くほど単純なやりとりからだった。じわじわと迫り来る危機感を感じていた彼が、冗談まじりで講談社のノベルス担当編集者に「ノベルスの部署からはハードカバーは出せないの？」と訊いたのだそうだ。普段はハードカバーだろうがノベルスだろうが関係ない。いいものを書けば変わりないと言っていたはずなのに、やはり心のどこかではノベルスを卒業し、ハードカバーで本を出してみたいという気持ちがあったのだろう。のちに彼は、あれはほとんど愚痴に近い言い方だったかもしれないと語っているが、すると「何とかなりますよ」という思いもよらぬ答えが返ってきたのである。喜んだのは言うまでもない。

是非ともやらせてほしいと応じ、それからおよそ一年近くかけて書き上げたのが本書だったのだ。いつもの書き下ろしに較べて相当時間がかかったが、それだけ力を入れ、自信もあった作品だった。そこにもうひとつ。今野敏は、この作品に自分の執念とも言える、ある思いを託したのだった。

今野敏というと、今では警察小説の第一人者として誰もが認める存在だが、その最初の警察小説には苦い思い出がある。

一九八八年、大陸書房から刊行されたノベルス『東京ベイエリア分署』（のちに『二重標的』と改題、現在はハルキ文庫）がそれだが、カバー袖の〈著者のことば〉には、

「このところ、警察の評判があまり芳しくありません。大きな権力を持った組織なので、確かに腐敗している部分もあるでしょう。しかし、誇りを持って任務にあたっている警察官がいなくなったわけではありません。刑事を主人公にした作品は、昔から書いてみたいもののひとつでした。さて、安積警部補のような男は、皆さんの眼にはどのように映るでしょうか」

と、控えめな口調で執筆の決意のほどを述べているが、実はその言葉とは裏腹に、これは彼にとって大きな冒険でもあった。それまで伝奇SF＋活劇アクション小説を中心に書いてきた彼が、まったく傾向の異なるジャンルの小説に挑戦するというのは、当の作家本人はもちろん不安だったろうが、編集者にしてみればリスクを伴う行為と映るだろうし、読者にと

って も「えっ、今野敏が警察小説を？　それってどうなの」という具合に、半信半疑な感覚で接することになるのは間違いなかったからだ。下手をすると、せっかく根づき始めたファン層が離れてしまう可能性まであったのだ。そうしたいくつもの懸念を承知の上で、今野敏は以前から書きたかった念願の警察小説を発表したのだった。

しかし、このときの読者の反響はというと——残念ながら、思ったよりも大きな話題にはならなかったというのが正直なところだ。だが、一部のファンの間では、これは従来の警察小説の枠組みを超えた、人間関係のドラマとなっていると評判を呼んだものだった。それは、事件が起こって、組織としての警察が対応し、刑事が捜査をして、やがて犯人逮捕の解決にいたるというルーティーンの物語以上に、登場人物たちが個々人に立ち返ったときの感情やら葛藤、悩み、感動などが描かれていることへの新鮮さでもあった。警察小説の伝統と魅力を保ちながら、同時に組織小説、人情小説の要素も兼ね備えた、新感覚の警察小説といってよかった。

ところが、この《東京ベイエリア分署》シリーズは三作続いたあと、種々の事情により（これもまたバブル経済崩壊による臨海副都心計画の停滞および、出版社側の都合などもあって）、一九九一年の『硝子の殺人者』を最後に終了してしまう。

リアルタイムで読んでいた身の素直な感想を言えば、作を重ねるごとに作者の目指す方向が明らかになっていたのは確かだった。爆発的な人気が訪れたというわけではなかったけれども、この先長く支持されていく可能性が高いシリーズになる、とそんな気がしたのである。おそらくは作者も同様の気持ち――何かしらの手応えを感じていたのではなかろうか。そうであると思われるだけに、この突然の打ち切りは、何とも悔しい出来事であった。言ってみれば彼の挑戦が否定されたのではなく、さまざまな外的要因が積み重なっての結果だったのだ。これは本当に悔しかっただろうと思う。

だが、今野敏の男気――優しくて柔軟で、したたかで、負けず嫌いで、あくまで自分を貫こうとする意地と魂はここから発揮されていく。

初めてのハードカバーという一大チャンスに、何と彼はベイエリア分署の刑事たちを復活させたのである。それも原宿署と渋谷署の間に神南署という新しい警察署を設定し、そこに安積班をチームごと異動させるという、とんでもない荒技を使ったのだった。考えてもみてほしい。こんなこと、普通はまずやらない。一度は終わったはずの、しかも他所《よそ》の出版社で出していた、まだ馴染みの薄いシリーズ作の主人公を、作家人生における大勝負ともいえる大事な場面でいきなり登場させたのだ。その度胸と決断力は並大抵のものではない。それほど今野敏は、このキャラクターたちに愛着を感じていたのと、失いたくないという気持ちがあったのだろう。

今思えば、これがあったからこそ現在があると断言できる。その意味では、本書は今野敏のターニング・ポイントとなった作品であった。

だが――今野敏が真にブレイクするのは、それからさらに十年あまり待たなければならなかった。その間も彼は心が折れることなくじっと耐え、ただひたすらに書き続けることが自分の道だと信じていたのだ。それはまるで、安積警部補の生き方そのもののようにも感じられる。

つまるところ安積は、まさしく今野敏その人であったのかもしれない。

そんな、あれやこれやのことを思い起こさせる本書は、やはり読者にとっても作者にとっても、最重要の一作だと思う。

（二〇一六年六月）

●本書は一九九四年七月、小社より刊行され、一九九七年七月、文庫化されたものの新装版です。

（この作品はフィクションですので、登場する人物、団体は、実在するいかなる個人、団体とも関係ありません。）

|著者|今野 敏　1955年北海道三笠市生まれ。上智大学在学中の1978年「怪物が街にやってくる」(現在、同名の朝日文庫に収録)で問題小説新人賞受賞。卒業後、レコード会社勤務を経て作家となる。2006年『隠蔽捜査』(新潮社)で吉川英治文学新人賞受賞。2008年『果断　隠蔽捜査2』(新潮社)で山本周五郎賞、日本推理作家協会賞受賞。「空手道今野塾」を主宰し、空手、棒術を指導。主な近刊に『プロフェッション』(ノベルス版『STプロフェッション』)(講談社)、『寮生　一九七一年、函館。』(集英社)、『豹変』(KADOKAWA)、『精鋭』(朝日新聞出版)、『去就　隠蔽捜査6』(新潮社)、『防諜捜査』(文藝春秋)、『潮流　東京湾臨海署安積班』(角川春樹事務所)、『臥龍　横浜みなとみらい署暴対係』(徳間書店)、『マインド』(中央公論新社)、『マル暴総監』(実業之日本社)、『廉恥』(幻冬舎)などがある。

蓬莱《ほうらい》　新装版《しんそうばん》

今野《こんの》 敏《びん》

© Bin Konno 2016

講談社文庫

定価はカバーに
表示してあります

2016年8月10日第1刷発行

発行者——鈴木　哲
発行所——株式会社　講談社
東京都文京区音羽2-12-21　〒112-8001
電話 出版 (03) 5395-3510
　　 販売 (03) 5395-5817
　　 業務 (03) 5395-3615

デザイン—菊地信義
本文データ制作—講談社デジタル製作
印刷———凸版印刷株式会社
製本———株式会社国宝社

Printed in Japan

落丁本・乱丁本は購入書店名を明記のうえ、小社業務あてにお送りください。送料は小社負担にてお取替えします。なお、この本の内容についてのお問い合わせは講談社文庫あてにお願いいたします。
本書のコピー、スキャン、デジタル化等の無断複製は著作権法上での例外を除き禁じられています。本書を代行業者等の第三者に依頼してスキャンやデジタル化することはたとえ個人や家庭内の利用でも著作権法違反です。

ISBN978-4-06-293472-5

講談社文庫刊行の辞

二十一世紀の到来を目睫に望みながら、われわれはいま、人類史上かつて例を見ない巨大な転換期をむかえようとしている。

世界も、日本も、激動の予兆に対する期待とおののきを内に蔵して、未知の時代に歩み入ろうとしている。このときにあたり、創業の人野間清治の「ナショナル・エデュケイター」への志を現代に甦らせようと意図して、われわれはここに古今の文芸作品はいうまでもなく、ひろく人文・社会・自然の諸科学から東西の名著を網羅する、新しい綜合文庫の発刊を決意した。

激動の転換期はまた断絶の時代である。われわれは戦後二十五年間の出版文化のありかたへの深い反省をこめて、この断絶の時代にあえて人間的な持続を求めようとする。いたずらに浮薄な商業主義のあだ花を追い求めることなく、長期にわたって良書に生命をあたえようとつとめるところにしか、今後の出版文化の真の繁栄はあり得ないと信じるからである。

同時にわれわれはこの綜合文庫の刊行を通じて、人文・社会・自然の諸科学が、結局人間の学にほかならないことを立証しようと願っている。かつて知識とは、「汝自身を知る」ことにつきていた。現代社会の瑣末な情報の氾濫のなかから、力強い知識の源泉を掘り起し、技術文明のただなかに、生きた人間の姿を復活させること。それこそわれわれの切なる希求である。

われわれは権威に盲従せず、俗流に媚びることなく、渾然一体となって日本の「草の根」をかたちづくる若く新しい世代の人々に、心をこめてこの新しい綜合文庫をおくり届けたい。それは知識の泉であるとともに感受性のふるさとであり、もっとも有機的に組織され、社会に開かれた万人のための大学をめざしている。大方の支援と協力を衷心より切望してやまない。

一九七一年七月

野間省一

講談社文庫 最新刊

松岡圭祐
万能鑑定士Qの最終巻
〈ムンクの〈叫び〉〉
あの名画の盗難事件！　超人気シリーズ「万能鑑定士Q」の完全最終巻が講談社文庫から。

堂場瞬一
二度泣いた少女
〈警視庁犯罪被害者支援課3〉
義父の死体を発見した十五歳の那奈。容疑者か、被害者家族か？　書下ろしシリーズ第三弾

重松　清
赤ヘル１９７５
原爆投下から三十年、カープ結成から二十六年の広島に、〝よそモン〟のマナブは転校した。

香月日輪
大江戸妖怪かわら版⑥
〈魔狼、月に吠える〉
大欧州からの珍しい渡来船にわく大江戸。秘かに犬族《いぬぞく》の間で、ある奇病が広がっていた。

内田康夫
歌わない笛
フルート奏者の服毒自殺を発端にした愛と金を巡る哀しき事件。浅見光彦、吉備路を駆ける！

下村敦史
闇に香る嘘
27年間兄だと信じていた男の正体は、何者なのか？　深い疑惑渦巻く江戸川乱歩賞受賞作。

伊東　潤
峠越え
家康はなぜ天下人になりえたのか。家康と三河衆最大の危機、伊賀越えを伊東潤が描く！

今野　敏
蓬萊
〈新装版〉
著者の数多《あまた》の警察小説の原型がここにある。大沢在昌氏絶賛。不滅の傑作、新装版降臨。

柴田よしき
ドント・ストップ・ザ・ダンス
園児のため、花咲は失踪した母親を探す。ドラマ原作、保育探偵・花咲シリーズ最高傑作！

中澤日菜子
お父さんと伊藤さん
上野樹里主演で今秋映画公開。笑いあり毒ありの家族小説。第8回小説現代長編新人賞受賞作。

川瀬七緒
水《みな》底《ぞこ》の棘《とげ》
〈法医昆虫学捜査官〉
法医昆虫学者の赤堀涼子は、荒川河口で水死体を発見。昆虫学で腐乱死体の真相に迫る！

講談社文庫 最新刊

村田沙耶香
殺人出産
10人産んだら、1人殺せる。未来に命を繋ぐ、彼女の殺意。今日の常識はいつか変化する。

小前亮
唐玄宗紀
玄宗、楊貴妃《ようきひ》のみならず、文学歴史に名高い唐代最盛期は面白さ絶品！ 中国長編歴史小説。

稲葉博一
忍者烈伝ノ続
名将と忍びが交錯する驚愕の戦国忍者シリーズ第2弾。幻術士・果心居士が、信長を追う。

織守《おりがみ》きようや
霊感検定
『記憶屋』で今年大ブレイク。注目の著者による癒やし系ホラー、綾辻行人氏も大絶賛！

風森章羽《しょう》
渦巻く回廊の鎮魂曲《レクイエム》
〈霊媒探偵アーネスト〉
由緒正しき霊媒師アーネストと友人の佐貴《さき》が見事に事件を解決！ 幸せに泣けるミステリー。

小島正樹
武家屋敷の殺人
このどんでん返し、ありえない！ 呪われた屋敷で起こる世にも奇妙なホラーミステリ！

尾木直樹
尾木ママの「思春期の子どもと向き合う」すごいコツ
思春期の子育てに悩む親必読！ 子どもがグンと「伸びる」尾木ママ流・子育ての極意。

田牧大和
錠前破り、銀太
魅力的な謎と鮮やかな謎解きに惚れ惚れする、時代ミステリーの傑作誕生！〈文庫書下ろし〉

柳内たくみ
戦国スナイパー
〈壊れた歴史を修復せよ篇〉
『ゲート』四百万部突破！ 話題の著者の傑作、迫真の最終巻。テロ頻発の日本を救え！

篠田真由美
燔祭《はんさい》の丘
〈建築探偵桜井京介の事件簿〉
父の屋敷に戻った桜井京介。久遠家の血塗られた過去。建築ミステリシリーズ、完結篇！

タタツシンイチ
梶よう子
戦国BASARA3
〈徳川家康の章／石田三成の章〉
英雄アクションゲーム・ノベル、ついに文庫化！ 最終巻は、徳川家康&石田三成！

庄野潤三
星に願いを
解説=富岡幸一郎　年譜=助川徳是
ここには穏やかな生活がある。子供が成長し老夫婦の時間が、静かにしずかに息づいて進む。鳥はさえずり、ハーモニカがきこえる。読者待望の、晩年の庄野文学。
978-4-06-290319-6
しA13

鈴木大拙　訳
天界と地獄
スエデンボルグ著
解説=安藤礼二　年譜=編集部
「禅」を世界に広めた大拙は、米国での学究時代、神秘主義思想の巨人スエデンボルグに強い衝撃を受け、帰国後まず本書を出版した。大拙思想の源流を成す重要書。
978-4-06-290320-2
すE1

室生犀星
我が愛する詩人の伝記
解説=鹿島茂　年譜=星野晃一
藤村、光太郎、白秋、朔太郎、百田宗治、堀辰雄、津村信夫他、十一名の詩人の生身の姿と、その言葉に託した詩魂を読み解く評伝文学の傑作。毎日出版文化賞受賞。
978-4-06-290318-9
むA9

工藤美代子　今朝の骨肉、夕べのみそ汁
黒川博行　燻り
黒川博行　てとろどときしん〈大阪府警・捜査一課事件報告書〉
黒川博行　国境
久世光彦　夢あたたかき〈向田邦子との二十年〉
黒田福美　ソウルマイハート
黒田福美　となりの韓国人〈傾向と対策〉
倉知淳　星降り山荘の殺人
倉知淳　猫丸先輩の推測
倉知淳　猫丸先輩の空論
熊谷達也　迎え火の山
熊谷達也　箕《み》作《つく》り弥《や》平《へい》商伝記
鯨統一郎　北京原人の日
鯨統一郎　タイムスリップ森鷗外
鯨統一郎　タイムスリップ明治維新
鯨統一郎　富士山大噴火
鯨統一郎　タイムスリップ釈迦如来
鯨統一郎　タイムスリップ水戸黄門
鯨統一郎　MORNING GIRL

鯨統一郎　タイムスリップ戦国時代
鯨統一郎　タイムスリップ忠臣蔵
鯨統一郎　タイムスリップ紫式部
倉阪鬼一郎　青い館の崩壊〈ブルー・ローズ殺人事件〉
久米宏／久米麗子　ミステリアスな結婚
轡田隆史　いまを読む名言〈昭和天皇からホリエモンまで〉
草野たき　透きとおった糸をのばして
草野たき　猫の名前
草野たき　ハチミツドロップス
黒田研二　ウェディング・ドレス
黒田研二　ペルソナ探偵
黒田研二　ナナフシの恋〈～Mimetic Girl～〉
黒木亮　アジアの隼
黒木亮　カラ売り屋
黒木亮　エネルギー(上)(中)(下)
黒木亮　冬の喝采(上)(下)
黒木亮　リスクは金なり
熊倉伸宏　あそび遍路〈おとなの夏休み〉
黒野耐《たえる》　「たられば」の日本戦争史〈もし真珠湾攻撃がなかったら〉

楠木誠一郎　火除け地蔵〈立ち退き長屋顚末記〉
楠木誠一郎　聞き耳地蔵〈立ち退き長屋顚末記〉
群像編　12星座小説集
玖村まゆみ　完盗オンサイト
草凪優　ささやきたい。ほんとうのわたし。
草凪優　わたしの突然。あの日の出来事。
草凪優　芯までとけて。最高の私。
黒岩比佐子　パンとペン〈社会主義者・堺利彦と「売文社」の闘い〉
桑原水菜　弥次喜多化かし道中
けらえいこ／ハヤセクニコ　おきらくミセスの婦人くらぶ～
けらえいこ　セキララ結婚生活
玄侑宗久　慈悲をめぐる心象スケッチ
玄侑宗久　阿修羅
小峰元　アルキメデスは手を汚さない
今野敏　蓬萊
今野敏　ST警視庁科学特捜班　エピソード1〈新装版〉
今野敏　ST警視庁科学特捜班　毒物殺人〈新装版〉
今野敏　ST警視庁科学特捜班〈黒いモスクワ〉
今野敏　ST警視庁科学特捜班〈青の調査ファイル〉

講談社文庫　目録

幸田真音 マネー・ハッキング
幸田真音 日本国債(上)(下)〈改訂最新版〉
幸田真音 eの悲劇〈IT革命の光と影〉
幸田真音 凛《りん》冽《れつ》の宙《そら》
幸田真音 コイン・トス
幸田真音 あなたの余命教えます
小森健太朗 ネヌウェンラーの密室
五味太郎 大人問題
五味太郎 さらに・大人問題
鴻上尚史 あなたの魅力を演出するちょっとしたヒント
鴻上尚史 あなたの思いを伝える表現力のレッスン
鴻上尚史 八月の犬は二度吠える
小林紀晴 アジアロード
小泉武夫 地球を肴に飲む男
小泉武夫 納豆の快楽
小泉武夫 小泉教授が選ぶ「食の世界遺産」日本編
小泉武夫 夕焼け小焼けで陽が昇る
五條瑛 熱氷
五條瑛 上陸

近藤史人 藤田嗣治「異邦人」の生涯
古閑万希子 美しい人〈9 Lives〉
古閑万希子 ユア・マイ・サンシャイン
小前亮 李《り》世《せい》民《みん》
小前亮 趙《ちょう》匡《きょう》胤《いん》〈宋の太祖〉
小前亮 李巌と李自成
小前亮 中国皇帝伝〈歴史を動かした28人の光と影〉
小前亮 朱元璋 皇帝の貌《かお》
小前亮 覇《は》帝《てい》フビライ〈世界支配の野望〉
香月日輪 妖怪アパートの幽雅な日常①
香月日輪 妖怪アパートの幽雅な日常②
香月日輪 妖怪アパートの幽雅な日常③
香月日輪 妖怪アパートの幽雅な日常④
香月日輪 妖怪アパートの幽雅な日常⑤
香月日輪 妖怪アパートの幽雅な日常⑥
香月日輪 妖怪アパートの幽雅な日常⑦
香月日輪 妖怪アパートの幽雅な日常⑧
香月日輪 妖怪アパートの幽雅な日常⑨
香月日輪 妖怪アパートの幽雅な日常⑩

香月日輪 妖怪アパートの幽雅な食卓〈るり子さんのお料理日記〉
香月日輪 妖怪アパートの幽雅な人々〈妖アパミニガイド〉
香月日輪 大江戸妖怪かわら版①〈異界より落ち来る者あり〉
香月日輪 大江戸妖怪かわら版②〈異界より落ち来る者あり 其之二〉
香月日輪 大江戸妖怪かわら版③〈封印の娘〉
香月日輪 大江戸妖怪かわら版④〈天空の竜宮城〉
香月日輪 大江戸妖怪かわら版⑤〈雀、大浪花に行く〉
香月日輪 地獄堂霊界通信①
香月日輪 地獄堂霊界通信②
香月日輪 地獄堂霊界通信③
香月日輪 地獄堂霊界通信④
香月日輪 ファンム・アレース①
香月日輪 ファンム・アレース②
香月日輪 ファンム・アレース③
近衛龍春 直江山城守兼続(上)(下)
近衛龍春 長宗我部元親
近衛龍春 長宗我部盛親(上)(下)
小山薫堂 フィルム
小林篤 足利事件〈冤罪を証明した一冊のこの本〉

講談社文庫　目録

講談社文庫　目録

清水義範・西原理恵子・え　はじめてわかる国語
清水義範・西原理恵子・え　飛びすぎる教室
清水義範・西原理恵子・え　独断流「読書」必勝法
清水義範・西原理恵子・え　雑学のすすめ
椎名誠　フグと低気圧
椎名誠　犬の系譜
椎名誠　水域
椎名誠　にっぽん・海風魚旅
椎名誠　にっぽん・海風魚旅2〈怪し火さすらい編〉
椎名誠　にっぽん・海風魚旅3〈くじら雲追跡編〉
椎名誠　にっぽん・海風魚旅4〈小魚びゅんびゅん荒波編〉
椎名誠　にっぽん・海風魚旅5〈大漁旗ぶるぶる乱風編〉
椎名誠　南シナ海ドラゴン編
椎名誠　極北の狩人〈アラスカ、カナダ、ロシアの北極圏をいく〉
椎名誠　もう少しむこうの空の下へ
椎名誠　モヤシ
椎名誠　アメンボ号の冒険
椎名誠　風のまつり
椎名誠　ニッポンありゃまあお祭り紀行〈春夏編〉
椎名誠　ニッポンありゃまあお祭り紀行〈秋冬編〉
椎名誠　新宿遊牧民
椎名誠・東海林さだお　やぶさか対談
うえやまとち漫画・東海林さだお編　東海林さだお選「クッキングパパ」のこれが食べたい！
島田雅彦　フランシスコ・X
島田雅彦　食いものの恨み
島田雅彦　佳人の奇遇
島田雅彦　悪貨
真保裕一　連鎖
真保裕一　取引
真保裕一　震源
真保裕一　盗聴
真保裕一　朽ちた樹々の枝の下で
真保裕一　奪取(上)(下)
真保裕一　防壁
真保裕一　密告
真保裕一　黄金の島(上)(下)
真保裕一　発火点
真保裕一　夢の工房
真保裕一　灰色の北壁
真保裕一　覇王の番人(上)(下)
真保裕一　デパートへ行こう！
真保裕一　アマルフィ〈外交官シリーズ〉
真保裕一　ダイスをころがせ！(上)(下)
真保裕一　天魔ゆく空(上)(下)
真保裕一　ローカル線で行こう！
周大荒・渡辺精一訳　反三国志(上)(下)
篠田節子　贋《がん》作《さく》師《し》
篠田節子　聖域
篠田節子　弥勒
篠田節子　ロズウェルなんか知らない
篠田節子　転生
笙野頼子　居場所もなかった
笙野頼子　幽界森娘異聞
下川裕治・桃井和馬　世界一周ビンボー大旅行
下川裕治・篠原章　沖縄ナンクル読本
篠田真由美　未明の家〈建築探偵桜井京介の事件簿〉
篠田真由美　玄《くろ》い女神〈建築探偵桜井京介の事件簿〉
篠田真由美　翡《ひ》翠《すい》の城〈建築探偵桜井京介の事件簿〉

2016年6月15日現在